Am Anfang ist jede Liebe leicht. Wie aber geht es mit ihr weiter? Wie gelingt es trotz aller Widrigkeiten des Alltags, das Glück zu zweit zu finden? In »Der Lauf der Liebe« durchleuchtet Alain de Botton gnadenlos, aber einfühlsam die Liebesgeschichte von Rabih und Kirsten. Die Wahl der Ikea-Gläser, das Kennenlernen der Schwiegereltern, die Frage, ob die Butter im Kühlschrank stehen soll – all das gibt Anlass für die größten Dramen. Äußerst charmant und überzeugend treibt uns Alain de Botton die irrwitzige Idee aus, nach der nichtvorhandenen Perfektion in der Liebe zu suchen. Ein kluges und überraschendes Plädoyer für das Wagnis der Liebe.

»Ein so kluges wie amüsantes Buchstabieren der Liebe und ein Plädoyer für Beziehungen.«

Janina Fleischer, Göttinger Tageblatt

Alain de Botton gründete 2008 die ›School of Life‹ *www.alainde botton.com*, da er der Überzeugung ist, dass man die verschiedenen Lebensbereiche wie Karriere, Liebe, Elternschaft usw. erlernen kann. Mit Charme, Ironie und Neugier entwickelt Alain de Botton seit seinem Romandebüt und Weltbestseller ›Versuch über die Liebe‹ eine Philosophie des Alltags. Es folgten die Romane ›Isabel‹ und ›Die romantische Bewegung‹, die essayistischen Erkundungen ›Wie Proust Ihr Leben verändern kann‹, ›Trost der Philosophie‹, ›Kunst des Reisens‹, ›StatusAngst‹ und ›Glück und Architektur‹. Alain de Botton lebt mit Frau und Kindern in London.

Barbara v. Bechtolsheim studierte Literaturwissenschaft, Psychologie, Philosophie und Biologie in Bonn, München und Stanford (USA). Sie lebt als Übersetzerin und Literaturdozentin in Berlin. Seit 1988 übersetzt sie zeitgenössische Belletristik, u. a. Mavis Gallant, Toni Morrison und Joyce Carol Oates, sowie Biographien und Sachbücher wie ›Die Nachrichten‹ von Alain de Botton.

Weitere Informationen finden Sie auf www.fischerverlage.de

Alain
de Botton

DER
LAUF
DER
LIEBE

ROMAN

Aus dem Englischen von
Barbara von Bechtolsheim

FISCHER Taschenbuch

4. Auflage: April 2023

Erschienen bei FISCHER Taschenbuch
Frankfurt am Main, April 2019

Die Originalausgabe erschien 2016 unter
dem Titel ›The Course of Love‹
bei Simon & Schuster, London
© Alain de Botton, 2016

© 2016 S. Fischer Verlag GmbH,
Hedderichstr. 114, D-60596 Frankfurt am Main

Druck und Bindung: GGP Media GmbH, Pößneck
Printed in Germany
ISBN 978-3-596-03409-3

Für John Armstrong –
meinen Mentor, Kollegen und Freund.

Inhalt

ROMANTIK

Verzauberung 11

Heiliger Anfang 17

Leidenschaft 28

Sex und Liebe 37

Heiratsantrag 49

BIS DASS DER TOD
UNS SCHEIDET

Dummheiten 65

Schlechte Launen 80

Sex und Zensur 86

Übertragung 101

Schuldzuweisungen 111

Lehren und Lernen 122

KINDER

Liebeslektionen 137

Das süße Kind 151

Die Grenzen der Liebe 157

Sexualität und Elternschaft 171

Das Prestige der Wäsche 184

SEITENSPRUNG

Lustmolch 193
Pro 203
Contra 211
Inkompatible Begierden 225
Geheimnisse 233

MEHR ALS
ROMANTISCHE LIEBE

Bindungstheorie 239
Reife 255
Bereit für die Ehe 269
Die Zukunft 278

ROMANTIK

Verzauberung

Das Hotel liegt auf einem Felsvorsprung eine halbe Stunde östlich von Malaga. Es ist ein Familienhotel und offenbart unwillkürlich, vor allem bei den Mahlzeiten, was für eine Herausforderung das Projekt Familie ist. Der fünfzehnjährige Rabih Khan verbringt hier mit seinem Vater und seiner Stiefmutter die Ferien. Ihre Stimmung ist düster und die Unterhaltung stockend. Drei Jahre ist es jetzt her, dass Rabihs Mutter gestorben ist. Jeden Tag wird auf einer Terrasse mit Blick auf den Pool ein Büfett aufgebaut. Gelegentlich macht seine Stiefmutter eine Bemerkung über die Paella oder über den Wind, der heftig vom Süden herweht. Sie stammt ursprünglich aus Gloucestershire und gärtnert gerne.

Eine Ehe beginnt nicht mit dem Heiratsantrag oder gar mit einer ersten Begegnung. Sie beginnt bereits, wenn die Vorstellung von der Liebe entsteht – oder genauer gesagt der Traum von einem Seelenverwandten.

Rabih sieht das Mädchen zuerst an der Wasserrutsche. Sie ist etwa ein Jahr jünger als er, mit ihrem kastanienbraunen Kurzhaarschnitt, der olivfarbenen Haut und den zarten Gliedern wirkt sie fast wie ein Junge. Sie trägt ein geringeltes Shirt, blaue Shorts und zitronengelbe Flipflops. An ihrem rechten Handgelenk trägt sie ein dünnes Lederbändchen. Sie blickt zu ihm rüber, verzieht das Gesicht zu einem halbherzigen Lächeln und rückt sich wieder in ihrem Liegestuhl zurecht. Die nächsten Stunden schaut sie nachdenklich aufs Meer, lauscht dabei ihrem Walkman und kaut zwischendurch an den Nägeln. Die Eltern liegen neben ihr, auf der einen Seite blättert ihre Mutter in einer *Elle*, und auf der anderen Seite liest ihr Vater auf Französisch einen Roman von Len Deighton. Wie Rabih später im Gästebuch herausfindet, kommt sie aus Clermont-Ferrand und heißt Alice Saure.

Er hat noch nie etwas Vergleichbares gefühlt. Der Ansturm der Gefühle überfällt ihn geradezu. Alles geht ohne Worte – die sie nie wechseln werden. Es ist, als würde er sie schon ewig kennen, als biete sie eine Lösung für sein ganzes Leben und vor allem für einen unbeschreiblichen Schmerz in seinem Inneren. In den nächsten Tagen beobachtet er sie aus der Entfernung: beim Frühstück, wie sie sich in einem weißen Kleid mit geblümtem Saum einen Joghurt und einen Pfirsich vom Büfett nimmt; auf dem Tennisplatz, wie sie sich mit rührender Höflichkeit in einem Englisch mit starkem Akzent bei ihrem Trainer für ihre Rückhand entschuldigt; und bei einem (offensichtlich) einsamen Spaziergang in der Nähe des Golfplatzes, während sie stehenbleibt, um Kakteen und Hibiskusblüten zu betrachten.

Diese Gewissheit, dass ein anderer Mensch ein Seelen-
verwandter ist, kann sich ganz plötzlich einstellen. Wir
brauchen nicht einmal mit ihm gesprochen zu haben;
vielleicht wissen wir nicht einmal, wie er heißt. Objek-
tives Wissen spielt gar keine Rolle. Vielmehr entscheidet
die Intuition; ein spontanes Gefühl, das gerade deshalb so
genau und zuverlässig wirkt, weil es die üblichen Wege
der Vernunft umgeht.

Die Verliebtheit kristallisiert sich um ein paar Elemente:
einen gelben Flip-Flop, der lässig von einem Fuß baumelt;
ein Hermann-Hesse-*Siddhartha*-Taschenbuch, das neben
der Sonnencreme auf einem Handtuch liegt; markante
Augenbrauen; die Zerstreutheit, mit der sie ihren Eltern
antwortet, und die Art, wie sie mit der Hand ihre Wange
stützt, wenn sie sich beim Abendbüfett Häppchen Scho-
koladenmousse auftut.

Instinktiv entschlüsselt er aus diesen Einzelheiten eine
ganze Persönlichkeit. Während er zu den sich drehenden
Holzflügeln des Deckenventilators in seinem Zimmer
hochschaut, entwirft Rabih im Kopf die Geschichte seines
Lebens mit ihr. Sie wird melancholisch und gewitzt sein.
Sie wird ihm vertrauen und über die Spießer lachen.
Manchmal ist sie vielleicht auf Partys schüchtern – Anzeichen einer empfindsamen und tiefgründigen Persönlichkeit. Sie wird wohl eine Einzelgängerin sein und bis
jetzt niemanden je ganz ins Vertrauen gezogen haben. Sie
werden auf ihrem Bett sitzen und spielerisch ihre Finger
umschlingen. Auch sie ahnte nicht, dass sich zwei Menschen so zueinander hingezogen fühlen können.

Eines Morgens ist sie dann, ohne Vorwarnung, abgereist, und ein holländisches Ehepaar mit zwei kleinen Jungen sitzt an ihrem Tisch. Sie hat mit ihren Eltern im Morgengrauen das Hotel verlassen, um den Air-France-Flug nach Hause zu nehmen, erklärt der Empfangschef.

Das ganze Ereignis ist unbedeutend. Sie werden sich nie wiedersehen. Er erzählt niemandem davon. Sie wird nie von seinen Gedankenspielen erfahren. Doch wenn die Geschichte hier beginnt, so liegt das daran – selbst wenn Rabih sich noch ändert und im Laufe der Jahre reifer wird –, dass seine Vorstellung von der Liebe jahrzehntelang dieselbe Struktur behalten wird, die in jenem Sommer, als er sechzehn Jahre alt war, im Hotel Casa Al Sur entstand. Er wird weiterhin daran glauben, dass sich zwei Menschen unmittelbar und von ganzem Herzen verstehen können und dass alle Einsamkeit mit diesem gegenseitigen Verständnis endgültig vorbei ist.

Er wird sich ähnlich bittersüß und sehnsüchtig nach anderen verlorenen Seelenverwandten sehnen, die er in Bussen, in Gängen von Lebensmittelläden und in Lesesälen von Bibliotheken ausmacht. Er wird mit zwanzig während eines Semesters in Manhattan genau dasselbe Gefühl für eine Frau haben, die im Zug der Linie C Richtung Norden links neben ihm sitzt, und mit fünfundzwanzig in einem Architekturbüro in Berlin, wo er ein Praktikum macht – und mit neunundzwanzig auf einem Flug von Paris nach London über dem Britischen Kanal nach einem kurzen Gespräch mit einer Frau namens Chloe: das Gefühl, einen vor langer Zeit verlorenen Teil seiner selbst wiedergefunden zu haben.

Für den Romantiker ist es vom flüchtigen Eindruck eines Fremden nur ein winziger Schritt zu der überzeugenden Schlussfolgerung, dass er oder sie eine umfassende Antwort auf die unausgesprochenen Fragen des Daseins bereithält.

Die Heftigkeit des Gefühls mag übertrieben, ja lächerlich wirken, aber diese Wertschätzung des Instinktiven ist kein unbedeutender Planet in der Kosmologie der Beziehungen. Vielmehr ist es die zentrale Sonne, um die sich letztlich alle zeitgenössischen Ideale der Liebe drehen.

Den romantischen Glauben muss es schon immer gegeben haben, aber erst in den letzten Jahrhunderten hat man anerkannt, dass mehr als eine Krankheit dahintersteckt; erst seit jüngster Zeit wird der Suche nach einem Seelenverwandten ähnlich viel Bedeutung wie dem Sinn des Leben beigemessen. Ein Idealismus, der zuvor Göttern und Geistern galt, richtet sich nun auf die Menschen – eine scheinbar großzügige Geste, die doch zugleich mit unerträglichen und herben Konsequenzen einhergeht, denn für niemanden ist es leicht, ein Leben lang den Idealen zu entsprechen, die er oder sie für einen fiktiven Beobachter gegenüber auf der Straße, im Büro oder auf dem Nebensitz im Flugzeug repräsentiert hat.

Es wird Rabih viele Jahre und zahlreiche Versuche in der Liebe kosten, um zu anderen Schlüssen zu kommen, um zu erkennen, dass eben die Dinge, die er für romantisch hielt – intuitive Erkenntnisse, unmittelbare Begierden, Vertrauen in Seelenverwandte –, ihm im Wege stehen, wenn seine Beziehungen gelingen sollen. Er wird ahnen, dass Liebe nur besteht, wenn man den verführerischen Begierden, mit denen alles anfing, untreu wird; und damit seine Beziehungen gelingen, muss er sich von eben den Gefühlen verabschieden, die ihm überhaupt erst den Kopf verdreht haben. Er wird lernen müssen, dass die Liebe keine Schwärmerei ist, sondern vielmehr eine Kunst.

Heiliger Anfang

In ihren ersten Ehetagen und noch viele Jahre danach hören Rabih und seine Frau immer dieselben Fragen: »Wie habt ihr euch denn kennengelernt?« – zumeist mit erwartungsvoller Miene, begleitet von vorgetäuschter Aufregung. Die beiden schauen sich normalerweise an (manchmal etwas betreten, wenn alle bei Tisch innehalten und aufhorchen), um zu entscheiden, wer diesmal dran ist. Je nach Publikum spielen sie es als Witz oder als Zärtlichkeit aus. Sie können die tatsächliche Geschichte in einer Zeile zusammenfassen oder als ganzes Kapitel erzählen.

Dem Anfang wird unverhältnismäßig viel Aufmerksamkeit geschenkt, weil man ihn nicht für eine Episode unter vielen hält; für den Romantiker ist darin in konzentrierter Form alles enthalten, was die Liebe insgesamt ausmacht. Daher gibt es für den Erzähler bei so vielen Liebesgeschichten, nachdem das Paar eine Reihe anfänglicher Hindernisse überwunden hat, nichts weiter zu tun, als es in eine nebulöse glückliche Zukunft zu entlassen – oder es zu vernichten. Was wir Liebe nennen, ist normalerweise nur der Anfang der Liebe.

Rabih und seine Frau wundern sich, wie selten sie danach gefragt werden, wie es ihnen ergangen ist, seit sie sich begegnet sind, als wäre ihre eigentliche Beziehung nicht interessant genug, um berechtigte Neugier zu wecken. Niemals haben sie vor anderen die eine Frage beantwortet, die sie beide eigentlich beschäftigt: »Wie fühlt es sich an, eine Zeitlang verheiratet zu sein?«

Die Geschichten von Beziehungen, die jahrzehntelang ohne offensichtliches Unglück oder Glück bestehen, bleiben – faszinierend und zugleich irritierend – die Ausnahmen unter den Geschichten, die wir uns über den Verlauf der Liebe zu erzählen wagen.

Der Anfang, dem zu viel Aufmerksamkeit gewidmet wird, lautet folgendermaßen: Rabih ist einunddreißig und Bewohner einer Stadt, die er kaum kennt oder versteht. Früher hat er in London gelebt, aber vor kurzem ist er wegen der Arbeit nach Edinburgh gezogen. Sein früheres Architekturbüro hatte die Hälfte der Mitarbeiter nach einem unerwarteten Auftragsverlust entlassen, und so zwang ihn die Arbeitslosigkeit, sein berufliches Netz weiter zu spannen, als ihm lieb war – weswegen er schließlich einen Job bei einem schottischen Stadtentwicklungsbüro annahm, das auf Plätze und Straßenkreuzungen spezialisiert ist.

Schon seit einigen Jahren, als die Beziehung mit einer Graphikerin auseinanderging, ist er allein. Er ist Mitglied in einem Fitnessstudio und bei einer Partnerschaftsbörse. Er war bei der Ausstellungseröffnung Keltischer Kunst. Er hat an einigen Veranstaltungen teilgenommen, die mit seiner Arbeit zu tun hatten. Alles umsonst. Manchmal spürte er eine intellektuelle Verbindung zu einer Frau, aber nichts Physisches – oder umgekehrt. Oder schlimmer noch, ein Hoffnungsschimmer, und dann wurde ein Partner erwähnt, der mit dem Gesichtsausdruck eines Gefängniswärters auf der anderen Seite des Raumes stand.

Trotz allem, Rabih gibt nicht auf. Er ist ein Romantiker. Und eines Tages, nach vielen inhaltsleeren Sonntagen, passiert es schließlich, fast so, wie er es – hauptsächlich durch die Kunst – gelernt hat: Die Erwartung wird wahr.

Der Kreisverkehr auf der A720 von Edinburgh nach Süden verbindet die Hauptstraße mit einer Sackgasse in einer Villengegend, die an einen Golfplatz mit einem Teich angrenzt – ein Auftrag, den Rabih weniger aus Interesse annimmt als wegen der Verpflichtungen, die mit seinem bescheidenen Rang in der Hackordnung seiner Firma zusammenhängen.

Der Kunde hatte die Leitung ursprünglich einem Obergutachter des Stadtrats übergeben, aber am Tag vor Beginn des Projektes hat der Mann einen Trauerfall in der Familie – und eine jüngere Kollegin wird an seine Stelle berufen.

An einem bewölkten Morgen Anfang Juni, kurz nach elf, schütteln sie sich auf der Baustelle die Hand. Kirsten McLelland trägt eine Warnschutz-Jacke, einen Helm und schwere Stiefel mit Gummisohlen. Rabih Khan versteht kaum, was sie sagt – nicht nur wegen der unablässigen Kompressorengeräusche, sondern auch, weil Kirsten ziemlich leise spricht, was ihm gleich auffällt, außerdem im

Tonfall ihres Invernessdialekts, in dem die Sätze, noch ehe sie vervollständigt sind, verklingen, als fiele ihr währenddessen ein Einwand gegen das, was sie gerade sagt, ein, oder als wende sie sich einfach wichtigeren Dingen zu.

Trotz ihrer Kleidung (oder eigentlich gerade deshalb) fallen Rabih an Kirsten einige psychologische und physische Merkmale auf, für deren Reiz er empfänglich ist. Er beobachtet, wie ruhig und amüsiert sie auf das herablassende Verhalten der muskulösen zwölfköpfigen Bauarbeitertruppe reagiert; wie sorgfältig sie die verschiedenen Punkte auf dem Zeitplan abhakt; wie selbstbewusst sie die Mode ignoriert und wie außergewöhnlich die leichte Unregelmäßigkeit ihrer oberen Schneidezähne wirkt.

Als das Teamtreffen beendet ist, setzen sich die beiden Vertragspartner auf eine nahegelegene Bank, um die Verträge durchzusehen. Aber nach ein paar Minuten beginnt es, in Strömen zu regnen, und weil im Baustellenbüro kein Platz ist, schlägt Kirsten vor, sich auf der Hauptstraße ein Café zu suchen, um dort den Papierkram zu erledigen.

Auf dem Weg dorthin kommen sie unter ihrem Schirm aufs Wandern zu sprechen. Kirsten erzählt Rabih, dass sie versucht, so oft wie möglich aus der Stadt herauszukommen. Tatsächlich hat sie vor kurzem beim Loch Carriagean ihr Zelt in einem einsamen Kiefernwald aufgeschlagen und war dort von der Ruhe und der Weite ganz erfüllt, fernab von anderen Menschen und all den Zerstreuungen und der Hektik des Stadtlebens. Ja, sie war alleine dort, antwortet sie; er stellt sich vor, wie sie unter der Zeltplane ihre Stiefel aufschnürt. Auf der Hauptstraße angekommen, ist kein Café in Sicht, so dass sie im Taj Mahal Zuflucht suchen, ein düsteres, menschenleeres indisches Restaurant, wo sie Tee bestellen und (auf Empfehlung des Inhabers) einen Teller mit Poppadoms, hauchdünnen indischen Fladen. Gestärkt gehen sie die Formulare durch und beschließen, dass es wohl am besten ist, die Zementmischmaschine erst für die dritte Woche zu bestellen und die Pflastersteine in der Folgewoche liefern zu lassen.

Rabih beobachtet Kirsten – um Diskretion bemüht – mit detektivischer Aufmerksamkeit. Er bemerkt zarte Sommersprossen auf ihren Wangen; eine merkwürdige Mischung aus Entschiedenheit und Zurückhaltung in ihrem Ausdruck; dichtes, schulterlanges braunes Haar, das seitlich gescheitelt ist, und die Angewohnheit, Sätze mit einem flotten »Also, die Sache ist die …« zu beginnen.

Mitten in diesem pragmatischen Gespräch gelingt es ihm dennoch, dem Ganzen etwas Privates zu verleihen. Auf seine Frage nach ihren Eltern antwortet Kirsten mit einem Anflug von Verlegenheit in der Stimme, dass sie in Inverness von ihrer alleinerziehenden Mutter aufgezogen wurde, ihr Vater habe schon frühzeitig das Interesse am Familienleben verloren. »Es war für mich kein idealer Anfang, mir im Hinblick auf Menschen große Hoffnungen zu machen«, sagt sie mit einem befangenen Lächeln (er bemerkt, dass der linke obere Schneidezahn etwas schief steht). »Vielleicht war deshalb die Vorstellung von ›glücklich bis ans Ende‹ nie so mein Ding.«

Die Bemerkung empfindet Rabih eigentlich nicht als Zurückweisung, er denkt an den Grundsatz, dass Zyniker letztlich Idealisten mit ungewöhnlich hohem Standard sind.

Durch die breiten Fenster des Taj Mahal sieht er die schnell ziehenden Wolken und in der Ferne eine zaghafte Sonne, deren Strahlen die schwarzen Vulkankuppen der Pentland Hills erhellen.

Er könnte sich damit begnügen, dass Kirsten eine recht nette Person ist, um mit ihr einen Morgen zu verbringen und lästige Probleme der städtischen Verwaltung zu lösen. Er könnte seine Beurteilung darauf beschränken, welche Charaktereigenschaften hinter ihren Überlegungen über das Büroleben und die schottische Politik liegen. Er könnte akzeptieren, dass ihre Seele wohl kaum an ihrer blassen Haut oder der Neigung ihres Halses erkennbar ist. Er könnte sich damit zufriedengeben, dass sie ziemlich interessant ist und er noch fünfundzwanzig Jahre brauchen wird, um sie eigentlich kennenzulernen.

Stattdessen ist er sich ganz sicher, jemanden mit einer ganz außergewöhnlichen Kombination innerer und äußerer Qualitäten entdeckt zu haben – Intelligenz und Freundlichkeit, Humor und Schönheit, Ernsthaftigkeit und Mut; eine Person, die ihm fehlen würde, sollte sie jetzt den Raum verlassen, obwohl sie ihm noch vor zwei Stunden völlig unbekannt war; deren Finger – die gerade mit einem Zahnstocher zarte Linien auf der Tischdecke ziehen – er streicheln und zwischen seinen eigenen spüren möchte; mit der er Kinder haben und den Rest seines Lebens verbringen möchte.

Aus Angst, sie zu kränken, unsicher über ihre Vorlieben, wohl wissend, wie leicht er eine Andeutung missverstehen könnte, zeigt er sich äußerst besorgt und besonders aufmerksam.

»Entschuldigung; möchten Sie Ihren Schirm lieber selber halten?«, fragt er sie auf dem Rückweg zur Baustelle.

»Ach, mir ist das eigentlich egal«, antwortet sie.

»Ich halte ihn wirklich gerne für Sie – oder eben auch nicht«, drängt er.

»Wirklich, wie Sie wollen!«

Er legt jedes Wort auf die Goldwaage. Auch wenn es guttut, sich zu offenbaren, möchte er sich Kirsten gegenüber erst einmal nicht öffnen. Seine wahre Persönlichkeit zu zeigen hat zu diesem Zeitpunkt keinerlei Priorität.

In der nächsten Woche treffen sie sich wieder. Als sie für einen Bericht über das Budget und die Baufortschritte wieder zum Taj Mahal gehen, fragt Rabih, ob er ihre Aktentasche tragen darf, woraufhin sie lacht und meint, er solle nicht so sexistisch sein. Offenbar ist dies nicht der richtige Moment, um ihr zu eröffnen, dass er ihr ebenso gerne beim Umzug helfen würde – oder sie pflegen würde, wenn sie Malaria hätte. Andererseits steigert es Rabihs Faszination für Kirsten, die generell kaum Hilfe zu brauchen scheint – demnach wäre Schwäche am Ende ein reizvoller Zug bei einem starken Menschen.

»Die Sache ist die, dass die Hälfte meiner Abteilung entlassen wurde, so dass ich eigentlich die Arbeit von drei Leuten übernehme«, erklärt Kristen, als sie Platz genommen haben. »Gestern Abend war ich erst um zehn fertig, obwohl das vor allem daran liegt, dass ich, wie Sie vielleicht schon bemerkt haben, alles unter Kontrolle haben muss.«

Weil er befürchtet, etwas Falsches zu sagen, weiß er nicht, worüber er reden soll – aber weil Schweigen ein

Zeichen für Langeweile wäre, will er auch keine längeren Pausen zulassen. Schließlich beschreibt er langatmig, wie sich das Gewicht der Brücken auf die tragenden Pfeiler verteilt, und schiebt dann eine Analyse der relativen Bremsgeschwindigkeit von Reifen auf nassen und trockenen Oberflächen hinterher. Zumindest verweist diese Unbeholfenheit auf seine Ernsthaftigkeit: In der Regel sind wir nicht sonderlich befangen, wenn wir jemanden verführen, an dem uns nicht allzu viel gelegen ist.

Unablässig spürt er, wie wenig Anspruch er auf Kirstens Aufmerksamkeit hat. Ihre Freiheit und Selbständigkeit findet er erschreckend und erregend zugleich. Er ist sich dessen bewusst, dass es keinerlei Grund dafür gibt, dass sie ihm jemals Zuneigung entgegenbringt. Ihm ist klar, wie wenig Recht er darauf hat, dass sie ihn mit all seinen Fehlern mit der notwendigen Nachsicht betrachtet. In Kirstens Leben spielt er vorerst eine äußerst bescheidene Rolle.

Nun stellt sich die zentrale Frage, ob das Gefühl auf Gegenseitigkeit beruht, letztlich ein kinderleichtes Thema, das doch endlose Deutungen und ausgiebige psychologische Mutmaßungen impliziert. Sie hat ihm für seinen grauen Regenmantel ein Kompliment gemacht. Sie hat ihn für ihren Tee und das Essen zahlen lassen. Sie hat ihn ermutigt, als er seinen Ehrgeiz erwähnte, wieder in der Architektur Fuß zu fassen. Dreimal versuchte er, das Gespräch auf ihre früheren Beziehungen zu bringen, aber darauf reagierte sie jeweils ziemlich angespannt, ja leicht irritiert. Und sie ging auch nicht auf seinen Vorschlag ein, sich einen Film anzusehen.

Doch solche Zweifel schüren nur das Begehren. Nach Rabihs Erfahrung sind nicht die Menschen am attraktivsten, die ihn gleich akzeptieren (deren Urteil zweifelt er an), oder solche, die ihm keine Chance geben (deren Gleichgültigkeit lehnt er inzwischen ab), sondern jene, die ihn aus unerklärlichen Gründen – vielleicht eine konkurrierende romantische Beziehung oder eine zurückhaltende Art, eine physisch missliche Lage oder ein psychischer Hinderungsgrund, eine religiöse Überzeugung oder eine entgegengesetzte politische Meinung – eine Weile im Regen stehen lassen.

Die Sehnsucht erweist sich auf ganz eigene Weise als faszinierend.

Schließlich findet Rabih in den Unterlagen des Stadtrats ihre Telefonnummer und schreibt ihr eines Samstagmorgens eine SMS, er vermute, später käme die Sonne raus. »Ich weiß«, lautet die fast unverzügliche Antwort. »Wie wär's mit dem Botanischen Garten? Kx«

Und so betrachten sie drei Stunden später die ungewöhnlichsten Baum- und Pflanzenarten im Botanischen Garten von Edinburgh. Sie sehen eine chilenische Orchidee, sie bewundern die Verästelungen eines Rhododendron, und sie bleiben zwischen einer Schweizer Tanne und einem riesigen kanadischen Redwood-Baum stehen, dessen Zweige in einer leichten Meeresbrise schwingen.

Rabih hat keine Kraft mehr für die üblichen sinnlosen Worte, die solchen Ereignissen sonst vorausgehen. So ergibt es sich aus ungeduldiger Verzweiflung und keineswegs aus Arroganz oder einer Anspruchshaltung heraus, dass er Kirsten mitten im Satz unterbricht – sie liest gerade von einer Informationstafel ab »Alpenbäume sollte man nie verwechseln mit ...« –, und ihr Gesicht mit beiden Händen umfasst und seine Lippen sanft auf die ihren drückt, worauf sie die Augen schließt und ihre Arme fest um seine Lenden schlingt.

Von einem Eiswagen in Inverleith Terrace schallt ein furchterregendes Geklingel herüber, eine Dohle kreischt auf dem Zweig eines Baumes, den man aus Neuseeland eingeführt hat, und niemand bemerkt zwei Menschen, etwas versteckt hinter fremdländischen Bäumen, in einem der zärtlichsten und folgenschwersten Augenblicke ihres Lebens.

Dennoch sollten wir betonen, dass dies noch nicht viel mit einer Liebesgeschichte zu tun hat. Liebesgeschichten beginnen nicht dann, wenn wir fürchten, jemand würde uns vielleicht nicht wiedersehen wollen, sondern wenn wir entscheiden, dass wir nichts dagegen haben, uns ständig zu sehen; nicht, wenn wir die Möglichkeit haben, wegzulaufen, sondern wenn wir uns gegenseitig das feste Versprechen geben, ein Leben lang zusammenzuhalten und uns nicht loszulassen.

Unser Verständnis von Liebe wird durch die ersten verführerischen und ergreifenden Augenblicke irregeleitet und getäuscht. Wir lassen unsere Liebesgeschichten viel zu früh enden. Wir wissen definitiv zu viel darüber, wie die Liebe beginnt, und bedenklich wenig darüber, wie es mit ihr weitergeht.

An den Toren des Botanischen Gartens sagt Kirsten Rabih, er möge sie anrufen und, mit einem Lächeln, mit dem sie plötzlich aussieht, wie sie wohl mit zehn Jahren ausgesehen hat, räumt sie ein, in der nächsten Woche jeden Abend Zeit zu haben.

Während er sich auf seinem Heimweg nach Quartermile durch das Samstagsgedränge wühlt, schwebt Rabih so auf Wolke sieben, dass er den nächstbesten Fremden anhalten könnte, um ihm sein Glück zu verkünden. Ohne dass ihm dies so recht klar ist, hat er die drei wesentlichen Herausforderungen höchst erfolgreich gemeistert, die dem romantischen Konzept der Liebe entsprechen: Er hat die richtige Frau gefunden; er hat ihr sein Herz eröffnet, und er ist angenommen worden.

Und doch ist er natürlich noch nirgendwo angekommen. Er und Kirsten werden heiraten, sie werden leiden, sie werden oft Geldsorgen haben, sie werden zuerst ein Mädchen, dann einen Jungen bekommen, einer der beiden wird eine Affäre haben, es wird Zeiten der Langeweile geben, manchmal werden sie sich gegenseitig und gelegentlich sich selbst umbringen wollen. *Dies* wird die eigentliche Liebesgeschichte sein.

Leidenschaft

Kirsten schlägt einen Ausflug nach Portobello Beach vor, eine halbe Stunde mit dem Rad auf dem Firth of Forth, am Meer entlang. Rabih ist unsicher auf dem Rad, das er bei einem von Kirsten empfohlenen Laden in einer Seitenstraße der Princes Street gemietet hat. Sie hat ein eigenes, ein kirschrotes Modell mit zwölf Gängen und fortschrittlichen Felgenbremsen. Er gibt sein Bestes, um mitzuhalten. Auf halbem Weg den Hügel hinab schaltet er in den nächsten Gang, aber die Kette will nicht, springt ab und dreht sich im Leerlauf um die Nabe. Er ist frustriert und wird wütend. Zu dem Laden wäre es ein weiter Weg. Kirsten aber geht mit dieser Situation ganz anders um. »Schau dich an«, sagt sie, »du riesengroßer Esel, du.« Sie dreht das Fahrrad um, schaltet die Gänge zurück und richtet die Gangschaltung wieder. Ihre Hände sind schnell ölverschmiert, ein Streifen davon landet auf ihrer Wange.

Liebe bedeutet Bewunderung für die Qualitäten des Geliebten, die unsere Schwächen und Defizite ausgleichen; Liebe ist eine Suche nach Ergänzung.

Er hat sich in ihre Ruhe verliebt; in ihr Vertrauen, dass alles gut wird; dass sie sich offenbar nie verfolgt fühlt und Fatalismus nicht zu kennen scheint; dies sind die Tugenden seiner ungewöhnlichen neuen schottischen Freundin, die mit einem so starken Akzent spricht, dass er dreimal nachfragen muss, um das Wort *gelegentlich* zu verstehen. Rabihs Liebe ist eine logische Reaktion auf die Entdeckung von Kirstens Stärken und Eigenschaften, die er selber gerne hätte. Er liebt aus einem Gefühl von Unvollständigkeit heraus – und aus einer Sehnsucht nach Ganzheit.

Damit ist er nicht allein. Denn auch Kirsten möchte eigene Mängel wettmachen, aber eben in anderen Bereichen. Sie ist erst nach dem Studium aus Schottland rausgekommen. Ihre Verwandten stammen alle aus derselben kleinen Ecke des Landes. Dort herrscht Engstirnigkeit; die Farben sind grau, Selbstlosigkeit zählt, die Atmosphäre ist provinziell. Daher fühlt sie sich zu allem hingezogen, was sie mit dem Süden verbindet. Sie sehnt sich nach Licht und Hoffnung, nach Menschen, die ihren Körper spüren und Leidenschaft und Gefühle zulassen können. Sie betet die Sonne an, während sie ihre blasse Haut und ihre Lichtempfindlichkeit nicht ausstehen kann. Ein Poster von der Medina von Fez hängt bei ihr an der Wand.

Alles, was sie über Rabihs Hintergrund erfährt, fasziniert sie. Dass er der Sohn eines libanesischen Vaters und einer deutschen Mutter ist, er Ingenieur und sie Stewardess, findet sie aufregend. Er erzählt ihr Geschichten über eine Kindheit in Beirut, Athen und Barcelona, wo es strahlend schöne Augenblicke, aber manchmal auch größte Gefahr gab. Er spricht Arabisch, Französisch, Deutsch und Spanisch; seine Koseworte (spielerisch überbracht) haben viele Facetten. Seine Haut ist olivenfarben, ganz anders als ihre rosig helle. Er schlägt seine langen Beine übereinander, wenn er sitzt, und seine erstaunlich grazilen Hände können Makdous, Taboulé und Kartoffelsalat zubereiten. Er versorgt sie mit seiner Welt.

Auch sie ist auf der Suche nach einer Liebe, die sie ins Gleichgewicht bringt und sie vervollständigt und ergänzt.

In der Liebe geht es auch darum, von den Verletzlichkeiten und Sorgen des anderen berührt zu werden, besonders dann, wenn wir (wie es in den ersten Tagen passiert) dafür nicht zur Verantwortung gezogen werden. Unseren Liebhaber niedergeschlagen oder in einer Krise zu sehen, in Tränen oder einer Situation nicht gewachsen, gibt uns die Sicherheit, dass er, trotz aller Tugenden, doch nicht so beängstigend unschlagbar ist. Auch er ist manchmal verwirrt und nah am Wasser gebaut, eine Erkenntnis, die uns eine neue, helfende Rolle auferlegt, die unsere Scham über die eigenen Unzulänglichkeiten reduziert und uns im Leiden einander näherbringt.

Die beiden nehmen den Zug nach Inverness, um Kirstens Mutter zu besuchen. Sie besteht darauf, die beiden am Bahnhof abzuholen, obgleich dies für sie eine Bustour durch die ganze Stadt bedeutet. Sie nennt Kirsten ihr »Lämmchen« und umarmt sie auf dem Bahnsteig innig, mit schmerzhaft geschlossenen Augen. Sie reicht Rabih formell die Hand und entschuldigt sich für die jahreszeitlichen Gegebenheiten: es ist halb drei Uhr nachmittags und schon fast dunkel. Sie hat dieselben lebhaften Augen wie ihre Tochter, doch ihre haben zudem noch etwas Unerschrockenes, weswegen er sich ziemlich unwohl fühlt, als sie sich dann auf ihn richten – was sie während ihres Aufenthalts wieder und wieder unvorhergesehen tun.

Ihr Zuhause ist ein schmales, einstöckiges graues Reihenhaus, unmittelbar gegenüber der Grundschule, wo die Mutter seit drei Jahrzehnten unterrichtet. In ganz Inverness gibt es Erwachsene – die inzwischen Läden besitzen, Verträge entwerfen und Blut abnehmen –, die sich an ihre Einführung in die Grundlagen der Arithmetik erinnern und an die Bibelgeschichten, denen sie zu Mrs McLelland's Füßen gelauscht haben. Genau genommen erinnern sie sich daran, wie deutlich sie allen ihre Zuneigung zeigte, aber auch, wie leicht man sie enttäuschen konnte.

Die drei essen gemeinsam im Wohnzimmer zu Abend, während im Fernsehen eine Quiz-Show läuft. Bilder, die Kirsten im Kindergarten gemalt hat, pflastern in hübschen vergoldeten Rahmen die Wände des Treppenhauses. Im Flur hängt ein Foto von ihrer Taufe, in der Küche ein Bild von ihr in ihrer Schuluniform, im Alter von sieben Jahren, vernünftig dreinblickend und mit Zahnlücke; und auf dem Bücherbord steht ein Schnappschuss von ihr, als sie elf war, hager, zerzaust und unerschrocken, in Shorts und T-Shirt am Strand.

Ihr Zimmer ist offenbar mehr oder weniger unberührt, seit sie nach Aberdeen gegangen ist, um in Jura und Buchhaltung ihren Abschluss zu machen, im Schrank hängen schwarze Kleidungsstücke, und die Regale sind vollgepackt mit zerfledderten Schulbüchern. In die Penguin-Ausgabe von *Mansfield Park* hat die jüngere Kirsten damals geschrieben, »Fanny Price: die Tugend der außergewöhnlichen Normalen«. Ein Fotoalbum unter dem Bett bietet eine Aufnahme von ihrem Vater, der in Cruden Bay vor einem Eiswagen steht. Sie ist sechs und wird nur noch ein Jahr lang etwas von ihm haben.

Der Familienlegende gemäß hat Kirstens Vater nach zehn Ehejahren eines Morgens das Haus verlassen, mit einem kleinen Koffer, den er, während seine Frau in der Schule war, gepackt hatte. Als einzige Erklärung hatte er auf dem Tisch im Flur einen Zettel hinterlassen, auf den *Sorry* gekritzelt war. Danach zog er in Schottland umher, verdingte sich hier und da auf einer Farm und blieb mit Kirsten nur in Kontakt, um ihr einmal jährlich zum Geburtstag eine Karte und ein Geschenk zu schicken. Als sie zwölf wurde, kam ein Päckchen mit einer Strickjacke in der Größe für eine Neunjährige. Kirsten schickte es an eine Adresse in Cammachmore zurück mit der freimütigen Notiz, sie hoffe, er werde bald sterben. Seither hat man nichts mehr von ihm gehört.

Wäre er wegen einer anderen Frau gegangen, hätte er lediglich sein Ehegelöbnis gebrochen. Aber Frau und Kind zu verlassen, nur um für sich zu sein und sich noch mehr zu vergnügen, ohne je über seine Motive zufriedenstellend Rechenschaft abzulegen – dies hatte eine viel tiefergreifendere, abstraktere und noch verheerendere Dimension.

Kirsten liegt in Rabihs Armen, während sie ihm all dies darlegt. Ihre Augen sind rot. Dies ist eine weitere Seite an ihr, die er liebt: die Schwäche eines sonst so ausgesprochen kompetenten Menschen.

Sie fühlt ihrerseits genauso für ihn – von seiner eigenen Geschichte gibt es mindestens ebenso traurige Umstände zu berichten. Als Rabih zwölf war, nach einer Kindheit, die von sektiererischer Gewalt, Straßensperren und Nächten in Luftschutzkellern geprägt war, sind er und seine Eltern von Beirut nach Barcelona gezogen. Aber schon ein halbes Jahr, nachdem sie ankamen und sich in einer Wohnung in der Nähe des alten Hafens niedergelassen hatten, begann seine Mutter, über Unterleibschmerzen zu klagen. Sie ging zum Arzt, und vollkommen unvorhergesehen wurde bei ihr ein fortgeschrittener Leberkrebs diagnostiziert, was in dieser Unmittelbarkeit in ihrem Sohn das Urvertrauen zerschlug. Drei Monate später starb sie. Nach einem Jahr war sein Vater wieder verheiratet, mit einer emotional distanzierten Engländerin, mit der er jetzt im Ruhestand in einer Wohnung in Cadiz lebt.

Kirsten möchte den zwölfjährigen Jungen von damals trösten, und dies so leidenschaftlich, dass es sie selbst überrascht. Vor ihrem geistigen Auge sieht sie immer wieder ein Bild von Rabih und seiner Mutter, zwei Jahre vor ihrem Tod, auf dem Rollfeld des Beiruter Flughafens, mit einer Lufthansa-Maschine im Hintergrund. Rabihs Mutter war auf Flügen nach Asien und Amerika eingesetzt, reichte wohlhabenden Geschäftsleuten im vorderen Bereich des Flugzeugs die Mahlzeiten, stellte sicher, dass die Gurte fest angeschnallt waren, schenkte Getränke aus und lächelte Fremde an, während ihr Sohn zu Hause auf sie wartete. Rabih erinnert sich noch an die aufgeregte Quasi-Übelkeit an den Tagen, wenn er sie zurückerwartete. Aus Japan brachte sie ihm einmal Notizbücher aus Fasern von Maulbeerbäumen mit und aus Mexiko eine bemalte Figur von einem Azteken-Häuptling. Sie sah wie eine Filmschauspielerin aus – wie Romy Schneider, meinten die Leute.

Zentral für Kirstens Liebe ist das Bedürfnis, die Wunde von Rabihs lang verdrängtem, selten erwähnten Verlust zu heilen.

Die Liebe ist dann am innigsten, wenn wir merken, dass unsere Geliebten unsere chaotischen, peinlichen und beschämenden Seiten verstehen, vielleicht sogar besser als wir selbst. Wenn wir uns mit Mitgefühl und Nachsicht verstanden fühlen, entwickelt sich das Vermögen, zu vertrauen und zu geben. Liebe ist die Dividende der Dankbarkeit für den Einblick in unsere eigene verwirrte und gestörte Psyche.

»Du bist wieder in deinem ›wütend-erniedrigten-und-merkwürdig-ruhigen‹ Modus«, diagnostiziert sie eines Abends, als die Autovermietungs-Website, auf der Rabih für sich und vier Kollegen einen Minibus mieten will, auf der allerletzten Seite steckenbleibt und ihn im Zweifel lässt, ob alle seine Eingaben richtig gespeichert wurden und seine Kreditkarte belastet ist. »Ich finde, du solltest schreien, etwas Unanständiges sagen, und dann ins Bett kommen. Ich hätte nichts dagegen. Ich würde sogar die Vermietungsstation morgen früh für dich anrufen.« Seine Unfähigkeit, Wut zum Ausdruck zu bringen, erkennt sie ganz klar; wie er Schwierigkeiten in Apathie und Selbst-

hass verwandelt, hat sie durchschaut. Ohne ihn bloß-
zustellen, kann sie den Finger darauflegen und benennen,
welche verrückte Formen dies manchmal annehmen kann.

Mit ähnlicher Präzision begreift sie seine Angst, er
könnte sich vor den Augen seines Vaters blamieren – und
folglich auch vor anderen männlichen Autoritätsperso-
nen. Unterwegs zu einer ersten Begegnung mit seinem
Vater im Hotel George flüstert sie Rabih ohne Ankündi-
gung zu: »Stell dir einfach vor, dass es gleichgültig ist, was
er von mir hält – oder eben auch von dir.« Rabih hat das
Gefühl, als kehre er in freundschaftlicher Begleitung am
helllichten Tag in einen Wald zurück, in dem er bisher immer nachts und allein gewesen ist, und merke nun, dass
die bösen Gestalten, die ihm früher einen großen Schrecken einjagten, eigentlich immer nur Felsbrocken waren,
die merkwürdige Schatten warfen.

*Die Liebe ist anfangs von einer enormen Erleichterung
geprägt, sich endlich auch mit all dem zeigen zu dürfen,
was zuvor anstandshalber versteckt gehalten wurde. Nun
können wir zugeben, nicht so respektabel oder so nüch-
tern, nicht so geschliffen oder so »normal« zu sein, wie die
Gesellschaft meint. Wir können kindisch, phantasievoll,
wild, hoffnungsvoll, zynisch, zerbrechlich und vielfältig
sein – und der Liebende versteht all dies und nimmt uns
mit all dem an.*

Um elf Uhr nachts gehen sie, nach einem ersten Abendessen, nochmals raus und holen sich bei Los Argentinos in
der Preston Street gegrillte Hüftsteaks, die sie dann im

Mondschein auf einer Parkbank verspeisen. Sie sprechen in witzigem Akzent miteinander: sie ist eine verlorene Touristin aus Hamburg, die das Museum für Moderne Kunst sucht; er kann nicht wirklich weiterhelfen, weil er als Hummerhändler aus Aberdeen den ungewohnten Tonfall nicht versteht.

Sie werden wieder zu verspielten Kindern. Sie hüpfen auf dem Bett. Sie spielen miteinander Huckepack. Sie lästern. Nach einer Party finden sie unweigerlich an allen anderen Gästen etwas auszusetzen. Ihre gegenseitige Loyalität verstärkt sich, je illoyaler sie gegenüber den anderen werden.

Sie revoltieren gegen jede alltägliche Scheinheiligkeit. Sie befreien sich gegenseitig davon, mit Kompromissen leben zu müssen. Sie meinen, keine Geheimnisse mehr zu haben.

Normalerweise müssen sie auf Namen reagieren, die ihnen vom Rest der Welt gegeben wurden, wie sie in offiziellen Dokumenten und in der Bürokratie gelten, aber die Liebe inspiriert dazu, Kosenamen zu erfinden, die besser zu ihrer Zärtlichkeit passen. Kirsten heißt also »Teckle«, was auf Schottisch umgangssprachlich so viel wie »toll« bedeutet und für Rabih verschmitzt und arglos, geschickt und entschlossen klingt. Er hingegen erhält den Namen »Sfouf«, nach dem trockenen, mit Anis und Ingwer gewürzten libanesischen Kuchen, den er sie in einem Delikatessengeschäft am Nicolson Square kosten lässt – und der für sie perfekt zu der zurückhaltenden Süße und levantinischen Exotik des Jungen aus Beirut mit den traurigen Augen passt.

Sex und Liebe

Für das zweite Date, nach dem Kuss im Botanischen Garten, hat Rabih ein Essen in einem Thai Restaurant auf der Howe Street vorgeschlagen. Er ist zuerst da und wird ins Souterrain zu einem Tisch neben einem Aquarium geführt, in dem sich bedrohlich viele Hummer drängen. Sie kommt ein paar Minuten zu spät, leger gekleidet in alten Jeans und Sweatshirt, ohne Makeup, mit Brille statt ihrer üblichen Kontaktlinsen. Das Gespräch beginnt mühsam. Rabih weiß nicht, wie er an die große Intimität ihres letzten Treffens anknüpfen soll. Als wären sie wieder einfach nur Bekannte. Sie reden über seine Mutter und ihren Vater, über Bücher und Filme, die sie beide kennen. Aber er traut sich nicht, ihre Hände zu berühren, die sie ohnehin meist im Schoß hält. Er hat Angst, sie könnte es sich anders überlegt haben.

Doch als sie später auf der Straße sind, verfliegt die Spannung. »Möchten Sie auf einen Tee zu mir – Kräutertee vielleicht?«, fragt sie. »Es ist nicht weit von hier.«

Also gehen sie ein paar Straßen weiter zu einem Appartementhaus und steigen in den obersten Stock, wo sie eine winzige, aber sehr schöne Ein-Zimmer-Wohnung mit

Blick aufs Meer und Fotos von verschiedenen Gegenden in den Highlands an den Wänden hat.

»Ich habe so ziemlich alles anprobiert, was ich besitze, und dann gedacht, zum Teufel damit«, ruft sie aus, »wie man das eben so macht!«

Sie ist in der Küche und kocht den Tee. Er kommt dazu, nimmt die Dose in die Hand und bemerkt, wie komisch das Wort *Kamille* aussieht, wie es da geschrieben steht. »Dir fallen gleich die wichtigen Dinge auf«, scherzt sie warmherzig. Es klingt wie eine Art Einladung, und er tritt näher und küsst sie zärtlich. Dieser Kuss will gar nicht enden. Im Hintergrund hören sie den Wasserkessel sieden und sich dann beruhigen. Rabih fragt sich, wie weit er gehen darf. Er streichelt Kirstens Nacken, dann ihre Schultern. Er riskiert eine vorsichtige Liebkosung ihrer Brust und wartet umsonst auf eine Reaktion. Seine rechte Hand macht einen Streifzug über ihre Jeans, ganz leicht, und zieht dann eine Linie an ihren Oberschenkeln hinunter. Er weiß, dass er jetzt an den äußersten Grenzen dessen ist, was sich für ein zweites Treffen gehört. Und doch wagt er sich mit seiner Hand noch einmal heran, diesmal etwas gezielter mit seiner Bewegung auf dem Jeansstoff, rhythmisch gegen ihre Beine pochend.

Damit beginnt einer der erotischsten Augenblicke in Rabihs Leben, denn als Kirsten den Druck seiner Hand gegen die Jeans spürt, lehnt sie sich ganz sanft vorwärts, und dann noch etwas mehr. Sie öffnet die Augen und lächelt ihn an, und er lächelt zurück.

»Genau hier«, sagt sie und führt seine Hand gezielt in die Gegend gleich unterhalb ihres Reißverschlusses.

Das geht so etwa eine Minute weiter, und dann umfasst sie sein Handgelenk, führt seine Hand etwas höher und bringt ihn dann dazu, ihren Jeansknopf zu öffnen. Gemeinsam öffnen sie ihre Blue Jeans, sie nimmt seine Hand und führt sie zu dem schwarzen Gummiband ihres Slips. Er spürt ihre Wärme und, eine Sekunde später, wie feucht sie ist, was ihm unmissverständlich ihre Erwartung und Erregung zeigt.

Sinnlichkeit mag auf den ersten Blick wie ein physiologisches Phänomen wirken, eine Folge von hormonellem Erwachen und der Stimulation von Nerven. Aber in Wahrheit geht es weniger um Sinneswahrnehmungen als vielmehr um Ideen – in erster Linie um Akzeptanz und um die Vorstellung, dass Einsamkeit und Scham ein Ende haben.

Die Jeans ist jetzt offen, und ihre Gesichter errötet. Für Rabih entspringt die Sinnlichkeit, also dieses Gemisch aus Erleichterung und Erregung, zum Teil der Tatsache, dass Kirsten die ganze Zeit kaum den Eindruck vermittelt, dergleichen im Sinn zu haben.

Sie führt ihn ins Schlafzimmer und wirft den Kleiderstapel auf den Fußboden. Auf dem Nachttisch liegen ein Roman von George Sand, von der Rabih noch nie gehört hat, und ein paar Ohrringe. Daneben steht ein Bild von Kirsten in Schuluniform an der Hand ihrer Mutter vor ihrer Grundschule.

»Ich hatte keine Gelegenheit, all meine Geheimnisse zu verstecken«, sagt sie.

Draußen scheint ein fast voller Mond, und sie lassen die Vorhänge offen. Während sie umschlungen auf dem Bett liegen, streichelt er ihr Haar und drückt ihre Hand. Sie lächeln, als hätten sie die Scheu beide noch nicht ganz überwunden. Mitten in den Liebkosungen hält er inne und fragt, wann sie entschieden habe, dass sie das will, worauf nicht mit Eitelkeit geantwortet wird, sondern mit einer Mischung aus Dankbarkeit und Befreiung, jetzt, da das Begehren, das ohne Reaktion bloß obszön oder lüstern oder erbärmlich gewirkt hätte, sich beiderseits als erlösend erweist.

»Tatsächlich schon ziemlich früh, Mr Khan«, sagt sie. »Kann ich sonst noch irgendwie weiterhelfen?«

»Eigentlich schon.«

»Also dann.«

»Okay, an welcher Stelle hattest du zum ersten Mal das Gefühl, dass du ... wie soll ich sagen ... also, dass du vielleicht Lust hättest ...?«

»Mit mir zu schlafen?«

»So ungefähr.«

»Jetzt verstehe ich, was du meinst«, neckt sie ihn. »Ehrlich gestanden, seit wir das erste Mal unterwegs zu diesem Restaurant waren. Mir fiel auf, dass du einen schönen Hintern hast, und der ging mir die ganze Zeit nicht aus dem Sinn, während du dich weiter über unsere Arbeit ausgelassen hast – und in der darauffolgenden Nacht habe ich mir dann vorgestellt, ausgestreckt auf eben diesem Bett, auf dem wir jetzt liegen, wie es wäre, wenn ich deinen, ...also, okay, mir wird das jetzt auch peinlich, das war's wohl für den Augenblick.«

Die Vorstellung, dass ehrbar aussehende Leute eigentlich ziemlich sinnliche und eindeutige Phantasien haben, während sie nach außen nur um freundliches Geplauder bemüht scheinen – das findet Rabih noch immer völlig verblüffend und ziemlich reizvoll, und es beruhigt ihn in seinen eigenen unterschwelligen Schuldgefühlen bezüglich seiner Sexualität. Dass er in Kirstens nächtlichen Phantasien vorkommt, zu einem Zeitpunkt, als sie zugleich reserviert und aufrichtig wirkte, sie aber in Wahrheit begierig und direkt war – diese Erfahrung gehört zu den besten Augenblicken in Rabihs Leben.

Bei allem Gerede über die sexuelle Befreiung, Tatsache ist, dass die Menschen nach wie vor Heimlichkeit und eine gewisse Befangenheit bezüglich ihrer Sexualität empfinden. Wir können generell immer noch nicht sagen, was wir uns wünschen und mit wem. Scham und Repression von Verlangen sind nichts, an dem unsere Vorfahren und gewisse zugeknöpfte Religionen aus schwer verständlichen und unnötigen Gründen bloß festhielten: Sie sind schicksalhafte Konstanten in allen Bereichen – weshalb solch seltene Momente (es gibt im Leben wohl nur ganz wenige) einen derart starken Eindruck hinterlassen, wenn ein Fremder uns einlädt, unsere Deckung fallenzulassen, und zugibt, dass er so ziemlich dasselbe möchte, was wir uns insgeheim und voller Schuldgefühle auch ersehnen.

Um zwei Uhr morgens ist es vorbei. Irgendwo in der Dunkelheit heult eine Eule.

Kirsten schläft in Rabihs Armen ein. In ihrem kindlichen Vertrauen wirkt sie völlig entspannt, wie sie in den Strom des Schlafes gleitet, während er am Ufer steht und sich gegen das Ende dieses wunderbaren Tages wehrt, indem er dessen Höhepunkte noch einmal an sich vorbeiziehen lässt. Er beobachtet, wie ihre Lippen leicht zittern, als lese sie ein Buch in einer fremden Sprache der Nacht. Manchmal scheint sie für einen Moment aufzuwachen, und erstaunt und erschrocken um Hilfe zu flehen: »Der Zug!« ruft sie aus, oder mit noch größerer Angst, »Es ist morgen, sie haben es verschoben!« Er beschwichtigt sie (sie haben genug Zeit, zum Bahnhof zu kommen; sie hat alles fürs Examen gelernt) und nimmt ihre Hand, wie ein Vater, der sein Kind über eine befahrene Straße begleitet.

Es ist mehr als pure Schüchternheit, wenn sie das, was sie miteinander erlebt haben, »sich lieben« nennen. Es war für sie nicht nur eine sexuelle Begegnung, vielmehr haben sie ihre Gefühle – Wertschätzung, Zärtlichkeit, Dankbarkeit und Hingabe – in einen physischen Akt übersetzt.

Wir sprechen von Verzauberung, aber letztlich meinen wir wohl eigentlich das Entzücken, die Freude, endlich unser geheimes Selbst zeigen zu dürfen – und zu merken, dass unsere Liebhaber nicht etwa entsetzt über uns sind, sondern vielmehr mit Ermutigung und Bestätigung reagieren.

Eine gewisse Scham und Heimlichtuerei im Kontext der Sexualität fingen für Rabih im Alter von zwölf Jahren an. Davor hat er natürlich auch schon ein paar geringfügige

Lügen erzählt und Sünden begangen: Er hat Münzen aus dem Portemonnaie seines Vaters gestohlen; er tat nur so, als hätte er seine Tante Ottilie gern, und eines Nachmittags in ihrer stickigen, engen Wohnung nahe der Küstenstraße schrieb er einen ganzen Abschnitt der Hausaufgaben in Algebra von seinem begabten Mitschüler Michel ab. Aber solche Regelverstöße hatten noch nicht zu Selbstekel geführt.

Für seine Mutter war er immer das süße, einsichtige Kind, für das sie den diminutiven Kosenamen »Maus« hatte. Maus kuschelte gerne mit ihr im Wohnzimmer unter der großen Kaschmirdecke und ließ sich das Haar aus seiner zarten Stirn streichen. Dann musste er eines Tages plötzlich an eine Mädchengruppe ein paar Klassen über ihm denken, zierliche, redselige Spanierinnen, die in der Pause als verschworenes Grüppchen herumspazierten und mit frechen, selbstbewussten und verführerischen Mienen miteinander kicherten. An den Wochenenden schlich er sich alle paar Stunden in das kleine blaue Badezimmer und malte sich Szenen aus, die er sich gleich danach schwor zu vergessen. Wer er für seine Familie sein musste und wer er nun in seinem Innersten war, zwischen diesen beiden tat sich eine tiefe Kluft auf. Diese Trennung war vielleicht am schmerzlichsten in der Beziehung zu seiner Mutter. Es änderte auch nichts, dass seine Pubertät fast genau zur selben Zeit begann, als ihre Krebserkrankung diagnostiziert wurde. Tief im Unbewussten, in einem dunklen, für die Logik unzugänglichen Winkel, entwickelte sich die Vorstellung, dass seine Entdeckung der Sexualität zu ihrem Tod beigetragen hatte.

Für Kirsten lief in diesem Alter ebenfalls nicht alles rund. Auch für sie spielten bedrückende Vorstellungen eine Rolle, was es heißt, ein guter Mensch zu sein. Mit vierzehn ging sie gern mit dem Hund spazieren, half freiwillig im Altenheim, machte in Erdkunde zusätzliche Hausaufgaben über Flüsse – aber allein in ihrem Zimmer, wenn sie sich mit hochgezogenem Rock im Spiegel betrachtete, stellte sie sich vor, wie sie für einen älteren Jungen in der Schule posierte. Ganz ähnlich wie Rabih wünschte sie sich gewisse Dinge, die nicht den vorherrschenden, gesellschaftlich vorgeschriebenen Vorstellungen von Normalität entsprachen.

Solch alte Geschichten eines geteilten Selbst bewirken, dass der Beginn ihrer Beziehung so befriedigend ist. Sie benötigen keine Tricks oder Heimlichtuereien zwischen sich. Auch wenn beide in der Vergangenheit verschiedene Partner hatten, empfinden sie sich gegenseitig als besonders aufgeschlossen und zuverlässig. Kirstens Schlafzimmer wird das Hauptquartier für nächtliche Erkundungen, bei denen sie endlich, ohne die Angst, beurteilt zu werden, die vielen ungewöhnlichen und unwahrscheinlichen Dinge zugeben können, nach denen sich ihre Sexualität sehnt.

Die Einzelheiten dessen, was uns erregt, mögen verrückt und unlogisch erscheinen, aber aus der Nähe betrachtet erinnern sie an das, was wir in vermeintlich gesunden Lebensbereichen ersehnen: Verständnis, Sympathie, Vertrauen, Eintracht, Großzügigkeit und Freundlichkeit. In vielen erotischen Reizen liegen symbolische Lösungen für

unsere größten Ängste und klare Anspielungen auf unser
Verlangen nach Freundschaft und Verständnis.

Seit drei Wochen sind sie nun ein Paar. Rabih streicht mit
den Fingern durch Kirstens Haar. Sie gibt mit einer Kopf-
bewegung und einem kleinen Seufzer zu verstehen, dass
sie gerne mehr davon hätte – und auch, bitte, kräftiger. Sie
möchte, dass ihr Liebhaber ihre Haare in seiner Hand
bündelt und heftig daran zieht. Für Rabih ist das eine
schwierige Entwicklung der Dinge. Er hat gelernt, Frauen
mit großem Respekt zu behandeln, beide Geschlechter als
gleichberechtigt zu sehen und zu glauben, dass in einer
Beziehung niemand je Macht über den anderen haben
sollte. Aber jetzt scheint seine Partnerin kaum Interesse
an Gleichberechtigung zu haben, und auch nicht an den
normalen Regeln eines ausgewogenen Geschlechterver-
hältnisses.

Sie ist auch scharf auf einige problematische Worte. Sie
fordert ihn auf, sie so anzureden, als wäre ihm nichts an
ihr gelegen, das finden beide erregend, eben weil genau
das Gegenteil der Fall ist. Namen wie *Bastard*, *Schlampe*
und *Hure* werden zu Metaphern für ihre gegenseitige
Loyalität und ihr Vertrauen.

Gewalt – normalerweise so bedrohlich – muss im Bett
nicht gefährlich sein; ein gewisses Maß an Gewalt ist
durchaus in Ordnung und wird keinen von beiden unglücklich machen. Rabih hat zwar seine gelegentliche Wut
vollkommen unter Kontrolle, aber trotzdem fühlt sich
Kirsten in ihrer Widerstandsfähigkeit bestärkt.

Als Kinder waren beide oft rabiat mit ihren Freunden.

Es machte Spaß, sich zu verprügeln. Kirsten schlug mit Sofakissen auf ihre Vettern und Cousinen ein, während Rabih mit seinen Freunden auf dem Rasen des Schwimmclubs Ringkämpfe austrug. Im Erwachsenenalter war dann jede Art von Gewalt verboten; kein erwachsener Mensch darf je Gewalt gegen einen anderen einsetzen. Und doch kann ein Schlagabtausch, in den Grenzen der Paarbeziehung, merkwürdig genussvoll sein; solche sexuellen Spiele können rau und heftig sein und an Grausamkeit grenzen. Doch im Schutzraum der Liebe hat keiner Angst, verletzt oder verlassen zu werden.

Kirsten ist eine starke Frau mit beachtlicher Autorität. Sie ist Abteilungsleiterin, sie verdient mehr als ihr Liebhaber, sie ist selbstbewusst und eine Führungspersönlichkeit. Sie hat schon früh gelernt, für sich selbst zu sorgen.

Doch mit Rabih im Bett merkt sie, dass sie gerne eine ganz andere Rolle übernimmt, als eine Art Flucht vor den anstrengenden Anforderungen des sonstigen Lebens. Indem sie sich ihm unterwirft, erlaubt sie ihm, ihr liebevoll zu sagen, was sie tun soll, werden ihr Verantwortung und Entscheidungen abgenommen.

Diese Vorstellung war für sie bisher nicht attraktiv, nicht nur, weil sie den meisten dominanten Menschen nicht vertraute: Sie waren in ihren Augen nicht von Natur aus wohlwollend und vollkommen gewaltfrei wie Rabih (sie nennt ihn scherzhaft Sultan Khan). Sie hat sich nach Unabhängigkeit gesehnt, weil keine netten ottomanischen Potentaten in der Nähe waren, denen sie sich in ihrer Schwäche hätte zeigen können.

Rabih hat seinerseits ein ganzes Erwachsenenleben lang

seine Herrschsucht in Schach halten müssen, und doch ist ihm bewusst, dass er auch diese strenge Seite hat. Manchmal meint er zu wissen, was für andere das Beste ist und was ihnen zu Recht geschieht. Im richtigen Leben mag er ein einflussloser, kleinerer Angestellter in einem provinziellen Stadtplanungsunternehmen sein, dem es schwerfällt zu sagen, was er denkt, aber mit Kirsten im Bett spürt er, wie gut es tut, seine sonstige Zurückhaltung abzulegen und absoluten Gehorsam einzufordern, genau wie Süleyman der Prächtige es in seinem Harem im Marmor-Jade-Palast an den Küsten des Bosporus getan haben mag.

Spiele von Herrschaft und Gehorsam, regelbrechende Szenarien, ein fetischistisches Interesse an bestimmten Wörtern oder Körperteilen; all dies bietet Gelegenheit, Wünschen nachzugehen, die keineswegs nur sonderbar, unsinnig oder gar verrückt sind. Sie stellen kurze utopische Zwischenspiele dar, in denen wir unsere normalen Abwehrmechanismen fallenlassen und unsere Sehnsüchte nach größter Nähe und gegenseitiger Akzeptanz mit einem ungewohnt vertrauten Menschen teilen und befriedigen können: Dies sind die eigentlichen psychisch bedingten Gründe, warum Spiele letztlich so erregend sind.

Sie fliegen am Wochenende nach Amsterdam, und unterwegs, über der Nordsee, verschwinden sie in der Toilette. Sie haben entdeckt, wie faszinierend es ist, sich in halböffentlichen Räumen zu lieben, auf eine unerwartete, riskante und geradezu elektrisierende Weise verbinden sich hier ihre sexuellen Seiten mit den normalen öffentlichen Rollen, die sie sonst spielen müssen. Sie haben das Gefühl, als würden sie in ihrer ungehemmten und erhitzten Stimmung Verantwortung, Anonymität und Beherrschung über Bord werfen. Ihr Genuss steigert sich durch die Anwesenheit von 240 Passagieren, die nur ein dünnes Türblatt von ihnen entfernt nichts davon mitbekommen.

Es ist eng in dem Toilettenraum, aber Kirsten gelingt es, Rabihs Reißverschluss zu öffnen. Bei anderen Männern hat sie Oralsex bisher meist verweigert, aber mit ihm ist gerade dies immer wieder eine faszinierende Liebesbekundung. Den anscheinend privatesten, schuldigsten Teil ihres Geliebten mit ihrem eigenen öffentlichsten, achtbarsten Teil zu empfangen, bedeutet symbolisch, sie beide von der moralisierenden Dichotomie zwischen schmutzig und sauber, schlecht und gut zu befreien – während sie mit 400 Stundenkilometern durch die eisige untere Atmosphäre Richtung Scheveningen fliegen und dabei ihre bisher geteilten und schambesetzten Persönlichkeitsanteile vereinen.

Heiratsantrag

An ihrem ersten gemeinsamen Weihnachtsfest fahren sie wieder zu Kirstens Mutter nach Inverness. Mrs McLelland lässt ihm gegenüber mütterliche Fürsorge erkennen (neue Strümpfe, ein Buch über schottische Vögel, eine Wärmflasche fürs Bett) und, allerdings geschickt um Diskretion bemüht, ständige Neugier. Nach dem Essen an der Küchenspüle oder beim Spaziergang durch die Ruinen der St Andrew Kathedrale stellt sie unverfängliche Fragen, aber Rabih macht sich da keine Illusionen. Er wird interviewt. Sie möchte seine Familie verstehen, seine früheren Beziehungen, warum es mit seiner Arbeit in London nicht mehr weiterging und was nun in Edinburgh in seiner Verantwortung liegt. Er wird so weit getestet, wie es zu einer Zeit erlaubt ist, in der die Einmischung der Eltern nicht mehr zulässig ist und die propagiert, dass Beziehungen am besten ohne vermittelnde Autorität von außen funktionieren sollten. Denn romantische Beziehungen sollen einzig die betreffenden Personen etwas angehen und nicht diejenigen, die – vor noch nicht allzu langer Zeit – die Kleinen abends gebadet und am Wochenende im Kinderwagen durch den Bught Park geschoben haben.

Auch wenn Mrs McLelland nichts zu sagen hat, heißt das nicht, dass sie sich keine Gedanken macht. Sie fragt sich, ob Rabih eines Tages ein Don Juan oder ein Verschwender wird, ein Schwächling oder ein Trinker, ein Langweiler oder einer, der Streitigkeiten mit Gewalt löst – ihre Neugier entspringt ihrer eigenen Erfahrung, sie weiß, wie leicht einen gerade derjenige, den man heiratet, fertigmachen kann.

Als Mrs McLelland am letzten gemeinsamen Tag beim Lunch Rabih gegenüber bemerkt, wie bedauerlich es sei, dass Kirsten nie mehr einen Ton gesungen habe, seitdem ihr Vater das Haus verlassen hat, denn sie habe eine vielversprechende Stimme gehabt und im Sopran des Chores mitgesungen, teilt sie ihm nicht nur eine Einzelheit über die außerschulischen Aktivitäten ihrer Tochter mit; sie bittet Rabih – soweit dies die Regeln zulassen –, Kirstens Leben nicht zu ruinieren.

Am Silvesterabend nehmen sie den Zug zurück nach Edinburgh, eine vierstündige Fahrt durch die Highlands, im Gespann einer alten Diesellok. Reiseerfahren wie Kirsten ist, hat sie an eine Decke gedacht, in die sich die beiden in dem leeren hinteren Waggon hüllen. Von den entfernten Farmen aus gesehen muss der Zug wie eine Lichterkette aussehen, nicht größer als ein Tausendfüßler, der auf einer schwarzen Fläche unterwegs ist.

Kirsten scheint mit den Gedanken woanders zu sein.

»Nein, wirklich nichts«, antwortet sie, als er fragt, was los ist, aber kaum hat sie ihre Verneinung ausgesprochen, steigt eine Träne hoch, gefolgt von einer zweiten und einer dritten. Trotzdem, es ist nichts, betont sie. Sie ist töricht.

Ein Dummkopf. Sie will ihn nicht verlegen machen, Männer können so etwas nicht leiden, und sie will gar nicht erst mit dergleichen anfangen. Vor allem hat es nichts mit ihm zu tun. Es geht um ihre Mutter. Sie weint, weil sie sich zum ersten Mal als erwachsene Frau richtig glücklich fühlt – ein Glück, das ihre Mutter, mit der sie fast symbiotisch verbunden ist, so selten erlebt hat. Mrs McLelland macht sich Sorgen, dass Rabih sie unglücklich machen könnte; Kirsten weint aus einem Schuldgefühl heraus, weil ihr Geliebter sie so glücklich macht.

Er hält sie in den Armen. Sie reden nicht. Sie kennen sich jetzt etwas länger als sechs Monate. Er hatte nicht vor, dies jetzt anzusprechen. Aber kurz hinter dem Dorf Killiecrankie, nach der Fahrkartenkontrolle, wendet Rabih sich zu Kirsten und fragt, ohne jede Vorrede, ob sie ihn heiraten möchte, nicht unbedingt sofort, fügt er hinzu, sondern wann immer sie es für richtig hält, und auch nicht unbedingt mit großem Aufwand, es könnte ein kleines Fest sein, nur sie beide und ihre Mutter und ein paar Freunde, aber natürlich könnte es auch größer sein, wenn ihr das lieber wäre; die Hauptsache ist, dass er sie vorbehaltlos liebt und mehr, als er sich je etwas gewünscht hat, mit ihr zusammenbleiben möchte, bis dass der Tod sie scheidet.

Sie wendet sich ab und ist für eine Weile vollkommen still. Mit solchen Situationen kann sie zugegebenermaßen nicht so recht umgehen, auch wenn dergleichen nicht oft, oder eher nie, passiert. Sie weiß nicht, was sie sagen soll, das kommt für sie aus heiterem Himmel, aber im Vergleich zu allem, was ihr sonst so zustößt, ist das etwas ganz anderes, wie liebevoll und verrückt und mutig von ihm, jetzt mit so etwas herauszurücken – und trotzdem, trotz ihrer zynischen Art und ihrer festen Meinung, dass ihr solche Dinge nichts bedeuten, wenn er wirklich weiß, was er will, und gemerkt hat, was für ein Monster sie ist, dann sieht sie keinen Grund, warum sie nicht aus vollem Herzen und mit Ehrfurcht und Dankbarkeit sagen sollte: ja, ja, ja.

Es sagt uns etwas über den jeweiligen Status klaren Denkens im Verlauf der Ehe, dass es als unromantisch oder sogar gewöhnlich gelten würde, ein verlobtes Paar zu bitten, etwas genauer, mit Geduld und Selbsterkenntnis, zu erklären, was sie dazu gebracht hat, einen Heiratsantrag zu machen und anzunehmen. Und doch fragen wir natürlich immer überaus gerne, wo und wie sich dieser Antrag abgespielt hat.

Es ist keineswegs respektlos gegenüber Rabih, wenn man davon ausgeht, dass er nicht so recht weiß, warum er sie gebeten hat, ihn zu heiraten, *wissen* im Sinne von im Besitz eines rational begründeten, kohärenten Sets an Motiven, die einem skeptischen oder insistierenden Dritten vermittelbar wären. Was er statt einer Begründung oder Argumentation hat, sind Gefühle, und zwar viele: das Gefühl, sie nie loslassen zu wollen wegen ihrer hohen, klaren Stirn und der Art, wie ihre Oberlippe ganz leicht über der Unterlippe steht; das Gefühl, dass er sie liebt wegen ihres verstohlenen, etwas erstaunten, aufgeweckten Gesichtsausdrucks, weswegen er sie liebevoll seine »Ratte« oder seinen »Maulwurf« nennt (und weil sie so unkonventionell aussieht, findet er sich auch selbst gescheit, sie attraktiv zu finden); das Gefühl, dass er sie heiraten muss wegen ihres konzentrierten Gesichtsausdrucks, wenn sie Kabeljau und Spinattorte zubereitet, weil sie so niedlich aussieht, wenn sie ihren Dufflecoat zuknöpft, und wegen der scharfen Intelligenz, mit der sie die Psyche gemeinsamer Bekannter analysiert.

Ernsthafte Gedanken, die seine Entschlossenheit zur Ehe untermauern würden, gibt es nicht. Er hat keine Bücher über diese Institution gelesen, er hat in den letzten zehn Jahren nie mehr als zehn Minuten mit einem Kind verbracht, er hat noch nie ein Ehepaar skeptisch befragt oder gar mit jemand Geschiedenem eingehend gesprochen; und er wüsste nicht so recht zu erklären, warum die meisten Ehen scheitern, außer wegen der allgemein verbreiteten Dummheit oder des mangelnden Vorstellungsvermögens der Ehepartner.

Die längste Zeit in der dokumentierten Geschichte haben die Menschen aus logischen Gründen geheiratet: Weil ihr Land an seines grenzte, weil seine Familie ein florierendes Getreideunternehmen hatte, ihr Vater der Magistrat der Stadt war, weil es ein Schloss gab, das unterhalten werden musste, oder weil die jeweiligen Eltern sich derselben Vorstellung einer Heiligen Schrift verpflichtet fühlten. Und solche Vernunftehen mündeten in Einsamkeit, Vergewaltigung, Untreue, Züchtigung, Kaltherzigkeit und Geschrei, das durch die Kinderzimmertüren zu hören war.

Die Vernunftehe war, wenn man einmal ganz ehrlich ist, keineswegs vernünftig; sie war oft nützlich, engstir-

nig, versnobt, ausbeuterisch und missbräuchlich. Aus diesem Grund bedurfte die Gefühlsehe, die sie dann ersetzte, eigentlich keiner Rechtfertigung. Hier zählt nun, dass zwei Menschen es unbedingt wollen, dass sie sich instinktiv stark zueinander hingezogen fühlen und in ihrem Herzen wissen, dass es stimmt. Die Moderne scheint »Gründe« genug zu haben, diese Katalysatoren von Unglück, diese Forderungen von Buchhaltern. Je riskanter eine Ehe wirkt (vielleicht kennen sie sich erst seit sechs Wochen; einer von beiden hat keinen Job oder beide sind fast noch Teenager), umso sicherer kann sie sein, gerade weil scheinbare »Sorglosigkeit« ein Gegengewicht zu allen Irrtümern und Tragödien ist, die in den sogenannten vernünftigen Bindungen der alten Art entstanden. Das hohe Ansehen des Instinkts ist das Erbe einer kollektiven Traumatisierung durch zu viele Jahrhunderte unvernünftiger »Vernunft«.

Er bittet sie, ihn zu heiraten, weil die Ehe eine extrem gefährliche Sache ist: Würde sie scheitern, wäre ihrer beider Leben ruiniert. Die Stimmen, die meinen, dass die Ehe nicht mehr notwendig ist, dass es viel sicherer ist, einfach zusammenzuleben, haben praktisch gesehen recht, gesteht Rabih ein, aber sie übersehen die emotionale Verlockung der Gefahr, sich und den geliebten Partner einer Erfahrung auszusetzen, die genauso gut zu gegenseitiger Zerstörung führen kann, wenn sich nur etwas im Lauf der Dinge dreht und wendet. Rabih hält seine Bereitschaft, sich im Namen der Liebe zu ruinieren, für den Beweis, dass er sich zu Kirsten bekennt. Dass es praktisch gesehen

»unnötig« ist zu heiraten, macht die Vorstellung emotional umso attraktiver. *Verheiratet zu sein* mag mit Vorsicht, Konservatismus und Ängstlichkeit assoziiert sein, aber zu *heiraten* ist ein völlig anderes, verwegenes und daher attraktives romantisches Unterfangen.

Ehe fühlt sich für Rabih an wie der Höhepunkt auf einem wagemutigen Weg zu vollkommener Nähe; einen Heiratsantrag zu machen, hält er für so leidenschaftlich, wie die Augen zu schließen und von einer steilen Klippe zu springen mit dem Wunsch und im Vertrauen darauf, dass der andere da sein und einen auffangen wird.

Er macht ihr einen Antrag, weil er erhalten, »einfrieren« will, was er und Kirsten füreinander fühlen. Er hofft, dem Gefühl von Ekstase durch den Akt der Eheschließung Dauer zu verleihen.

Es gibt eine Erinnerung, auf die er immer wieder zurückkommt, um sich die Leidenschaft zu vergegenwärtigen, die er sich bewahren möchte. Sie sind in einem Club in einer Dachetage auf der George Street. Es ist Samstagabend. Sie sind auf der Tanzfläche, in flackernde violettgelbe Lichterkreise getaucht, dazu Hiphop Bass im Wechsel mit Refrains von beliebten Songs. Sie trägt Sportschuhe, schwarze Samtshorts und ein schwarzes Chiffon-Oberteil. Er möchte die Schweißperlen auf ihren Schläfen ablecken und sie in seinen Armen drehen. Die Musik und die Gemeinsamkeit mit den Tänzern versprechen ein endgültiges Ende allen Leidens und aller Trennung.

Sie treten auf eine Terrasse hinaus, die nur von einigen großen an den Geländern aufgestellten Kerzen erleuchtet ist. Die Nacht ist klar, und das Universum ist zu ihnen heruntergestiegen, um ihnen zu begegnen. Sie zeigt auf Andromeda. Ein Flugzeug kurvt über das Schloss von Edinburgh und setzt dann geradewegs zum Landeanflug auf den Flughafen an. In dem Augenblick fallen alle Zweifel ab und er weiß, dass sie die Frau ist, mit der er alt werden will.

Natürlich lassen sich nicht alle Aspekte dieses gemeinsamen Erlebnisses durch eine Ehe »einfrieren« oder bewahren: die Klarheit der weiten Sternennacht; der großzügige Hedonismus des dionysischen Clubs; das Fehlen jeglicher Verantwortung; der müßige Sonntag, der vor ihnen liegt (sie werden bis mittags schlafen); ihre gehobene Stimmung und sein Gefühl von Dankbarkeit. Rabih heiratet kein Gefühl – und hält es damit auch nicht für immer fest. Er heiratet einen Menschen, zu dem er unter sehr besonderen, privilegierten und flüchtigen Bedingungen und zu seinem großen Glück auch Gefühle empfinden durfte.

Bei dem Heiratsantrag geht es einerseits darum, dass er irgendwohin will, aber vielleicht auch genauso darum, dass er vor etwas wegläuft. Einige Monate, ehe er Kirsten kennenlernte, traf er sich mit einem Ehepaar zum Abendessen – alte Freunde aus seiner Universitätszeit in Salamanca. Beim Essen unterhielten sie sich lebhaft und tauschten aus, was sie inzwischen erlebt hatten. Als die drei aus dem Restaurant auf die Victoria Street hinaustraten, strich Marta den Kragen von Juans kamelhaarfarbenem Mantel glatt und legte ihm seinen burgunderroten Schal sorgfältig um den Hals, eine Geste von derart natürlicher und zärtlicher Sorge, dass Rabih unmittelbar deutlich wurde – wie mit einem Schlag in den Magen –, wie total allein er in einer Welt war, der zudem sein Leben und Wohlergehen vollkommen gleichgültig war.

Jetzt merkte er plötzlich, wie unerträglich sein Leben allein war. Er hatte genug von einsamen Heimwegen nach halbherzigen Partys, von ganzen Sonntagen, die ohne ein Wort mit einem anderen Menschen verstrichen, Ferien, in denen er hinter zermürbten Ehepaaren hertrottete, deren Kinder ihnen keine Energie für ein Gespräch ließen; von dem Wissen, keinen wichtigen Platz im Herzen eines anderen einzunehmen.

Er liebt Kirsten von ganzem Herzen, aber mindestens ebenso hasst er die Vorstellung, allein zu sein.

Der Reiz der Ehe basiert in einem bedenklichen Ausmaß letztlich auf der Einsicht, dass es ziemlich wenig Spaß macht, allein zu sein. Dies ist nicht unbedingt unser Fehler als Individuum. Die ganze Gesellschaft scheint darauf aus zu sein, Singles das Leben so unerfreulich und deprimierend wie möglich zu machen: Wenn die sorglosen Tage von Schule und Universität vorüber sind, bleiben Geselligkeit und Wärme eher die Ausnahme; das gesellschaftliche Leben dreht sich nun bedrückend um Ehepaare; es gibt niemanden mehr, den man anrufen oder mit dem man sich treffen kann. So wundert es wenig, dass wir, wenn wir jemanden halbwegs Anständigen finden, an ihm festhalten.

In den alten Zeiten, als die Menschen (theoretisch) nur Sex miteinander haben konnten, wenn sie verheiratet waren, wussten weise Beobachter, dass manche aus den falschen Gründen heirateten – und argumentierten, dass

die Tabus gegenüber vorehelichem Sex gelockert werden
sollten, damit die jungen Menschen ruhigere, weniger be-
dürfnisgetriebene Entscheidungen treffen könnten.

Aber nachdem dieses spezielle Hindernis ausgeräumt
war, das gutem Urteilsvermögen im Wege stand, ist ein
anderes Bedürfnis an die Stelle getreten. Das Bedürfnis
nach Zugehörigkeit mag nicht weniger stark oder ver-
antwortungslos sein wie früher die sexuelle Motivation.
Zweiundfünfzig Sonntage in Folge allein zu verbringen
kann die Besonnenheit eines Menschen durcheinander-
bringen. Auch Einsamkeit kann zu unsinniger Eile führen
und Zweifel und Ambivalenz gegenüber einem potentiel-
len Ehepartner verdrängen. Der Erfolg einer jeden Bezie-
hung sollte nicht daran bemessen werden, wie glücklich
ein Paar zusammen ist, sondern daran, wie viel Kopfzer-
brechen beide sich machen würden, wenn sie keine Bezie-
hung hätten.

Er macht ihr den Heiratsantrag mit solchem Selbstbewusstsein und solcher Sicherheit, weil er sich für einen
ziemlich klaren und offenen Menschen im Zusammenleben hält – eine weitere vertrackte Folgerung, wenn man
schon so lange allein gelebt hat. Das Alleinleben führt gewöhnlich zu einem falschen Selbstverständnis von Normalität. Rabihs Neigung, zwanghaft aufzuräumen, wenn
er sich innerlich chaotisch fühlt, seine Angewohnheit, die
Arbeit zu nutzen, um seine Ängste abzuwehren, seine
Schwierigkeit, klar zu sagen, was in ihm vorgeht, wenn
er Angst hat, seine Wut, wenn er sein Lieblings-T-Shirt
nicht findet – solche exzentrischen Verhaltensweisen fal-

len nicht weiter auf, solange niemand da ist, der ihn so erlebt oder gar selber Unordnung macht, ihn zum Essen ruft, sich skeptisch über seine Gewohnheit äußert, die Fernbedienung des Fernsehers zu säubern, oder ihn danach fragt, worüber er sich so aufregt. Ohne Zeugen kann er sich der milden Illusion hingeben, dass er, wenn es nur der richtige Partner ist, keine besondere Herausforderung darstellen würde.

Es kann gut ein, dass man sich eines Tages wundert, wie wenig Selbsterkenntnis wir heutzutage fürs Heiraten für notwendig erachten. Dann wird vielleicht eine völlig wertfreie, schon beim ersten Date angebrachte Standardfrage lauten, auf die von jedem eine tolerante, freundliche und nicht-defensive Antwort erwartet werden würde: »Inwiefern bist du verrückt?«

Kirsten erzählt Rabih, dass sie als Teenager unglücklich war, weil sie so schwer Kontakt zu anderen fand und sich eine Zeitlang selbst verletzte. Sich die Arme blutig zu ritzen, sagt sie, war für sie die einzige Art, sich Erleichterung zu verschaffen. Rabih berührt ihr Eingeständnis, aber es ist noch viel mehr: Er fühlt sich zu Kirsten gerade wegen ihrer Schwierigkeiten hingezogen. Er hält sie für eine geeignete Kandidatin für die Ehe, weil er instinktiv misstrauisch ist gegenüber Menschen, für die immer alles gut gelaufen ist. Unter fröhlichen und geselligen Menschen fühlt er sich isoliert und unwohl. Unbekümmerte Leute lehnt er total ab. Früher hat er gewisse Frauen, mit denen er ausging, als ›langweilig‹ beschrieben, während andere sie großzügiger und berechtigterweise als ›gesund‹ bezeichnet hätten. Da Rabih meint, traumatische Erfahrungen würden zur Weiterentwicklung und zu Tiefgang beitragen, möchte er, dass seine eigene Traurigkeit einen Widerhall in der Wesensart seiner Partnerin findet. Daher hat er anfangs eigentlich nichts dagegen, dass Kirsten manchmal zurückgezogen und schwer zu verstehen ist oder manchmal, wenn sie sich gestritten haben, extrem distanziert und defensiv wirkt. Er wünscht, er könnte ihr irgendwie helfen, ohne allerdings zu begreifen, dass Hilfe ein anspruchsvolles Geschenk an die sein kann, die sie am meisten brauchen. Es liegt auf der Hand, dass er ihre Verletzlichkeit romantisch interpretiert: als seine Chance, eine nützliche Rolle zu spielen.

Wir bilden uns ein, in der Liebe Glück zu suchen, aber eigentlich sind wir darauf aus, Vertrautheit zu spüren. Wir möchten als Erwachsene in unseren Beziehungen eben die Gefühle wiederfinden, die wir aus der Kindheit noch so gut kennen – und die nur selten Zärtlichkeit und Fürsorge bedeuteten. Die meisten Menschen haben schon früh eine Liebe erlebt, die mit anderen, eher destruktiven Tendenzen einherging: beispielsweise mit dem Gefühl, einem Erwachsenen helfen zu wollen, der mit sich selbst nicht klarkommt; dem Entzug elterlicher Wärme; der Angst vor elterlicher Wut oder der Unsicherheit, kompliziertere Wünsche äußern zu dürfen.

Demnach ist es nur konsequent, wenn wir als Erwachsene gewisse Kandidaten zurückweisen, nicht weil sie falsch sind, sondern weil sie zu richtig sind – in dem

Sinne, dass sie irgendwie extrem ausgeglichen, reif, verständnisvoll und zuverlässig erscheinen –, während wir solche Perfektion in unserem Herzen als unbekannt und unverdient empfinden. Wir sind auf der Jagd nach aufregenderen Partnern, nicht in dem Glauben, dass das Leben mit ihnen harmonischer wäre, sondern aus dem unbewussten Gefühl, dass uns diese ganzen Frustrationen vertrauter erscheinen.

Er fragt sie, ob sie ihn heiraten will, um den verheerenden Knoten zu durchschlagen, der seine Vorstellung von Beziehung zu lange beeinflusst hat. Er ist erschöpft von siebzehn melodramatischen und aufregenden Jahren, die zu nichts geführt haben. Er ist zweiunddreißig und sucht nach neuen Herausforderungen. Es ist weder zynisch noch gleichgültig, wenn Rabih diese große Liebe zu Kirsten empfindet und doch zugleich hofft, dass die Ehe den bisher wesentlich schmerzlicheren Erfahrungen mit der Liebe ein Ende macht.

Was Kirsten angeht (allerdings werden wir im Wesentlichen ihn begleiten), ist nicht zu unterschätzen, wie attraktiv ein Antrag für jemanden sein muss, der viele Dinge oft und schmerzlich in Frage gestellt hat, nicht zuletzt sich selbst, und nun von einem offenbar liebevollen und interessanten Menschen eindeutig und von ganzem Herzen für die Richtige gehalten wird.

Sie geben sich an einem verregneten Novembermorgen vor einem Beamten das Jawort, in einem lachsrosafarbenen Zimmer im Standesamt von Inverness und in Gegenwart ihrer Mutter, seines Vaters und der Stiefmutter sowie acht Freunden. Sie lesen sich gegenseitig das Ehegelöbnis vor, so wie es von der schottischen Regierung vorgesehen ist, mit dem Versprechen, dass sie sich lieben und füreinander sorgen, dass sie geduldig sein und Mitgefühl zeigen, dass sie bis zum Tod einander vertrauen und vergeben und beste Freunde und loyale Gefährten bleiben werden.

Um nicht didaktisch zu klingen (oder vielleicht einfach nicht wissend, wie es gelingen kann), bietet die Regierung keine weiteren Vorschläge, welche konkreten Formen dieses Gelöbnis annehmen soll – obwohl sie für das Paar Informationen über steuerliche Vergünstigungen bereithält, sollten sie ihr erstes Haus dämmen wollen.

Nach der Trauung begeben sich alle Beteiligten zum Hochzeitslunch in ein nahegelegenes Restaurant, und spät am selben Abend zieht sich das junge Ehepaar in ein kleines Hotel unweit von Saint-Germain in Paris zurück.

Ehe: ein hoffnungsvolles, großzügiges, unendlich liebevolles Glücksspiel, das zwei Menschen wagen, die noch nicht wissen, wer sie sind oder wer der andere wohl sein mag, die sich an eine Zukunft binden, die sie nicht begreifen und die sie wohlbedacht nicht genauer erforscht haben.

BIS DASS DER TOD
UNS SCHEIDET

Dummheiten

In der Stadt der Liebe gehen die schottische Ehefrau und ihr libanesischer Ehemann auf den Friedhof Père Lachaise. Vergeblich suchen sie nach den Gebeinen von Jean de Brunhoff, und schließlich teilen sie sich am Grab von Edith Piaf einen Croque-Monsieur. Zurück in ihrem Zimmer ziehen sie das von Kirsten sogenannte »Spermienlaken« ab, breiten ein Handtuch aus und verspeisen auf Papptellern und mit Plastikgabeln einen Hummer aus der Bretagne, der sie, aufwendig angerichtet, aus dem Schaufenster eines Delikatessengeschäfts in der Rue du Cherche-Midi angelacht hat.

Gegenüber von ihrem Hotel verkauft eine chichi Kinderboutique überteuerte Jacken und Jeans. Eines Nachmittags, während Rabih ein Bad nimmt, kommt Kirsten mit Dobbie zurück, einem kleinen Fellmonster mit einem Horn und drei gewollt nicht zusammenpassenden Augen – das in sechs Jahren das Lieblingsspielzeug ihrer Tochter sein wird.

Nach ihrer Rückkehr nach Schottland beginnt die Wohnungssuche. Rabih hat eine reiche Frau geheiratet, scherzt er, was lediglich im Vergleich zu seiner eigenen finanziellen Situation zutrifft. Sie kann bereits eine kleine Wohnung ihr Eigentum nennen, sie hat vier Jahre länger gearbeitet als er, und sie war nicht acht Monate ihres Arbeitslebens arbeitslos. Er kann sich einen Besenschrank oder etwas Vergleichbares leisten, bemerkt sie (freundlich). Sie werden in der ersten Etage eines Hauses auf der Merchiston Avenue fündig. Die Verkäuferin ist eine gebrechliche, ältere Witwe, die ihren Mann vor einem Jahr verloren hat und deren beide Söhne inzwischen in Kanada leben. Ihr selbst geht es nicht gut. Familienfotos aus Zeiten, als die Kinder noch klein waren, sind auf einem dunkelbraunen Regal aufgereiht, das Rabih sogleich für den Fernseher ausmisst. Er möchte auch die Tapete entfernen und die knall-orangefarbenen Küchenschränke in einer gediegeneren Farbe streichen.

»Sie beide erinnern mich ein wenig an Ernie und mich damals«, sagt die alte Dame, und Kirsten antwortet, »Wie lieb«, und legt ihr kurz den Arm um die Schulter. Die Wohnungseigentümerin war früher Richterin, jetzt hat sie einen inoperablen Tumor im Rückgrat und will in eine betreute Wohneinrichtung am anderen Ende der Stadt umziehen. Sie einigen sich auf einen günstigen Preis; die Verkäuferin holt aus dem jungen Paar nicht alles raus, was sie rausholen könnte. An dem Tag, an dem sie den Vertrag unterzeichnen, hält die alte Dame, während Kirsten im Schlafzimmer etwas ausmisst, Rabih einen Moment mit ihrer erstaunlich kräftigen, knochigen Hand zurück. »Seien Sie gut zu ihr«, sagt sie, »auch wenn Sie manchmal meinen, dass sie sich irrt.« Ein halbes Jahr später erfahren sie, dass die ehemalige Eigentümerin verstorben ist.

Sie sind nun an dem Punkt, an dem ihre – immer bescheidene – Geschichte von Rechts wegen aufs Ende zugehen sollte. Die romantische Phase liegt hinter ihnen. Das Leben wird fortan einen stetigen, sich wiederholenden Rhythmus haben, und zwar in dem Maße, dass es nicht leicht sein wird, ein spezielles Ereignis zeitlich festzumachen, so ähnlich werden ihnen die Jahre äußerlich vorkommen. Aber ihre Geschichte ist keineswegs zu Ende: Jetzt geht es nur darum, länger im Strom zu stehen und ein feinmaschigeres Sieb zu gebrauchen, um die interessanten Körnchen aufzufangen.

Eines Samstagsmorgens, einige Wochen, nachdem sie in die neue Wohnung eingezogen sind, fahren Rabih und Kirsten zu dem großen IKEA am Stadtrand, um Gläser zu kaufen. Das Angebot an ganz unterschiedlichen Stilen erstreckt sich über zwei Gänge. Am Wochenende zuvor haben sie in einem neuen Laden in einer Seitenstraße der Queen Street eine Lampe gefunden, die ihnen beiden gefiel, mit einem Holzfuß und einem Porzellanschirm. Mit den Gläsern müsste es also ohne Probleme klappen.

Kaum haben sie die höhlenartige Haushaltswarenabteilung betreten, meint Kirsten, sie sollten Gläser aus dem Fabulös-Regal nehmen, kleine Wassergläser, die sich unten verjüngen und an den Seiten zwei Tropfen in leuchtendem Blau und Violett haben – und dann nach Hause fahren. Eine der Eigenschaften, die ihr Ehemann am meisten an ihr bewundert, ist ihre Entscheidungsfreudigkeit. Doch Rabih kommt allmählich zu dem Schluss, dass eigentlich nur die größeren, schlichten, geraden Godis-Gläser wirklich zum Küchentisch passen würden.

Romantik ist eine Haltung von intuitivem Einverständnis. In der wahren Liebe gibt es keine Notwendigkeit, Dinge mühsam in Worte zu fassen. Wenn zwei Menschen zusammengehören, entsteht – nach langen Jahren endlich – das erstaunliche Gefühl, dass beide die Welt genau gleich sehen.

»Diese hier werden dir gefallen, wenn wir nach Hause kommen, sie auspacken und neben unsere Teller stellen, das verspreche ich dir. Sie sind einfach … schöner«, sagt Kirsten, die sehr bestimmt sein kann, wenn die Situation es erfordert. Die geraden Gläser assoziiert sie mit Cafeterias in Schulen und Gefängnissen.

»Ich weiß, was du meinst, aber ich finde einfach, dass diese hier klarer und moderner aussehen«, antwortet Rabih, dem alles zu Verschnörkelte missfällt.

»Also, wir können hier nicht den ganzen Tag stehen und diskutieren«, meint Kirsten, die die Ärmel ihres Pullovers über die Hände gezogen hat.

»Wirklich nicht«, stimmt Rabih zu.

»Also lass uns einfach die Fabulös-Gläser nehmen – und die Sache ist erledigt«, schimpft Kirsten.

»Komisch, dass wir uns hier nicht einigen können, aber ich meine wirklich, es wäre eine kleine Katastrophe.«

»Die Sache ist die, ich habe da so ein Bauchgefühl.«

»Ganz meinerseits«, antwortet Rabih.

Beide sind sich gleichermaßen bewusst, dass es Zeitverschwendung ist, in den Gängen von IKEA zu stehen und lang und breit über etwas so Banales zu streiten, wie welche Gläser sie kaufen wollen (während das Leben so kurz ist und eigentlich ganz andere Notwendigkeiten mit sich bringt), in zunehmend schlechter Stimmung und allmählich für Aufsehen unter den Kunden sorgend. Trotzdem stehen sie in einem Gang bei IKEA und streiten sich lang und breit darüber, welche Gläser sie kaufen sollen. Nach zwanzig Minuten, in denen einer dem anderen vorwirft, dumm zu sein, lassen sie ihre Einkaufspläne fallen und gehen zum Parkplatz zurück. Auf dem Weg bemerkt Kirsten, sie werde den Rest ihres Lebens lieber aus der hohlen Hand trinken. Die ganze Fahrt nach Hause starren sie ohne ein Wort aus dem Fenster, die Stille im Wagen wird nur gelegentlich von dem Klicken des Blinkers unterbrochen. Dobbie, der inzwischen immer mit dabei ist, sitzt eingeschüchtert auf dem Rücksitz.

Sie sind ernsthafte Leute. Kirsten arbeitet gerade an einem Vortrag mit dem Titel »Beschaffungsmethoden in Bezirksbetrieben«, den sie im kommenden Monat in Dundee vor einem Kreis von örtlichen Regierungsbeamten halten wird. Indessen schreibt Rabih ein Referat über »Die Tektonik des Raumes im Werk von Christopher Alexander«. Trotzdem kommen ständig immer wieder »Dummheiten« zwischen ihnen auf. Was ist beispielsweise die ideale Temperatur im Schlafzimmer? Kirsten ist überzeugt, dass sie nachts viel frische Luft braucht, damit sie am nächsten Tag einen klaren Kopf und gute Energie hat. Ihr ist es lieber, dass das Zimmer etwas kühl ist (notfalls zieht sie einen Pullover oder Thermowäsche an) als stickig und ungelüftet. Das Fenster muss immer geöffnet sein. In Rabihs Kindheit in Beirut hingegen waren die Winter kalt, und man nahm es sehr ernst, gegen Windstöße gewappnet zu sein (sogar während des Krieges war man in seiner Familie besorgt, Zug zu bekommen). Er fühlt sich irgendwie sicher und geborgen und genießt es, wenn die Jalousien ganz heruntergezogen sind und sich Kondenswasser auf den Fensterscheiben absetzt.

Oder, um einen anderen Streitpunkt zu erwähnen, wann sollen sie aus dem Haus gehen, wenn sie an einem Wochentag zum Abendessen (ein besonderes Vergnügen) verabredet sind? Kirsten meint: Der Tisch ist für acht Uhr reserviert. Das Origano ist fünf Kilometer entfernt, die Fahrt dauert normalerweise nicht lang, aber was wäre, wenn es wie beim letzten Mal, als sie James und Mairi besuchen wollten, beim Kreisverkehr einen Stau gibt, bringt sie Rabih in Erinnerung? Es wäre doch kein Problem, etwas eher da zu sein. Sie könnten in der Bar nebenan einen Drink nehmen oder auch im Park einen kleinen Spaziergang machen; es gibt so viel, was sie zu bereden haben. Am besten sollten sie ihr Taxi für sieben bestellen. Und Rabih meint: Eine Reservierung für acht Uhr bedeutet, dass wir um acht Uhr fünfzehn oder zwanzig da sein sollten. Es sind noch fünf lange E-Mails abzuarbeiten, ehe ich aus dem Büro komme, und ich kann mich auf nichts Persönliches einlassen, solange ich praktische Dinge im Kopf habe. Die Straßen sind dann ohnehin frei. Und Taxen kommen immer zu früh. Wir sollten das Taxi für acht bestellen.

Oder noch ein Beispiel: Was ist die beste Strategie, eine Geschichte zu erzählen, beispielsweise bei einer schicken Party im Museum von Schottland, zu der sie von einem Kunden eingeladen sind, den Rabih beeindrucken möchte? Er meint, hier gäbe es klare Regeln: zuerst festlegen, wo die Handlung spielt; dann die Hauptfiguren einführen und ihre jeweiligen Probleme darstellen, um dann in einem kurzen und knappen Bericht zum Schluss zu kommen (wonach es höflich ist, jemand anderem, am besten dem geduldig wartenden Geschäftsführer, das Wort zu erteilen). Im Gegensatz dazu besteht Kirsten darauf, dass es unterhaltsamer ist, mitten in die Handlung zu springen und dann zum Anfang zurückzuschauen. Sie meint, so bekomme das Publikum ein genaueres Gefühl dafür, was mit den Charakteren eigentlich los ist. Einzelheiten bringen Farbe herein. Nicht jeder will gleich geradewegs ans Ziel. Und wenn die erste Anekdote gut ankommt, warum nicht eine zweite nachlegen?

Könnte man Zuhörer (neben einem ausgestellten riesigen Stegosaurus, dessen Knochen Ende des neunzehnten Jahrhunderts in einem Steinbruch in der Nähe von Glasgow gefunden wurden) nach ihrer Meinung befragen, hätten sie vermutlich keine großen Einwände in dieser oder jener Richtung; sicher wären sie mit beidem einverstanden. Doch Kirsten und Rabih selber, die den Auftritt auf dem Weg zur Garderobe gereizt durchspielen, kommt der Unterschied wesentlich schwerwiegender und persönlicher vor: Jeder von beiden fragt sich, ob der andere überhaupt irgendetwas begreift – die Welt, sich selbst, den Partner –, wenn man so ziellos ist oder ganz im Gegenteil so extrem reglementiert? Aber was im Grunde zur Heftigkeit solcher Debatten beiträgt, ist ein Gedanke, der sich seit neuestem immer wieder einstellt, wenn diese Spannungen aufkommen: Wie kann man das ein Leben lang aushalten?

Wir kalkulieren in den meisten wichtigen Lebensberei-
chen Komplexität ein und treffen Vereinbarungen für
Streitigkeiten und entsprechend gütliche Lösungen: im
internationalen Handel, bei der Einwanderung, in der
Onkologie ... Aber für den Hausgebrauch bilden wir uns
fatalerweise ein, alles müsse ganz entspannt ablaufen,
weshalb wir wiederum gegen langwierige Auseinander-
setzungen eine so starke Abneigung haben. Wir würden
es tatsächlich sonderbar finden, zwei Tage lang über das
Management eines Badezimmers zu verhandeln, und ge-
radezu absurd, mit Hilfe eines professionellen Mediators
herauszufinden, wann wir für ein Abendessen das Haus
verlassen sollten.

»Ich habe eine Wahnsinnige geheiratet«, denkt er, zugleich erschrocken und selbstmitleidig, während ihr Taxi
mit Tempo durch die verlassenen Vorstadtstraßen braust.
Seine Partnerin, nicht weniger wütend, sitzt so weit von
ihm weg, wie es auf dem Rücksitz eines Taxis möglich ist.
Für solche ehelichen Auseinandersetzungen, wie er sie gerade erlebt, gibt es in Rabihs Vorstellung keinen Raum.
Theoretisch ist er auf Streit, Dialog und Kompromiss gut
vorbereitet, aber nicht bezüglich solcher Nichtigkeiten. Er
hat noch nie gehört oder gelesen, wie man sich wegen einer Kleinigkeit so heftig streiten kann. Dass Kirsten, wie
er sehr wohl weiß, vermutlich bis zum Hauptgang über-
heblich und distanziert zu ihm sein wird, regt ihn nur
noch mehr auf. Er schaut zu dem unbeirrbaren Fahrer
herüber – ein Afghane, nach der kleinen an der Wind-
schutzscheibe klebenden Plastikflagge zu urteilen. Was

muss er von einer solchen Streiterei zwischen zwei Menschen halten, die nicht mit Armut oder Stammesfehden fertig werden müssen? Rabih ist, wie er selber meint, ein ausgesprochen freundlicher Mensch, für den das Schicksal unglücklicherweise nicht die richtigen Aufgaben vorgesehen hat, bei denen er seine Freundlichkeit zeigen könnte. Für ein verletztes Kind in Badakkshan Blut zu spenden oder einer Familie in Kandahar Wasser zu bringen würde ihm so viel leichter fallen, als sich jetzt seiner Frau zuzuwenden und sich zu entschuldigen.

Nicht alle häuslichen Sorgen verdienen im selben Maße Anerkennung. Man kann schnell ziemlich dumm dastehen, wenn man sich darüber aufregt, wie viel Geräusche der andere beim Verspeisen von Cornflakes oder Müsli macht oder wie lange er Zeitschriften nach ihrem Erscheinen aufheben will. Es ist nicht schwer, jemanden zu demütigen, der sich an eine strikte Regel klammert, wie man eine Spülmaschine belädt oder wie schnell die Butter nach dem Gebrauch wieder zurück in den Kühlschrank gehört. Wenn die belastenden Spannungen immer unerfreulicher werden, sind wir denen ausgeliefert, die unsere Sorgen kleinlich und sonderbar finden. Am Ende sind wir frustriert und erkennen dabei gar nicht, welchen Sinn unsere Frustration hat. Folglich fehlt uns auch das Selbstvertrauen, unseren zweifelnden oder ungeduldigen Zuhörern darzulegen, warum wir so frustriert sind.

In Wirklichkeit gibt es in der Ehe von Rabih und Kirsten selten Streitereien wegen »nichts«. Die kleinen Probleme sind eigentlich groß, nur hat man ihnen bisher keine angemessene Aufmerksamkeit gewidmet. Ihre alltäglichen Auseinandersetzungen sind die losen Fäden, die die starken Gegensätze ihrer beider Persönlichkeiten zum Vorschein bringen. Würde Rabih seine Zwänge und Enttäuschungen selber besser verstehen, könnte er (in Bezug auf die Raumtemperatur) unter seiner Daunendecke erklären: »Wenn du sagst, dass du mitten im Winter das Fenster öffnen möchtest, macht mir das Angst und beunruhigt mich – mehr emotional als physisch. Mir scheint es dann, als würde bald auf kostbaren Dingen herumgetrampelt. Ich muss dann an deinen sadistisch-stoischen Gleichmut und deine strahlende Tapferkeit denken, wovor ich generell am liebsten davonlaufen würde. Auf einer unbewussten Ebene habe ich Angst, dass es dir nicht um frische Luft geht, sondern dass du mich am liebsten in deiner charmanten, aber brüsken, vernünftigen und einschüchternden Art zum Fenster rauswerfen würdest.«

Und wäre Kirsten in ähnlicher Weise bemüht, ihre Einstellung zu Pünktlichkeit zu überprüfen, würde sie vielleicht auf dem Weg zum Restaurant ihre eigene anrührende Rede für Rabih (und den afghanischen Taxifahrer) halten: »Wenn ich so darauf bestehe, rechtzeitig loszufahren, ist das letztlich ein Zeichen von Angst. In einer Welt voller Zufälle und Überraschungen ist es eine Methode, mich vor einem furchtbaren Gefühl von Angst und Schrecken, für das mir die Worte fehlen, zu schützen. Ich will pünktlich sein, so wie andere machtgierig sind, und dies aus einem ähnlichen Sicherheitsbedürfnis: Im Lichte der Tatsache, dass ich meine ganze Kindheit auf einen Vater gewartet habe, der nie wieder aufgetaucht ist, ergibt es vielleicht Sinn. Es ist meine eigene verrückte Art, nicht den Verstand zu verlieren.«

Könnten sie ihre jeweiligen Bedürfnisse derart in einen Zusammenhang setzen und gegenseitig die Einstellung des anderen und seine guten Gründe dafür verstehen, ergäben sich daraus Flexibilität und Toleranz. Rabih hätte vielleicht vorgeschlagen, kurz nach halb sieben zum Origano aufzubrechen; und Kirsten könnte sich mit ihm auf eine offene Luke im Schlafzimmer einigen.

Fehlt die Geduld für eine Auseinandersetzung, entsteht Bitterkeit: Wut, deren Gründe man nicht kennt. Dann will der Nörgler alles unverzüglich erledigt haben und möchte sich nicht mit der Frage nach dem Warum abgeben. Und die Nörglerin traut sich nicht mehr zu erklären, dass ihr Widerstand auf verständlichen Gegengründen oder auch auf anrührenden und vielleicht gar verzeihlichen Charakterschwächen beruht.

Stattdessen hoffen beide Seiten nur, dass die – für beide so langweiligen – Probleme von selber verschwinden.

Als wieder einmal die Debatte wegen des Fensters und der Zimmertemperatur eskaliert, ruft zufällig Kirstens Freundin Hannah aus Polen an, wo sie mit ihrem Partner lebt, und fragt, wie es geht, womit sie die jetzt ein Jahr währende Ehe meint.

Kirstens Ehemann hat sich einen Mantel und eine Wollmütze angezogen, um zu demonstrieren, wie sehr ihn das Bedürfnis seiner Frau nach frischer Luft empört, und sitzt in kindischem Selbstmitleid unter der Daunendecke in einer Zimmerecke. Sie hat ihn gerade, und dies nicht zum ersten Mal, ein Weichei genannt.

»Hervorragend«, antwortet Kirsten.

Ganz gleich wie angesagt Offenheit über Beziehungen auch sein mag, bleibt es doch blamabel, zugeben zu müssen, dass man – trotz so vieler Möglichkeiten zum Reflektieren und Experimentieren – am Ende wohl den Falschen geheiratet hat.

»Ich bin mit Rabih hier, wir leisten uns einen Abend zu Hause und lesen mal in Ruhe etwas.«

Tatsächlich sind sich weder Rabih noch Kirsten wirklich klar darüber, wie die Dinge zwischen ihnen stehen. Zu ihrem Leben gehören ständige Stimmungsschwankungen. An einem Wochenende drehen sie sich im Kreis und pendeln zwischen Klaustrophobie und Bewunderung, Lust und Langeweile, Gleichgültigkeit und Ekstase, Ärger und Zärtlichkeit. Das Rad irgendwo anzuhalten, um ein ehrliches Urteil vor einem Zeugen auszusprechen, hieße, für immer auf ein Bekenntnis festgenagelt zu werden, das sich rückblickend schließlich doch nur als ein momentaner Gefühlszustand herausstellt – düstere Erklärungen verfügen ja immer über eine Autorität, die glückliche nicht überbieten können.

Solange sie keine Zeugen für ihre Streitereien haben, müssen Kirsten und Rabih sich nicht dazu bekennen, wie gut oder schlecht die Dinge in ihrer Beziehung laufen.

Die ganz normale schwierige Beziehung ist leider immer noch ein merkwürdig vernachlässigtes Thema. Nur die Extreme ziehen immer wieder die Schlaglichter auf sich – die vollkommen glücklichen Partnerschaften oder die mörderischen Katastrophen –, und daher ist es schwer zu wissen, was man von kindischen Zornausbrüchen, nächtlichen Scheidungsdrohungen, mürrischem Schweigen, Türenschlagen und alltäglicher Gedankenlosigkeit und Härte halten oder wie einsam man sich fühlen soll, wenn man dergleichen ausgesetzt ist.

Ideal wäre es, wenn die Kunst uns die Antworten geben würde, die andere Menschen nicht haben. Dies mag tatsächlich die wesentliche Funktion von Literatur sein: uns zu vermitteln, was die Gesellschaft insgesamt nicht zu erkunden wagt. Wichtig sollten uns Bücher sein, nach deren Lektüre wir uns mit Erleichterung und Dankbarkeit fragen, wie der Autor nur so viel über unser Leben wissen konnte.

Aber zu oft führt eine realistische Sicht dessen, was eine erträgliche Beziehung ist, dazu, ihr, in der Gesellschaft ebenso wie in der Kunst, durch Schweigen Energie zu rauben. Dann bilden wir uns ein, dass es uns viel schlechter als anderen Paaren geht. Wir sind nicht nur unglücklich; wir meinen irrtümlicherweise, unser Unglück sei etwas ganz Außergewöhnliches. Schließlich glauben wir, dass unsere Auseinandersetzungen darauf hinweisen, dass wir einen seltenen, grundlegenden Fehler gemacht haben, und nicht etwa nur bedeuten, dass unsere Ehe im Wesentlichen ganz plangemäß verläuft.

Zwei zuverlässige Heilmittel ersparen ihnen, dass sie ständig Groll hegen. Das erste ist ein schlechtes Gedächtnis. Es ist schwer, sich um vier Uhr nachmittags daran zu erinnern, warum sie am Vorabend im Taxi eigentlich so in Rage geraten sind. Rabih meint, es habe etwas mit Kirstens leicht verächtlichem Ton zu tun, außerdem mit der flapsigen, undankbaren Art, wie sie auf seine Bemerkung reagierte, er müsse ohne guten Grund früher aus dem Büro kommen, aber wie genau sie ihn beleidigt hat, weiß er gar nicht mehr so genau – das Sonnenlicht, das um sechs Uhr durch die Vorhänge kam, das Geplauder im Radio über Ski-Resorts, ein voller E-Mail-Eingang, Witze am Mittagstisch, Vorbereitungen für die Konferenz und ein zweistündiges Meeting zum Design der Website haben das Ihre getan. Summa summarum haben sich dadurch die Wogen zwischen ihnen wieder so geglättet, wie es ein reifes, offenes Gespräch getan hätte.

Das zweite Heilmittel ist abstrakter: Es kann schwierig sein, länger in diesem Zustand von Wut zu verharren, gemessen daran, wie riesig das Universum nun einmal ist. Einige Stunden nach dem Vorfall bei IKEA, am späteren Nachmittag, brechen Rabih und Kirsten zu einer lange geplanten Wanderung in den Lammermuir Hills südöstlich von Edinburgh auf. Sie gehen schweigend und schlechtgelaunt los, aber allmählich erlöst die Natur sie von ihrer verbissenen Wut, nicht durch ihr Mitgefühl, sondern durch ihre erhabene Indifferenz. Unendlich weit in die Ferne ausgedehnt, durch die Kompression von Sedimentgestein im Ordovizium und im Silur entstanden (etwa fünfhundert Millionen Jahre vor der Gründung von IKEA), vermitteln diese Hügel allzu deutlich, dass der Streit, der noch vor kurzem so viel Aufmerksamkeit gekostet hat, in der kosmischen Ordnung tatsächlich keinen wirklich wichtigen Platz einnimmt und ein Nichts ist angesichts der Äonen von Zeit, von denen diese Landschaft zeugt. Wolken ziehen unbeeindruckt über den Horizont, ohne aus dem verletzten Stolz der Ehepartner ein Fazit zu ziehen. Nichts und niemand scheint sich um sie zu kümmern: nicht die Familie von Strandläufern, die über ihnen kreisen, nicht der Brachvogel, die Schnepfe, der Goldregenpfeifer oder der Wiesenpieper. Nicht das Geißblatt, der Fingerhut oder die Glockenblumen, auch nicht die drei Schafe in der Nähe des Fellcleugh Wood, die ganz eifrig auf einem der wenigen Kleefelder grasen. Nachdem sie sich schon fast den ganzen Tag gegenseitig Minderwertigkeitsgefühle gemacht haben, empfinden Rabih und Kirsten jetzt Erleichterung angesichts der Weite, in der sich ihr Leben entfaltet. Sie können mit einem Lachen abschütteln, wie unwichtig das alles ist verglichen mit den so viel mächtigeren und eindrucksvolleren Kräften.

Der endlose Horizont und die Hügel aus alten Zeiten tun ihnen so gut, dass sie, als sie zu einem Café in dem Dorf Duns kommen, gar nicht mehr wissen, warum sie aufeinander eine solche Wut hatten. Nach zwei Tassen Tee beschließen sie gemeinsam, zu IKEA zurückzufahren, wo es ihnen am Ende gelingt, Gläser auszusuchen, die sie beide für den Rest ihres Lebens ertragen können: zwölf Gläser aus der Serie Svalka.

Schlechte Launen

Eine Zeitlang erscheint ihnen jeder andere überflüssig. An Freunden, auf die sie all die Jahre vor ihrer Begegnung so angewiesen waren, haben sie kein Interesse. Aber dann nehmen Schuldgefühl und eine wiedererwachende Neugier überhand. Konkret bedeutet das, dass sie eher Kirstens Freunde sehen, da Rabihs auf der ganzen Welt verstreut leben. Kirstens Clique von der Aberdeen University trifft sich freitags in der Bow Bar. Die liegt von ihrer Wohnung aus am anderen Ende der Stadt, aber immerhin gibt es dort eine große Auswahl an Whisky und Fassbier im Angebot – auch wenn Rabih an dem Abend, an dem Kirsten ihn überredet, dabei zu sein, bei einem Mineralwasser bleibt. Das hat eigentlich nichts mit seiner Religion zu tun, wie er (fünfmal) erklären muss; er hat einfach keine Lust auf Alkohol.

»›Ehemann und Ehefrau‹, wow!«, sagt Catherine mit leicht spöttischer Stimme. Sie ist gegen die Ehe und kommt am besten mit Leuten aus, die diese Meinung mit ihr teilen. Natürlich klingt die Formulierung »Ehemann und Ehefrau« auch für Rabih und Kirsten immer noch merkwürdig. Sie setzen diese nicht so recht passenden Bezeichnungen selber oft in ironische Anführungszeichen, um deren Bedeutung abzuschwächen, weil sie sich nicht wie Menschen fühlen, die sie mit diesen Worten assoziieren, also wesentlich älter, etablierter und bedauernswerter dran, als sie es subjektiv gesehen sind. »Mrs Khan ist hier«, ruft Kirsten gerne, wenn sie nach Hause kommt, und spielt so mit einer Vorstellung, an die beide selber immer noch nicht recht glauben können.

»Also, Rabih, wo arbeitest du denn?«, fragt Murray, ein ruppiger, bärtiger, in der Ölindustrie tätiger ehemaliger Bewunderer von Kirsten aus Universitätszeiten.

»Bei einem Stadtentwicklungsbüro«, gibt Rabih zu verstehen und fühlt sich wie ein kleines Mädchen, wie es ihm manchmal in Gegenwart von kräftigeren Männern passiert. »Wir sind für öffentliche Räume und Bodennutzung zuständig.«

»Warte mal, Kumpel«, sagt Murray, »da komme ich nicht mit.«

»Er ist Architekt«, erklärt Kirsten. »Er baut auch Häuser und Büros. Und wenn es mit der Wirtschaft wieder bergauf geht, macht er hoffentlich mehr.«

»Verstehe – also sitzen wir die Rezession in diesen düsteren Winkeln des Königreichs aus, ehe wir wieder ins Rampenlicht treten, um die nächste große Pyramide von Giseh zu errichten?«

Murray gluckst etwas zu laut über seine eigene wenig witzige Stichelei, aber nicht das stört Rabih, vielmehr irritiert ihn, wie Kirsten zustimmt, während sie den Rest von ihrem Bier in der Hand wiegt, ihrem alten Kommilitonen den Kopf zuwendet und herzlich mit ihm lacht, als ob gerade etwas ziemlich Witziges gesagt worden wäre.

Auf dem Weg nach Hause ist Rabih still, behauptet dann, er sei müde, antwortet mit dem bekannten »Nichts«, wenn sie fragt, was los sei, und als sie in ihrer Wohnung sind, in der es immer noch nach frischer Farbe riecht, steuert er auf das Arbeitszimmer mit dem Ausziehsofa zu und knallt die Tür hinter sich zu.

»Also, hör mal!«, sagt sie mit deutlich erhobener Stimme. »Sag wenigstens, was los ist.«

Worauf er antwortet: »Scheiße, lass mich in Ruhe.« So hört sich Angst eben manchmal an.

Kirsten macht sich einen Tee, geht dann ins Schlafzimmer und bleibt dabei – nicht wirklich ehrlich –, dass sie keine Ahnung hat, worüber ihr neuer Ehemann (der in der Bow Bar wirklich eine komische Figur abgegeben hat) sich so aufregt.

Im Kern schlechter Laune liegt eine Mischung von großer Wut und einem ebenso großen Wunsch, nicht mitzuteilen, worüber man so wütend ist, und die widerstreitenden Gefühle sind schwer auseinanderzuhalten. Wer schlechter Laune ist, wünscht sich nichts mehr, als dass der andere ihn versteht, und tut doch nichts dafür, dies zu ermöglichen. Schon die Notwendigkeit, etwas erklären zu müssen, macht den Kern der Kränkung aus: Wenn der Partner eine Erklärung braucht, hat er oder sie diese gar nicht verdient. Man sollte hinzufügen: Es ist ein Privileg, einen solchen Stimmungseinbruch mitzubekommen. Dies bedeutet, dass der andere uns so respektiert, uns so ver-

traut, zu meinen, wir müssten stillschweigend verstehen,
was so verletzend ist. Dies ist eine der merkwürdigeren
Gaben der Liebe.

Schließlich erhebt sie sich aus dem Bett und klopft an die
Tür des Arbeitszimmers. Ihre Mutter pflegte zu sagen,
man solle nie mit einem Streit zu Bett gehen. Noch immer
sagt sie sich, dass sie nicht versteht, was los ist. »Schatz,
du benimmst dich, als wärst du zwei Jahre alt. Ich bin auf
deiner Seite, das weißt du doch. Sag wenigstens, was dir
fehlt.«

Und in dem engen Zimmer, das mit Architekturbü-
chern vollgestopft ist, dreht sich das übergroße Kind auf
dem Sofa herum und kann nur daran denken, dass er nicht
nachgeben wird – und wie komisch die silbern gedruckten
Worte auf einem Buchrücken im Bücherregal wirken:
MIES VAN DER ROHE.

Für ihn ist dies eine ungewohnte Situation. In früheren
Beziehungen hat er sich immer sehr bemüht, nicht zu
empfindlich zu sein, aber Kirstens Elan und Unbeugsam-
keit haben ihn in die entgegengesetzte Rolle gedrängt.
Jetzt ist es an ihm, wach zu liegen und sich zu ärgern.
Warum konnten ihn ihre Freunde nicht ausstehen? Was
findet sie an ihnen? Warum hat sie nicht eingegriffen, um
ihm zu helfen und ihn zu verteidigen?

Schlechte Laune geht auf das Konto einer schönen, aber
gefährlichen Wunschvorstellung, die aus unserer frühes-
ten Kindheit stammt: die Hoffnung auf wortloses Ver-
stehen. Im Mutterleib gab es nichts zu erklären. Jedes

Bedürfnis wurde befriedigt. Immer wurde Trost zum richtigen Zeitpunkt gespendet. Diese Idylle setzte sich in unseren ersten Lebensjahren fort. Wir brauchten unsere Bedürfnisse nicht kundzutun: Große, liebevolle Menschen lasen uns die Wünsche von den Augen ab. Sie sahen, was hinter unseren Tränen, unserer Sprachlosigkeit, unserer Verwirrtheit steckte: Sie erkannten die Gründe für unser Unbehagen, das wir selber nicht in Worte fassen konnten.

Vielleicht ist dies der Grund, warum wir, selbst wenn wir sehr wortgewandt sind, instinktiv lieber keine klare Sprache sprechen, auch wenn unsere Partner uns nicht richtig verstehen. Nur wortloses und zutreffendes Gedankenlesen vermittelt uns das Gefühl, unserem Partner vertrauen zu können; nur wenn wir keine Erklärungen abgeben müssen, meinen wir, wirklich verstanden zu werden.

Als er es nicht länger aushalten kann, geht er auf Zehenspitzen ins Schlafzimmer und setzt sich auf ihre Bettseite. Er möchte sie aufwecken, aber überlegt es sich doch noch einmal, als er ihr kluges, freundliches Gesicht so ruhig sieht. Ihr Mund steht leicht offen, und er vernimmt ihre kaum hörbaren Atemzüge; die feinen Härchen auf ihrem Arm sind im Licht von der Straße zu sehen.

Am nächsten Morgen ist es kühl, aber sonnig. Kirsten steht vor Rabih auf und kocht zwei weiche Eier, für jeden eines, und dazu einen Korb schön geschnittener, gebutterter Toastbrotstreifen. Sie schaut auf den Weidenbaum hinunter und ist dankbar für die zuverlässigen, bescheidenen Alltäglichkeiten. Als Rabih in die Küche tritt, verlegen und zerknittert, herrscht erst einmal Schweigen, schließlich lächeln sie sich an. Mittags schickt er ihr eine Mail: »Ich bin ein bisschen verrückt, verzeih mir.« Obgleich sie auf dem Sprung zu einem Meeting bei der Stadtverwaltung ist, antwortet sie umgehend: »Es wäre so langweilig, wenn nicht. Und einsam.« Die schlechte Laune wird nicht mehr erwähnt.

Idealerweise wären wir in der Lage zu lachen, möglichst liebevoll, wenn wir solcher Wut ausgesetzt sind, wenn jemand den Eingeschnappten spielt. Wir würden das anrührende Paradox erkennen. Wer hier schlechte Laune hat, mag ein Meter achtzig groß und festangestellt sein, aber die eigentliche Botschaft ist ausgesprochen regressiv: »Tief innen bleibe ich ein kleines Kind, und jetzt im Moment wünsche ich mir, dass du mich bemutterst. Ich wünsche mir, dass du errätst, was mir eigentlich fehlt, so wie die Menschen damals, als ich ein Baby war und meine ersten Vorstellungen von Liebe entstanden sind.«

Wir tun unseren schlechtgelaunten Partnern den größten Gefallen, wenn wir ihre Stimmungen wie die eines Kleinkinds ansehen. Wir sind so von der Vorstellung besessen, dass es herablassend ist, andere für jünger zu halten, als es dem eigentlichen Alter entspricht; dabei vergessen wir, dass es manchmal ein ganz großes Privileg sein kann, wenn jemand unser erwachsenes Ich durchschaut und im Kontakt ist mit dem enttäuschten, wütenden, sprachlosen inneren Kind – und ihm verzeiht.

Sex und Zensur

Sie sitzen in einem Café, in das sie samstags manchmal zum Frühstück gehen, um bei Rühreiern die Woche nachklingen zu lassen und die Zeitung zu lesen. Heute erzählt Kirsten Rabih von dem Dilemma, in dem sich ihre Freundin Shona befindet, deren Freund Alasdair unvorhergesehen nach Singapur versetzt wurde. Soll sie mit ihm mitgehen, fragt sich Shona (sie sind jetzt zwei Jahre zusammen), oder bei der Zahnarztpraxis in Inverness bleiben, wo sie gerade erst befördert worden ist? Dies ist in jeder Hinsicht eine ziemlich schwerwiegende Entscheidung. Aber Kirsten kommt mit ihrer Interpretation äußerst langsam und nicht immer geradewegs voran, so dass Rabih zugleich ein Auge auf die Ereignisse im *Daily Record* wirft. Merkwürdige und makabre Geschichten haben sich kürzlich an Orten mit sehr lyrischen Namen abgespielt: Ein Vertretungslehrer in Geschichte hat seine Frau in einem Haus bei Lochgelly mit einem alten Schwert enthauptet, und in Auchtermuchty sucht die Polizei einen fünfundvierzigjährigen Mann, der mit seiner sechzehnjährigen Tochter ein Kind gezeugt hat.

»Mr Khan, wenn Sie unbedingt meinen, dass alles, was

ich Ihnen erzähle, bloß Hintergrundgeräusche sind, die Sie jederzeit ausblenden können, verspreche ich Ihnen, dass Ihnen das, was dieser armen Frau in Lochgelly passiert ist, wie ein Tag in Disneyland vorkommen wird«, sagt Kirsten und versetzt ihm dann mit einem (stumpfen) Messer einen kräftigen Hieb in die Rippen.

Aber nicht nur der Inzest in der Region Fife und die schwierige Situation von Shona beschäftigen Rabih. Ein drittes Thema fordert seine Aufmerksamkeit. Angelo und Maria besitzen ihr Café seit dreißig Jahren. Angelos Vater, der ursprünglich aus Sizilien stammt, war im Zweiten Weltkrieg Kriegsgefangener auf den Orkney Islands. Das Paar hat eine einundzwanzigjährige Tochter, Antonella, die kürzlich ihre Ausbildung in Gastronomie und Hotelgewerbe (mit Auszeichnung) am North East Scotland College in Aberdeen abgeschlossen hat. Solange sich nichts Besseres ergibt, hilft sie im Café aus, rennt zwischen der Küche und den Tischen hin und her, trägt bis zu vier Bestellungen gleichzeitig, wobei sie ständig vor den heißen Tellern warnt, während sie elegant zwischen den Tischen manövriert. Sie ist eine stattliche Erscheinung, hat ein gutmütiges Wesen – und sieht auffallend gut aus. Sie plaudert mit den Gästen übers Wetter und mit manchen Stammgästen, die sie seit ihrer Kindheit kennen, über die neuesten Entwicklungen in ihrem Leben. Derzeit ist sie alleinstehend, informiert sie ein paar gesprächige ältere Damen am Tisch gegenüber, aber es macht ihr nichts aus, fügt sie hinzu – und verneint, sie würde niemals eine Internet-Partnerbörse ausprobieren, das ist nicht ihre Art. Sie trägt ein erstaunlich großes Kreuz an einer Kette um den Hals.

Während Rabih sie beobachtet, verwirft er, ohne es bewusst zu wollen, seine moralischen Grundsätze und lässt eine Reihe merkwürdiger Bilder vor seinem geistigen Auge ablaufen: die enge Treppe hinter der Espressomaschine, die zu der Wohnung in der oberen Etage führt; Antonellas kleines Zimmer, vollgestellt mit noch unausgepackten Kisten vom College; ein morgendlicher Sonnenstrahl, der auf ihr pechschwarzes Haar fällt und ihre blasse Haut hervorhebt; ihre Kleidung über dem Sessel abgelegt, und Antonella auf dem Bett liegend, bis auf das Kruzifix ganz nackt, mit ihren langen, muskulösen, weit gespreizten Beinen.

Dank des Christentums herrscht in der westlichen Welt die Meinung, Sex ohne Liebe sei nicht zulässig. Die Religion besteht darauf, dass zwei Menschen, die füreinander gedacht sind, ihren Körper und ihre Blicke exklusiv dem Partner vorbehalten. Sexuelle Gedanken gegenüber Fremden zu haben zerstört den wahren Geist der Liebe und verrät Gott und die eigene Menschlichkeit.

Solche rührenden kategorischen Grundsätze haben sich mit dem Niedergang des Glaubens, der sie ehemals stützte, nicht ganz aufgelöst. Unabhängig von ihrem explizit theistischen Begründungszusammenhang sind sie in der Ideologie der Romantik aufgegangen, die das Konzept von sexueller Treue ähnlich konstituierend für die Liebe versteht. Auch in der säkularisierten Welt gilt, dass emotionale Hingabe und Tugend letztlich nur in einer monogamen Beziehung zum Ausdruck kommen können. Auch heutzutage werden die alten religiösen Positionen

prinzipiell noch aufrechterhalten: der Glaube, dass wahre
Liebe vorbehaltlose sexuelle Treue bedeutet.

Rabih und Kirsten gehen Hand in Hand nach Hause, sie lassen sich Zeit, gelegentlich halten sie an, um in einem Laden zu stöbern. Es wird wohl ein ziemlich heißer Tag werden, und das Meer sieht türkisfarben aus, fast tropisch. Kirsten geht als Erste unter die Dusche, und als beide geduscht haben, gehen sie mit dem Gefühl zu Bett, sich nach einer langen und anstrengenden Woche verwöhnen zu dürfen.

Sie erfinden beim Sex gerne Geschichten. Einer beginnt, dann übernimmt der andere und gibt den Faden wieder zur Fortsetzung zurück. Die Szenarien können extrem ausfallen. »Es ist nach der Schule, und das Klassenzimmer ist leer«, beginnt Kirsten einmal. »Du hast mich gebeten, dazubleiben, so dass wir meinen Essay durchgehen können. Ich bin schüchtern und werde leicht rot, eine Konsequenz meiner strengen katholischen Erziehung …« Rabih ergänzt Einzelheiten: »Ich bin der Erdkundelehrer, mit Gletschern kenne ich mich gut aus. Mir zittern die Hände. Ich berühre dein linkes Knie, ich kann es kaum glauben, dass …«

Bisher haben sie gemeinsam Geschichten erfunden, in denen es um einen verschollenen Bergsteiger und eine einfallsreiche Ärztin ging, um ihre Freunde Mike und Bel und um eine Pilotin und einen reservierten, aber neugierigen Passagier. Demnach ist grundsätzlich nichts Ungewöhnliches daran, wenn Rabih jetzt eine Geschichte über eine Kellnerin, ein Kruzifix und einen Ledergurt beginnt.

Auch wenn es sich in seriösen Kreisen noch nicht herum-
gesprochen hat, gibt es eine Alternative zu dem christlich-
römischen Grundsatz, dass Sexualität und Liebe immer
untrennbar zusammengehören. Diese tolerante Einstel-
lung leugnet jede unmittelbare oder logische Verbindung
zwischen der Liebe zu einem Menschen und dem Bedürf-
nis, diesem Menschen sexuell unerschütterlich treu zu
sein. Hier wird behauptet, dass es völlig natürlich und so-
gar gesund für Partner in einer Beziehung sei, gelegentlich
Sex mit Fremden zu haben, für die sie wenig empfinden,
selbst wenn sie sich stark zu ihnen hingezogen fühlen.
Eine sexuelle Beziehung muss nicht unbedingt mit Liebe
verbunden sein. Manchmal – so behauptet diese Philoso-
phie – kann es ein rein physisches, sportliches Erlebnis
sein, dem man sich ohne eigentliches emotionales Engage-
ment hingibt. Es ist, so folgern die Vertreter dieser Posi-
tion, ebenso absurd, anzunehmen, dass man nur mit dem
Menschen, den man liebt, Sex haben sollte, wie zu fordern,
dass nur Menschen in engen Paarbeziehungen je Tischten-
nis miteinander spielen oder zusammen joggen dürfen.

Dies bleibt bis in unsere Tage im Wesentlichen die An-
sicht einer Minderheit.

Rabih beschreibt das Szenario: »Wir sind also in dieser
kleinen Küstenstadt in Italien, vielleicht Rimini, und wir
waren Eis essen, vielleicht Pistazieneis, als du die Kellnerin bemerkst, die schüchtern, aber sehr freundlich ist,
so natürlich, dass es zugleich mütterlich und faszinierend
jungfräulich wirkt.«

»Du meinst Antonella.«

»Nicht unbedingt.«

»Rabih Khan, hör auf!«, spottet Kirsten.

»Okay, dann – Antonella. Wir schlagen Antonella also vor, dass sie nach der Arbeit auf einen Grappa zu uns ins Hotel kommt. Sie fühlt sich geehrt, aber auch peinlich berührt. Denn sie hat einen Freund, Marco, einen Mechaniker bei der örtlichen Tankstelle, der sehr eifersüchtig ist, aber eben sexuell völlig unerfahren. Es gibt gewisse Dinge, die sie sich schon ewig wünscht, aber die er strikt ablehnt. Ihr gehen diese Dinge nicht aus dem Kopf, weshalb sie auf unser ungewöhnliches Angebot eingeht.«

Kirsten schweigt.

»Jetzt sind wir im Hotel, in einem Zimmer mit einem großen Bett und einem altmodischen Messingkopfteil. Ihre Haut ist weich. Auf dem Flaum ihrer Oberlippe liegt eine Spur Feuchtigkeit. Du leckst sie ab, und dann tastet deine Hand sanft ihren Körper herab.« Rabih fährt fort: »Sie hat noch immer ihre Schürze an, du hilfst ihr, sie abzustreifen. Du findest sie süß, aber du möchtest sie auch in einer ziemlich käuflichen Art gebrauchen. Da kommt jetzt der Gurt ins Spiel. Du schiebst ihren BH hoch – er ist schwarz, oder, nein, grau –, und du beugst dich rüber, um eine ihrer Brüste in den Mund zu nehmen. Ihre Brustwarzen sind fest.«

Noch immer schweigt Kirsten.

»Du streckst deine Hand herab und lässt sie in ihren italienischen Spitzenslip gleiten«, fährt er fort. »Plötzlich merkst du, dass du sie zwischen den Beinen lecken möchtest, also richtest du sie auf alle viere auf und schaust sie dir genau von hinten an.«

Allmählich empfindet Rabih das Schweigen seiner vertrauten Koautorin als bedrückend.

»Geht's dir gut?«, fragt er.

»Alles klar, es ist nur ... ich weiß nicht ... ich finde es komisch, wie du so über Antonella denkst – eigentlich etwas pervers. Sie ist so ein lieber Mensch, ich kenne sie, seit sie in ihrem Hochstühlchen saß, und jetzt sind ihre Eltern so stolz auf die Auszeichnung, die sie bekommen hat. Mir gefällt das nicht, diese alte Leier von dem Mann, der sich daran aufgeilt, wie zwei Frauen oralen Sex haben. Sfouf, offengestanden finde ich das blöd und pornographisch. Und die anale Sache, ehrlich ...«

»Entschuldige, du hast ja recht, es ist lächerlich«, unterbricht Rabih, dem das plötzlich recht peinlich ist. »Vergessen wir, dass ich irgendetwas gesagt habe. Wir sollten dergleichen nicht zwischen uns und das Brioschi Café kommen lassen.«

Die Romantik hat nicht nur monogamen Sex hochgehalten; dies hat wiederum dazu geführt, dass außereheliche sexuelle Begierden durchweg als töricht und lieblos gelten. Mit Macht hat sie die Bedeutung des Bedürfnisses, mit jemandem zu schlafen, der nicht der reguläre Partner ist, neu definiert. Sie hat jegliches außereheliche Begehren zu einer Gefahr und oft sogar zu einer emotionalen Katastrophe stilisiert.

In Rabihs Phantasie hätte es eine so zärtliche und unkomplizierte Angelegenheit sein können. Er und Kirsten hätten im Café mit Antonella geplaudert, alle drei hätten die Spannung bemerkt und wären dann kurz und bündig in der Merchiston Avenue gelandet. Antonella und Kirsten hätten einander liebkost, während er von einem Sessel aus zuschaute, dann hätte er Kirsten abgelöst und mit Antonella Sex gehabt. Es hätte sich wohlig, aufregend und im Hinblick auf ihre Ehe und auf Rabihs tiefe Liebe zu Kirsten völlig belanglos angefühlt. Danach hätte er Antonella wieder ins Café gebracht, und keiner hätte dieses Intermezzo je wieder erwähnt. Es hätte kein Melodrama gegeben, keine Besitzansprüche und keine Schuld. Zu Weihnachten hätten sie ihr einen Panettone und eine Karte gebracht, um ihr für die Orgie zu danken.

Trotz der heutzutage toleranten Atmosphäre wäre es naiv anzunehmen, es gäbe den Unterschied zwischen »abartig« und »normal« nicht mehr. Er besteht so sicher und fest wie eh und je, um diejenigen einzuschüchtern und in ihre Schranken zu verweisen, die die normativen Grenzen von Liebe und Sexualität in Frage stellen. Es mag als »normal« gelten, abgeschnittene Shorts zu tragen, den Bauchnabel zu zeigen, jemanden gleich welchen Geschlechts zu heiraten und sich mit einem kleinen Pornofilm zu vergnügen, aber es gilt auch weiterhin strikt als »normal«, dass wahre Liebe monogam ist und das Begehren ausschließlich einem Menschen zu gelten hat. Zweifelt man diesen Grundsatz an, läuft man Gefahr, öffentlich oder privat mit jenem vernichtenden, sarkastischen und pejorativen Wort etikettiert zu werden: pervers.

Rabih ist gewiss nicht sonderlich kommunikativ. Gemessen daran, was für eine ausgeprägte Meinung er über manche Dinge hat, sprechen für ihn immer viele Hindernisse und gute Gründe dagegen, dass er sie tatsächlich äußert. Wenn sein Vorgesetzter, Ewen, ankündigt, dass eine neue Unternehmensstrategie sich mehr auf den Ölsektor und weniger auf Verträge mit der lokalen Regierung konzentrieren soll, bittet Rabih nicht etwa – wie jemand anderes dies wohl täte – um einen Termin, um sich mit ihm für eine halbe Stunde im Konferenzraum in der obersten Etage mit Blick auf den Calton Hill hinzusetzen und ihm zu erklären, warum diese veränderte Strategie nicht nur falsch, sondern möglicherweise sogar gefährlich sein könnte. Stattdessen bleibt er im Wesentlichen ruhig und gibt nur ein paar kluge Sprüche von sich in der Hoffnung, dass die anderen daraus wie durch Magie seine Meinung erahnen. Ähnlich geht es, wenn er merkt, dass Gemma, eine noch wenig erfahrene Mitarbeiterin, die ihn bei seinem großen Arbeitsaufkommen unterstützen soll, viele Messungen falsch gemacht hat; er ist innerlich frustriert, aber spricht das Problem ihr gegenüber nie offen an und macht stattdessen die Arbeit lieber selbst, so dass die junge Frau sich nur wundern kann, wie wenig sie in der neuen Tätigkeit zu tun hat. Er ist kein schlechter Mensch und deshalb verschlossen, kontrollierend oder zurückgezogen; er hat vielmehr zu leichtfertig aufgegeben, sich auf andere zu verlassen – und auf seine Fähigkeit, diese von irgendetwas zu überzeugen.

Den Rest des Tages, nach ihrem Besuch im Café Brioschi und der peinlichen Angelegenheit mit Antonella, ist die Stimmung zwischen Rabih und Kirsten merklich angespannt, etwa wie nach abgebrochenem Sex. Irgendwo in seinem Kopf spürt Rabih Enttäuschung und Irritation, und mit beiden Gefühlen kann er nicht umgehen. Schließlich sollte man keinen solchen Aufstand machen, wenn die Partnerin nicht gerade scharf darauf ist, mit einer frischgebackenen Studienabsolventin, die einen Teller mit Rühreiern jonglieren kann und zufällig in einer Schürze gut aussieht, einen Dreier zu haben.

Was Menschen kommunikativ macht, ist vor allem die Fähigkeit, sich nicht von den problematischeren oder unkonventionellen eigenen Wesenszügen aus der Fassung bringen zu lassen. Sie können ihre Wut, ihre Sexualität und ihre unbequeme, komische oder unzeitgemäße Meinung zum Ausdruck bringen, ohne dabei das Selbstvertrauen zu verlieren oder sich mit Selbstekel zu strafen. Sie sprechen eine klare Sprache, weil sie ein Gefühl für ihren eigenen Wert entwickelt haben. Sie mögen sich selbst hinreichend, um zu wissen, dass sie ein wertvoller Mensch sind und das Wohlwollen anderer verdient haben, wenn es ihnen nur gelingt, sich mit dem rechten Maß an Geduld und Phantasie darzustellen.

Solch gute Kommunikatoren müssen in ihrer Kindheit mit Eltern gesegnet gewesen sein, die ihre Sprösslinge liebten, ohne dabei zu erwarten, dass alles an ihnen auch liebenswert und perfekt war. Diese Erwachsenen konnten mit der Vorstellung leben, dass ihre Kinder manchmal – zu Zeiten wenigstens – komisch, hitzig, wütend, gemein, merkwürdig oder traurig waren und dabei dennoch einen

Platz im Kreis der familiären Liebe verdienten. Solcherart
Eltern sind eine kostbare Quelle von Mut, aus der ihre
Kinder eines Tages schöpfen können, um die Geständnisse
und offenen Auseinandersetzungen des Erwachsenen-
lebens auszuhalten.

Rabihs Vater war wortkarg und ernst. Nur eine Generation von großer Armut und landwirtschaftlicher Arbeit
in einem kleinen Dorf in der Nähe von Baalbek entfernt,
war er der Erste in seiner Familie, der es an die Universität schaffte, selbst wenn er weiterhin dem familiären Erbe
treu blieb und Respekt vor Autorität hatte. Die eigene
Meinung zu äußern gehörte nicht zum Verhaltensreper-
toire der Khans.

Was Rabih an Kommunikation von seiner Mutter lernen konnte, war nicht viel ermutigender. Sie liebte ihn
innig, aber gewissermaßen brauchte sie ihn auch. Immer
wenn sie von ihren Flügen in die unruhige Atmosphäre
von Beirut und ihrer Ehe zurückkehrte, nahm ihr Sohn
die Anstrengung an ihren Augen wahr und spürte, dass er
ihr nicht noch mehr Probleme zumuten konnte. Mehr als
alles andere wollte er sie beruhigen und zum Lachen bringen. Gleich welche Ängste ihn bewegten, er ließ sie sich
nicht anmerken. Seine Aufgabe war es, zu ihrem Wohlbefinden beizutragen. Er konnte es sich nicht leisten, ihr zu
viel Problematisches von sich selbst preiszugeben, auch
wenn es wahr war.

So lernte Rabih, dass die Liebe eine Belohnung für gutes Benehmen ist, nicht für Aufrichtigkeit. Als Erwachsener und als Ehemann hat er keine Ahnung, wie er die

abartigen Seiten in sich mit seiner Person vereinbaren soll. Was ihn verschlossen und zögerlich macht, ist weder Arroganz noch das Gefühl, seine Frau habe kein Recht zu wissen, wer er eigentlich ist; vielmehr ist es eine furchtbare Angst, dass sich seine Neigung zu Selbsthass durch die Gegenwart eines Zeugen in unerträglichem Maße steigern könnte.

Hätte Rabih weniger Angst vor seiner eigenen Psyche, könnte er Kirsten geradeaus seine Bedürfnisse mitteilen, wie ein Naturwissenschaftler, der einem Kollegen neu entdeckte, merkwürdig aussehende Arten zur Untersuchung vorlegt, die sie beide verstehen und mit denen sie beide angemessen umgehen können. Aber er spürt instinktiv, dass er viel von sich lieber für sich behält. Er ist zu abhängig von Kirstens Liebe, um ihr alle Bereiche aufzuzeigen, in die ihn seine Libido immer wieder entführt. Daher erfährt sie nie von der Frau, die ihr Mann hinter dem Tresen am Zeitungskiosk in der Waverley Station jeden Tag bewundert, oder von dem Kleid, das ihn in einem Laden auf der Hanover Street anspricht, oder von seinen Gedanken an Seidenstrümpfe, oder von Gesichtern, die ihm manchmal, wenn er mit ihr im Bett liegt, ungebeten durch den Kopf gehen.

Die erste aufregende Phase sexueller Abenteuer und vollkommener Ehrlichkeit geht vorüber. Jetzt ist es für Rabih erst einmal wichtiger, für Kirsten attraktiv zu bleiben, als ein aufrichtiger Berichterstatter seines Innenlebens zu sein.

Gute Zuhörer sind nicht weniger selten als gute Kommunikatoren. Auch hier ist ein ungewöhnliches Maß an Selbstvertrauen der Schlüssel – eine Fähigkeit, nicht durch Informationen aus der Bahn geworfen zu werden oder unter deren Druck gewisse Annahmen in Frage zu stellen. Gute Zuhörer lassen sich nicht von dem Chaos beirren, das andere zeitweise im Kopf haben; ihnen ist das auch schon so ergangen, und sie wissen, dass alles irgendwann wieder in Ordnung kommen wird.

Die Schuld liegt nicht nur bei Rabih. Indem ihr Worte wie *abartig* oder *pervers* auf der Zunge liegen, tut Kirsten wenig dazu, eine Atmosphäre zu schaffen, die zu Offenheit einlädt. Andererseits gebraucht sie solche Worte nicht aus Bosheit oder Geringschätzung, sondern vielmehr aus Angst, dass sie, wenn sie Rabihs Phantasien stillschweigend billigt, ihre Liebe gefährdet.

Stattdessen hätte sie, in einer anderen Stimmung, als ein anderer Mensch, auf das Szenario ihres Mannes auch folgendermaßen reagieren können: »Dieser Tagtraum ist wirklich befremdlich und unerwartet und ehrlich gestanden ziemlich eklig, aber ich möchte trotzdem davon erfahren, weil mir wichtiger als mein Wohlbefinden ist, dir, so wie du wirklich bist, gerecht zu werden. Der Mensch, der jetzt an Antonella denkt, ist derselbe Mensch, den ich in Inverness geheiratet habe, und derselbe kleine Junge, der uns aus diesem Bild auf der Kommode anschaut. Diesen Menschen liebe ich und weigere mich, schlecht über ihn zu denken, selbst wenn seine Gedanken mich manchmal beunruhigen. Du bist mein bester Freund, und ich will dich verstehen und mit dir zurechtkommen, mit allen kuriosen Dingen, die du im Sinn hast. Ich werde nie in der Lage sein, genau das zu tun oder zu sein, was du willst, und umgekehrt, aber ich würde gerne davon ausgehen, dass wir uns gegenseitig anvertrauen, wer wir sind. Die Alternative wären Schweigen und Lügen, die eigentlichen Feinde der Liebe.«

Oder umgekehrt könnte sie auch ihre Verletzlichkeit eingestehen, die die ganze Zeit hinter ihrem verärgerten Verhalten lag: »Ich wünsche mir so, ich würde dir alles bedeuten. Ich wünschte, du hättest keine derartigen Gelüste, die nichts mit mir zu tun haben. Natürlich finde ich deine Phantasien über Antonella nicht wirklich abstoßend; aber ich wünschte nur, dass da nicht – immer – diese andere in deiner Phantasie wäre. Ich weiß, das ist verrückt, aber am meisten wünsche ich mir, nur ich allein könnte alle deine Begierden und Bedürfnisse befriedigen.«

In diesem konkreten Fall hat Rabih jedoch nicht geredet und Kirsten nicht zugehört. Stattdessen sind sie ins Kino gegangen und hatten einen richtig schönen Abend miteinander. Im Maschinenraum ihrer Beziehung ist allerdings eine Alarmlampe angegangen.

Genau dann, wenn wir von unserem Partner nichts hören, was erschreckt, schockiert oder abstößt, sollten wir uns Gedanken machen, denn dies kann das sicherste Zeichen sein, dass wir behutsam belogen oder von den Phantasien des anderen abgeschirmt werden, gleich ob aus Freundlichkeit oder aus der aufwühlenden Angst, unsere Liebe zu verlieren. Es kann bedeuten, dass wir unsere Ohren für

Informationen verschließen, die mit unseren Hoffnungen
nicht übereinstimmen, Hoffnungen, die umso mehr auf
dem Spiel stehen.

Rabih beruft sich darauf, missverstanden zu werden, und gibt unbewusst seiner Frau dafür die Schuld, weil sie die Seiten seines Wesens nicht akzeptiert, die er ihr nicht zu erklären wagt. Kirsten ihrerseits gibt sich damit zufrieden, ihren Mann nicht zu fragen, was sich eigentlich in seinen sexuellen Phantasien jenseits ihrer eigenen Rolle abspielt, und will auch ganz bewusst nicht verstehen, warum sie sich fürchtet, mehr darüber herauszufinden.

Die Gestalt mit den rabenschwarzen Haaren in Rabihs Phantasie wird lange Zeit namentlich nicht mehr erwähnt, bis Kirsten eines Tages die neuesten Nachrichten aus dem Café Brioschi mitbringt. Antonella ist in den Norden gezogen, als Empfangschefin in einem kleinen Luxushotel in Argyll an der Westküste, und sie ist verliebt in eine Reinigungskraft dort, eine junge Holländerin, die sie – anfangs sehr zum Erstaunen, aber letztlich zum Entzücken ihrer Eltern – in einigen Monaten bei einem großen Fest in Apeldoorn heiraten wird, was Rabih mit demonstrativer Gleichgültigkeit aufnimmt. Liebe ist ihm entschieden wichtiger als Libido.

Übertragung

Nach zwei Ehejahren ist Rabihs Job immer noch unsicher und abhängig von der unsteten Auftragslage und so manchem plötzlichen Sinneswandel von Kunden. Daher ist er ganz angetan, als sein Unternehmen Anfang Januar einen großen Langzeitvertrag in England abschließt, in South Shields, einer aufstrebenden Stadt südöstlich von Edinburgh, zweieinhalb Stunden mit dem Zug entfernt. Die Aufgabe besteht darin, die Hafenanlage und ein heruntergekommenes Gelände mit industriellen Lagerhäusern zu einem Park mit einem Café und einem lokalen Museum umzugestalten, wo die *Tyne*, das zweitälteste Rettungsboot Großbritanniens, ausgestellt werden soll. Ewen fragt Rabih, ob er die Projektleitung übernehmen möchte, was für ihn zwar eine Ehre ist, aber auch bedeutet, ein halbes Jahr lang drei Nächte im Monat nicht bei Kirsten zu verbringen. Das Budget ist knapp, so dass er im Premier Inn in South Shields sein Quartier nimmt, ein preisgünstiges Haus, das zwischen einem Frauengefängnis und einem Warenlager eingepfercht ist. Abends isst er allein im Hotelrestaurant, dem Taybarns, wo eine Hammelhälfte unter den Lampen eines Tranchiertisches schwitzt.

Bei seinem zweiten Aufenthalt reden die lokalen Größen um die meisten Themen herum. Alle fürchten sich vor großen Entscheidungen und schieben die Schuld für Verzögerungen auf unverständliche Regelungen; ein Wunder, dass sie überhaupt so weit gekommen sind. Eine Vene an Rabihs Hals pocht in solchen Augenblicken. Kurz nach neun ruft er Kirsten von seinem braunvioletten Zimmer aus an, während er in Socken den Kunststoffteppich abschreitet. »Teckle«, begrüßt er sie. »Wieder ein Tag mit geisttötenden Meetings und Idioten vom Stadtrat, die ohne jeden Grund Ärger machen. Du fehlst mir so. Ich würde jetzt viel für eine Umarmung von dir geben.« Eine Pause entsteht (er hat das Gefühl, als könne er die Meilen hören, die zwischen ihnen liegen), dann antwortet sie mit flacher Stimme, dass er seinen Namen vor dem ersten Februar bei der Autoversicherung angeben muss und dass der Hausverwalter mit ihnen über den Abwasserkanal sprechen möchte, dem auf der Gartenseite – und an der Stelle wiederholt Rabih, sanft aber bestimmt, dass er sie vermisst und mit ihr zusammen sein möchte. In Edinburgh hockt Kirsten an einem Ende des Sofas, »seinem« Ende, in seinem Pullover, mit einer Schale Thunfisch und einer Scheibe Toastbrot auf dem Schoß. Sie hält inne, aber dann antwortet sie Rabih mit einem knappen und sachlichen »ja«. Schade, dass er nicht sieht, wie sie gegen die Tränen ankämpft.

Solche Dinge haben sich schon gelegentlich abgespielt. Ähnlich unterkühlt war sie schon beim letzten Mal, als er hier war und auch als er auf einer Konferenz in Dänemark war. Damals hat er ihr vorgeworfen, sie sei am Telefon so komisch. Jetzt ist er einfach nur verletzt. Er hat den verständlichen Wunsch nach Wärme geäußert, und plötzlich herrscht Stillstand. Er schaut hinaus zu den Gefängnisfenstern gegenüber. Immer, wenn er unterwegs ist, hat er das Gefühl, sie vergrößere noch bewusst die Distanz von Land oder Wasser zwischen ihnen. Er wünscht, er könne zu ihr durchdringen, und fragt sich, warum sie so weit weg und unerreichbar ist. Kirsten weiß es selber nicht. Sie schaut mit wässerigen Augen auf die Rinde eines alten verwitterten Baumes gleich vor dem Fenster und denkt mit besonderer Konzentration an eine Akte, die sie morgen mit zur Arbeit nehmen muss.

Die Struktur sieht etwa so aus: eine scheinbar gewöhnliche Situation oder Bemerkung bewirkt bei einem Partner eine Reaktion, die nicht gerechtfertigt zu sein scheint, weil sie unangemessen viel Ärger oder Angst, Empfindlichkeit oder Kälte, Panik oder Schuldzuweisung beinhaltet. Der Partner auf der Empfängerseite ist verwirrt: schließlich war es nur eine einfache Bitte um einen liebevollen Abschied, ein oder zwei ungespülte Teller im Ausguss, ein kleiner Scherz auf Kosten des anderen oder ein paar Minuten Verspätung. Warum dann diese merkwürdige und irgendwie überdimensionale Reaktion?
　　Das Verhalten ergibt wenig Sinn, wenn man es im Verhältnis zu den eigentlichen Tatsachen sieht. Es scheint so, als würde ein Aspekt des gegenwärtigen Szenarios Energie aus einer anderen Quelle beziehen, als würde es ein Verhaltensmuster auslösen, das der andere ursprünglich vor langer Zeit entwickelt hat, um eine spezielle Angst

abzuwehren, und das jetzt unbewusst wieder abgerufen wird. Wer überreagiert, verbindet ein Gefühl aus der Vergangenheit mit einer neuen Bezugsperson. Diese »Übertragung« – wie es in psychologischer Terminologie heißt – hat der andere so vielleicht gar nicht verdient.

Unsere Psyche kann eigenartigerweise nicht immer gut unterscheiden, in welcher Zeit sie sich befindet. Sie springt zu leicht auf, wie das Opfer eines Raubüberfalls, das später noch immer die Pistole am Bett liegen hat und sich von jedem Rascheln verschrecken lässt.

Für Liebende in unmittelbarer Nähe ist noch schlimmer, dass die Menschen in der Übertragungssituation diese selten erkennen, geschweige denn in aller Ruhe erklären können, was mit ihnen los ist; vielmehr haben sie das Gefühl, dass ihre Reaktion vollkommen angemessen ist. Ihre Partner hingegen kommen vielleicht zu einem ganz anderen und weniger schmeichelhaften Schluss: dass sie ziemlich komisch sind – oder vielleicht sogar ein wenig verrückt.

Kirstens Vater verlässt sie, als sie sieben ist. Er geht ohne Warnung oder Erklärung aus dem Haus. Noch am Tag zuvor ist er ein Kamel auf dem Wohnzimmerfußboden und trägt sie auf seinem Rücken um das Sofa und die Sessel herum. Zur Schlafenszeit liest er ihr aus einem Buch deutscher Volksmärchen vor, jene Geschichten von einsamen Kindern und bösen Stiefmüttern, von Zauber und Verlust. Er sagt ihr, es seien nur Geschichten. Und dann verschwindet er.

Damit hätte man auf unterschiedliche Weise umgehen

können. Ihre Reaktion ist Fühllosigkeit. Gefühle kann sie sich nicht leisten. Es geht ihr so gut, das sagen alle – die Lehrer, ihre beiden Tanten, der Psychologe, zu dem sie eine Weile geht. Ihre Leistungen in der Schule werden besser. Aber innerlich kommt sie überhaupt nicht zurecht: es bedarf einer gewissen Stärke, Tränen zuzulassen, das Vertrauen, dass man irgendwann aufhören kann zu weinen. Sie kann sich den Luxus nicht leisten, nur in kleinen Portionen traurig zu sein. Sie könnte in viele kleine Stücke zerfallen und nicht mehr wissen, wie sie die Teile wieder zusammensetzen soll. Um diese Möglichkeit zu verhindern, verätzt sie im Alter von sieben Jahren ihre Wunden so gut wie möglich.

Sie kann jetzt (auf ihre eigene Art) lieben, aber sie kann überhaupt nicht ertragen, jemanden zu sehr zu vermissen, selbst wenn dieser Mensch lediglich in einer Stadt wenige Stunden südöstlich entfernt weilt und garantiert in ein paar Tagen mit dem Zug um 18.22 zurückkommt.

Aber dieses Verhalten kann sie dem anderen nicht erklären und selbst auch nicht recht verstehen. Zu Hause macht sie sich damit nicht beliebt. Idealerweise hätte sie einen Schutzengel mit magischen Kräften im Einsatz, der das Geschehen anhalten würde, wenn Rabih ärgerlich wird, um ihn dann schnell aus seinem Billighotel zu holen und durch die dichten Wolken der unteren Atmosphäre zu tragen, nach Inverness vor einem Vierteljahrhundert, wo er durch das Fenster eines kleinen Hauses in ein enges Schlafzimmer spähen könnte und dort ein kleines Mädchen in einem Bärchenschlafanzug an ihrem Schreibtisch sähe, wie sie mit methodischer Präzision Rechtecke auf einem großen Stück Papier ausmalt und dabei versucht, bei Sinnen zu bleiben, weil ihr Kopf so leer ist und sie sich die furchtbare Traurigkeit so gar nicht eingestehen kann.

Wenn Rabih dieses Bild von Kirstens stoischem Durchhaltevermögen vor Augen hätte, würde er natürlich Mitgefühl empfinden. Er könnte die anrührenden Gründe für ihre Zurückhaltung verstehen und seine eigene Empfindlichkeit hintanstellen, um ihr zärtlich Bestätigung und Sympathie zu zeigen.

Aber da es keinen Engel gibt, der auf den Fluren wartet, und daher auch keinen aufrüttelnden Bericht, der Kirstens Vergangenheit sinnlich nachvollziehbar erhellen würde, ist Rabih allein mit ihrer gefühlskalten Reaktion, die er verstehen soll – eine Herausforderung, die in ihm eine plausible und unwiderstehliche Versuchung beflügelt, zu werten und sich angegriffen zu fühlen.

Zu oft handeln wir nach Drehbüchern, die durch längst vergangene Krisen entstanden sind und die sich dem bewussten Erinnerungsvermögen entziehen. Wir verhalten uns nach einer archaischen Logik, die sich uns heute entzieht, und handeln in einem Bedeutungszusammenhang, den wir denjenigen, von denen wir am abhängigsten sind, nicht aufschlüsseln können. Vielleicht ringen wir darum, zu spüren, in welcher Lebensphase wir eigentlich sind, mit wem wir tatsächlich umgehen und welche Art von Verhalten wir unserem Gegenüber zumuten können. Manchmal sind wir schwer zu ertragen.

Rabih unterscheidet sich da kaum von seiner Frau. Auch er interpretiert seine Gegenwart ständig durch das Zerrbild der Vergangenheit und lässt sich von obsoleten und exzentrischen Impulsen treiben, die er weder sich selbst noch Kirsten erklären kann.

Was bedeutet es beispielsweise, aus dem Büro in Edinburgh nach Hause zu kommen und einen großen Kleiderhaufen im Flur vorzufinden, den Kirsten zur Reinigung bringen wollte, aber dies dann vergessen hat und sagt, sie werde es in den nächsten Tagen erledigen?

Darauf gibt es für Rabih eine umgehende und eindeutige Antwort: Dies ist der Anfang von jenem Chaos, das er fürchtet, und Kirsten hat dies getan, um ihm auf die Nerven zu gehen und ihn zu verletzen. Unfähig, ihrem Rat zu folgen und die Kleidungsstücke bis zum nächsten Tag liegen zu lassen, bringt er sie selbst weg (es ist sieben Uhr abends) und verbringt nach seiner Rückkehr eine halbe Stunde damit, unter viel Lärm die übrige Wohnung aufzuräumen, mit besonderem Interesse an dem Durcheinander im Besteckfach.

»Das Chaos« ist in Rabihs Vorstellung keine Banalität. Allzu schnell verknüpft sein Unbewusstes unwichtige Dinge, die in der Gegenwart nicht an ihrem richtigen Platz sind, mit sehr wichtigen Dingen, die in der Vergangenheit nicht in Ordnung waren, wie die Ruine des InterContinental Phoenicia Hotel, das er früher von seinem Zimmer aus sehen konnte; die zerbombte amerikanische Botschaft, an der er jeden Morgen vorbeiging; die mörderischen Graffiti, die auf der Wand seiner Schule auftauchten, und das Geschrei zwischen seiner Mutter und seinem Vater, das er nachts ständig mit anhören musste. Mit vollkommener Klarheit sieht er noch heute die schwarzen Umrisse des zypriotischen Flüchtlingsschiffs, das schließlich in einer dunklen Januarnacht ihn und seine Eltern aus der Stadt holte, und die Wohnung, die, wie sie später hörten, geplündert wurde und eine Gruppe drusischer Kämpfer beherbergte (sein Zimmer angeblich als Munitionsdepot nutzend). In seiner Hysterie steckt eine Menge Geschichte.

In der Gegenwart lebt Rabih in einer der sicheren, ruhigeren Ecken des Globus, mit einer Frau, die gutmütig und hingebungsvoll an seiner Seite ist, aber in seinem Kopf sind immer noch Beirut, Krieg und die grausamsten Seiten des Menschen unmittelbare Bedrohungen, die jederzeit seine Interpretation eines Kleiderhaufens oder eines organisatorischen Durcheinanders im Besteckfach beeinflussen können.

Wenn unsere Psyche in einer Übertragung befangen ist, verlieren wir die Fähigkeit, im Zweifelsfall zugunsten von Menschen und Dingen zu entscheiden; wir kommen schnell und besorgt zu den schlimmsten Schlüssen, wie sie einst die Vergangenheit festlegte.

Zuzugeben, dass wir durch die Wirren der Vergangenheit zu einer Interpretation des aktuellen Geschehens kommen, halten wir für demütigend, und das ist sehr bedauerlich: Wir meinen, zwischen unserem Partner und einem enttäuschenden Elternteil unterscheiden zu können, zwischen einer kleinen Verspätung unseres Ehemanns und der permanenten Vernachlässigung durch den Vater; zwischen schmutziger Wäsche und einem Bürgerkrieg.

Gefühle angemessen in ihren ursprünglichen Kontext
einzuordnen, gehört zu den sensibelsten und wichtigsten
Aufgaben der Liebe. Wer die Gefahren der Übertragung
akzeptiert, für den haben Sympathie und Verständnis eine
Priorität gegenüber Verärgerung und Bewertung. Zwei
Menschen können zu der Erkenntnis kommen, dass plötz-
liche Angstausbrüche oder Feindseligkeiten nicht immer
von ihnen verursacht sein müssen – und demnach nicht
immer mit Wut oder verletztem Stolz beantwortet wer-
den sollten. Statt Empörung und Verurteilung kann nun
Mitgefühl gezeigt werden.

Als Rabih von seiner Reise nach England zurückkommt,
ist Kirsten in einige Gewohnheiten zurückverfallen, die
ihr lieb waren, als sie noch alleine lebte. Sie hat beim Baden ein Bier getrunken und im Bett Müsli aus einer Tasse
gegessen. Aber ziemlich bald stellen sich das gegenseitige
Begehren und die Fähigkeit zu Nähe wieder ein. Die Versöhnung beginnt, wie so oft, mit einem kleinen Scherz,
der den Finger auf die unterschwellige Angst legt.

»Entschuldigen Sie, Mrs Kahn, dass ich Sie unterbrochen habe. Aber ich glaube, ich habe mal hier gewohnt«,
sagt Rabih.

»Sicher nicht. Sie suchen sicher nach vierunddreißig A,
und dies ist vierunddreißig B, verstehen Sie ...«

»Ich glaube, wir haben mal geheiratet. Erinnern Sie
sich? Dies ist unser Kind Dobbie, da drüben in der Ecke. Es
ist sehr schweigsam. Ähnlich wie seine Mutter.«

»Tut mir leid, Rabih«, sagt Kirsten nun wieder ernst.
»Ich bin irgendwie eine Furie, wenn du nicht da bist. Es ist

fast, als wolle ich dich dafür bestrafen, dass du mich allein lässt, was lächerlich ist, weil du nur versuchst, unser Darlehen abzuzahlen. Verzeih mir. Manchmal spinne ich einfach.«

Kirstens Worte wirken wie ein heilsamer Balsam. Rabih spürt eine große Liebe für seine wenig wortgewandte und niemals selbstgerechte Frau. Ihre Einsicht ist das beste Willkommensgeschenk, das sie ihm hätte bereiten können, und der größte Garant ihrer Liebe zueinander. Keiner von beiden muss perfekt sein, überlegt er: Sie brauchen einander nur in der ihnen vertrauten Weise zu signalisieren, dass es manchmal nicht leicht ist, mit dem Partner zu leben.

Wir müssen nicht immer vernünftig sein, damit unsere Beziehungen gut sind; wir müssen nur gelegentlich die Fähigkeit haben, bereitwillig zuzugeben, dass wir in diesem oder jenem Bereich verrückt sind.

Schuldzuweisungen

Zum dritten Hochzeitstag überrascht Rabih seine Frau
mit einem Wochenende in Prag. Sie wohnen in einem kleinen Hotel in der Nähe der Kirche St. Kyrill und Metho-
dius, fotografieren sich auf der Karlsbrücke, sprechen über
ihr Leben zu Hause, sinnieren darüber, wie schnell die Zeit
vergeht, und besichtigen das Palais Sternberg, um sich europäische Kunst von der griechisch-römischen Klassik bis
zum Ende des Barock anzusehen. In den Sammlungen verweilt Kirsten bei einer kleinen Jungfrau mit Kind aus dem
frühen sechzehnten Jahrhundert.

»Es ist so schrecklich, was am Ende mit ihrem bezau-
bernden Baby passiert ist – wie ist sie damit fertig geworden?«, meint Kirsten nachdenklich. Was für eine liebenswerte Art sie hat, altbekannte Dinge noch einmal ganz neu
zu denken, geht es Rabih durch den Kopf. Das Gemälde
dient ihr nicht zur pflichtgemäßen akademischen Betrach-
tung, vielmehr sieht sie darin die schmerzliche Tragödie
einer Mutter, die dadurch ihr Mitgefühl verdient, nicht
weniger lebendig oder unmittelbar, als wenn sie jemandem
begegnen würde, der gerade den eigenen Sohn bei einem
Autounfall auf der Straße nach Fort William verloren hat.

Kirsten hat große Lust, in den Prager Zoo zu gehen. Es ist lange her, seit beide Zeit mit Tieren verbracht haben. Ihr erster Gedanke ist, wie merkwürdig all diese Insassen aussehen – das Kamel beispielsweise mit seinem u-förmigen Hals, seinen zwei Fellpyramiden auf dem Rücken, seinen Wimpern, als wären sie mit Mascara getuscht, und mit seinen gelben vorstehenden Zähnen. Eine kostenlose Broschüre liefert ein paar Fakten: Kamele können zehn Tage in der Wüste leben, ohne zu trinken; ihre Höcker sind nicht mit Wasser gefüllt, wie es der Volksglaube behauptet, sondern mit Fett; ihre Wimpern sind so konstruiert, dass sie bei Sandstürmen die Augäpfel schützen, und Leber und Nieren entziehen der aufgenommenen Nahrung jeden Tropfen Feuchtigkeit, so dass ihr Kot trocken und kompakt ist.

Alle Tiere unterscheiden sich so deutlich voneinander, weil sie jeweils in ganz besonderen Umgebungen überleben, fährt das Heftchen fort. Deshalb hat die Madagassische Riesenratte solch große Ohren und kräftige Hinterbeine und zeigt der Rotschwanzwels des Amazonas ein tarnfarbenes Band um den Bauch.

»Klar«, wirft Kirsten ein, »aber diese Anpassungen nutzen nicht viel, wenn dein neues Zuhause tatsächlich der Zoo in Prag ist, wo du in einem Hotelzimmer aus Zement lebst und dir dreimal täglich dein Futter durch eine Klappe geliefert wird und es keine Unterhaltung gibt außer Touristen. Da wirst du nur fett und reizbar, wie der arme süße Orang-Utan, der eigentlich ein Leben in den Wäldern von Borneo verbringen sollte – statt das hier mehr schlecht als recht auszuhalten.«

»Aber vielleicht ist das bei den Menschen nicht so anders«, fügt Rabih hinzu, etwas pikiert, dass seine Frau einem Menschenaffen so viel Sympathie entgegenbringt. »Wir sind auch mit Reizen ausgestattet, die wahrscheinlich ihren Sinn hatten, als sie sich in den Ebenen von Afrika entwickelten, aber die uns heute nur in Schwierigkeiten bringen.«

»An was denkst du da?«

»Nachts alarmbereit für Geräusche zu sein, heute stört es uns nur beim Schlafen, wenn eine Autoalarmanlage losgeht. Oder darauf eingestellt zu sein, Süßes zu essen, wovon wir bei all den Versuchungen, denen wir ausgesetzt sind, nur dick werden. Oder fast genötigt zu werden, in den Straßen von Prag auf fremde Beine zu schauen, was unseren Partner ärgert und verletzt …«

»Mr Khan! Mit Darwin willst du mich dazu bringen, dich zu bedauern, dass du keine sieben Frauen hast und nicht noch ein Eis essen darfst …«

Es ist spät am Sonntagabend, als sie erschöpft auf dem Flughafen Edinburgh landen. Kirstens Reisetasche ist die zweite, die vom Gepäckband kommt. Rabih hat nicht so viel Glück, also sitzen sie wartend auf einer Bank neben einem geschlossenen Sandwich Kiosk. Für die Jahreszeit ist es ungewöhnlich warm, und Kirsten fragt sich untätig, wie morgen wohl das Wetter sein wird. Rabih holt sein Smartphone heraus und sieht nach. Höchstwerte von 19 Grad und den ganzen Tag sonnig: ungewöhnlich. In dem Moment erspäht er seine Tasche auf dem Band, holt sie und packt sie auf den Gepäckwagen. Kurz vor Mitternacht steigen sie in den Bus zum Stadtzentrum. Um sie herum sind lauter ähnlich abgekämpfte Passagiere in Gedanken versunken oder dösend. Plötzlich fällt Rabih ein, dass er einem Kollegen eine SMS schicken muss, greift in seine rechte Jacketttasche nach dem Smartphone, dann in die linke, erhebt sich etwas von seinem Sitz, um in den Hosentaschen nachzusehen.

»Hast du mein Telefon?«, fragt er Kirsten mit aufgeregter Stimme. Sie schläft gerade und wacht nicht gleich auf.

»Natürlich nicht, Schatz, warum sollte ich dein Telefon einstecken?«

Er windet sich an ihr vorbei und greift in die obere Ablage des Gepäckwagens, nimmt seine Tasche herunter und wühlt in der Außentasche. Eine unglückliche Wahrheit wird ihm allmählich klar: Das Telefon ist weg, und damit auch das Kommunikationssystem mit der Welt.

»Jemand muss es bei der Gepäckausgabe gestohlen haben«, bemerkt Kirsten. »Oder vielleicht hast du es irgendwo liegen gelassen. Du Armer! Wir können gleich morgen früh beim Flughafen anrufen und fragen, ob jemand es abgegeben hat. Aber die Versicherung kommt ja jedenfalls dafür auf. Es ist erstaunlich, dass das bisher noch keinem von uns beiden passiert ist.«

Aber Rabih kann darin nichts Erstaunliches sehen.

»Du kannst mein Telefon benutzen, wenn du etwas nachsehen möchtest«, fügt Kirsten guter Dinge hinzu.

Rabih ist außer sich. Dies ist der Anfang eines Verwaltungs-Albtraums. Man wird ihn stundenlang in Warteschleifen hängen lassen, dann muss er Papierkram ausgraben und Formulare ausfüllen. Merkwürdigerweise richtet sich seine Wut nicht nur gegen seinen Verlust; ein Teil davon scheint sich auch gegen seine Frau zu wenden. Schließlich ist sie es gewesen, die zuerst das Wetter erwähnt hat, was ihn wiederum veranlasst hat, nach dem Wetterbericht zu schauen, ohne den das Telefon noch immer sicher in seinem Besitz wäre. Außerdem betont Kirstens ruhige und mitfühlende Art aus seiner Sicht nur, wie sorglos und zufrieden sie im Vergleich zu ihm ist. Als der Bus auf die Waverley Brücke zusteuert, erklärt sich Rabih die Logik: Letztlich ist sie irgendwie an dem Leid, den Mühen und dem Ärger schuld, überhaupt muss er ihr für alles die Schuld zuschieben, einschließlich der Kopfschmerzen, die sich jetzt gerade wie ein Schraubstock um seine Schläfen spannen. Er wendet sich von ihr ab und murmelt: »Ich wusste schon die ganze Zeit, dass diese Reise verrückt und überflüssig war und wir sie gar nicht erst hätten machen sollen« – eine traurige und ziemlich unfaire Bilanz eines für sie beide so wichtigen Jahrestages.

Nicht jeder würde eine Verbindung, wie Rabih es gerade tut, herstellen oder könnte sie nachvollziehen. Kirsten hat sich nie dazu bereit erklärt, das Mobiltelefon ihres Mannes zu bewachen, und sie ist keineswegs für alles im Leben dieses erwachsenen Primaten verantwortlich. Aber Rabih erscheint all das merkwürdig plausibel. Nicht zum ersten Mal führt er alles irgendwie auf seine Frau zurück.

Das oberflächlich irrationale, unreife, bedauernswerte und dennoch gängige Verständnis in der Liebe ist, dass der Mensch, dem wir uns verschrieben haben, nicht nur der Mittelpunkt unseres emotionalen Lebens ist, sondern

auch, und zwar auf merkwürdige, objektiv gesehen ver-
rückte und zutiefst ungerechte Weise, für alles verant-
wortlich, was uns zustößt, im Guten wie im Bösen. Darin
liegt das sonderbare und abartige Privileg der Liebe.

Im Laufe der Jahre ist es auch ihre »Schuld« gewesen, dass
er im Schnee ausgerutscht ist, dass er die Schlüssel verloren hat, dass der Zug nach Glasgow einen Schaden hatte,
dass er einen Bußgeldbescheid für zu schnelles Fahren bekommen hat, dass die Waschmaschine nicht richtig schleu-
dert, dass er als Architekt nicht auf dem Niveau tätig ist,
wie er es sich erträumt hat, dass die neuen Nachbarn spät
am Abend die Musik so laut aufdrehen und dass sie kaum
noch irgendetwas genießen. Man sollte betonen, dass
Kirstens eigene Liste in dieser Hinsicht weder viel kürzer
noch vernünftiger ist: Nur wegen Rabih sieht sie ihre Mutter nicht oft genug, nur seinetwegen haben ihre Strumpfhosen ständig Laufmaschen, meldet sich ihre Freundin
Gina nie bei ihr, ist sie ständig müde, sind die Nagelfeilen
nicht aufzufinden und genießen sie kaum noch irgendetwas ...

Die Welt ärgert, enttäuscht, frustriert und verletzt uns
ohne Ende und an jeder Ecke. In ihren öden, gnadenlosen
Untiefen verspätet sie uns, lehnt unsere kreativen Vor-
schläge ab, übersieht uns bei einer Beförderung, belohnt
Idioten und zerstört unsere Ambitionen. Und fast im-
mer ist es unmöglich, sich darüber zu beschweren. Es ist
zu mühsam, herauszufinden, wer eigentlich die Schuld
trägt; und zu gefährlich, sich zu beklagen, selbst wenn wir

genau wissen, wer der Schuldige ist (sonst werden wir gefeuert oder ausgelacht).

Es gibt nur einen Menschen, dem wir unsere ganze Beschwerdeliste vorhalten können, dem all unsere aufgestaute Wut über die Ungerechtigkeiten und Unzulänglichkeiten des Lebens zuzumuten ist. Natürlich ist es völlig absurd, eben diesem Menschen für alles die Schuld zu geben. Aber so zu argumentieren hieße, die Regeln der Liebe nicht zu verstehen. Weil wir die Mächte, die eigentlich verantwortlich sind, nicht anschreien können, sind wir wütend auf diejenigen, die uns am ehesten ertragen, wenn wir sie beschuldigen. Wir laden alles ab bei den liebsten, sympathischsten, loyalsten Menschen in unserer Nähe, bei denen, die uns am wenigsten verletzt haben, aber die auch am ehesten dableiben, wenn wir sie schonungslos beschimpfen.

Die Anschuldigungen, die wir unseren Geliebten zumuten, sind vollkommen sinnlos. Niemandem sonst auf der Welt würden wir dergleichen sagen. Aber unsere wüsten Vorwürfe sind eben gerade ein Beweis von Intimität und Vertrauen, ein echtes Zeichen der Liebe – und gewissermaßen ein paradoxer Beweis von Zuverlässigkeit und Bekenntnis. Während wir zu jedem Fremden etwas Vernünftiges und Höfliches sagen können, meinen wir in Gegenwart des Geliebten, dem wir von ganzem Herzen vertrauen, völlig unvernünftig sein zu dürfen.

Einige Wochen nach ihrer Rückkehr aus Prag, entsteht ein neues und weitaus größeres Problem. Rabihs Chef, Ewen, beruft ein Meeting mit seinem Team ein. Nach den vergangenen acht recht günstigen Monaten sieht die Auftragslage wieder öde aus, gesteht er. Nicht alle derzeit im Unternehmen Angestellten werden weiter an Bord bleiben können, wenn sich nicht bald ein phantastisches Projekt auftut. Danach nimmt Ewen Rabih auf dem Flur zur Seite.

»Sie haben sicher Verständnis«, sagt er. »Es wird nicht persönlich gemeint sein. Sie sind ein guter Mann, Rabih!« Die Leute, die einen entlassen wollen, sollten eigentlich so viel Anstand und Mut haben, nicht auch noch den Anspruch zu haben, dass man sie mag, denkt Rabih.

Die drohende Arbeitslosigkeit stürzt Rabih in Angst und Trübsinn. Er weiß genau, es wäre die Hölle, in dieser Stadt einen anderen Arbeitsplatz finden zu müssen. Wahrscheinlich muss er in eine andere Stadt gehen, und was würde Kirsten dann tun? Jetzt droht ihm auch noch, dass er seiner grundlegenden Verantwortung als Ehemann nicht mehr gerecht wird. Wie verrückt, dass er all die Jahre noch meinte, er könne eine Karriere verfolgen, bei der finanzielle Stabilität mit kreativer Erfüllung vereinbar wäre. Eine Mischung aus kindlicher Naivität und Sturheit, wie sein Vater zu sagen pflegte.

Heute geht er auf dem Weg nach Hause an der römisch-katholischen St Mary-Kirche vorbei. Noch nie war er drinnen – die gotische Fassade wirkt immer düster und abweisend –, aber in seiner aufgewühlten und von Panik geprägten Stimmung beschließt er, sich einmal umzusehen, und landet bei einem Seitenaltar abseits vom Hauptschiff, vor einem großen Gemälde der Jungfrau Maria, die ihn mit besorgten und freundlichen Augen anblickt. Etwas in ihrem sympathischen Gesichtsausdruck rührt ihn an, als wisse sie etwas über Ewen Frank und den Rückgang der Arbeitsaufträge und wolle ihn ihres beständigen Vertrauens versichern. Er spürt, wie ihm die Tränen kommen angesichts des Kontrasts zwischen den Herausforderungen seines Erwachsenenlebens und der Freundlichkeit und Zärtlichkeit im Gesichtsausdruck dieser Frau. Sie scheint zu verstehen und doch nicht zu verurteilen. Er ist überrascht, als er auf die Uhr schaut und merkt, dass er schon eine Viertelstunde hier verweilt. Eigentlich Wahnsinn, muss er gestehen, sich als Atheist muslimischer Abstammung in einem kerzenerleuchteten Raum zu Füßen eines Bildnisses einer fremden Heiligen wiederzufinden, der er seine Tränen und Verwirrung darbietet. Aber er sieht wenig Alternativen, nachdem kaum noch jemand an ihn glaubt. Die Hauptlast der Verantwortung liegt auf seiner Frau, und dies verlangt ziemlich viel von einer normalen, nicht-heiliggesprochenen Sterblichen.

Zu Hause hat Kirsten zum Abendessen einen Zucchini-Basilikum-Feta-Salat nach einem Rezept von ihm zubereitet. Sie möchte die Einzelheiten über die Krise am Arbeitsplatz erfahren. Wann hat Ewen ihm das gesagt? Wie hat er sich ausgedrückt? Wie haben die anderen reagiert? Wird es in absehbarer Zeit noch ein Meeting geben? Rabih beginnt zu antworten und fährt sie dann an:

»Was gehen dich diese Einzelheiten an? Es ist, wie es ist; ein großes Chaos.«

Er wirft seine Serviette hin und fängt an hin- und herzulaufen.

Kirsten will alles minutiös erfahren, weil dies ihre Art

ist, mit Angst umzugehen: Sie klammert sich an die Fakten und geht systematisch mit ihnen um. Sie will nicht direkt zugeben, wie besorgt sie ist. Ihre Strategie ist, zurückhaltend zu sein und sich auf die pragmatischen Aspekte zu konzentrieren. Rabih würde am liebsten schreien oder etwas kaputt machen. Er beobachtet seine gutaussehende, wohlwollende Frau – für die er eine ständige Belastung geworden ist. Mindestens achtmal pro Jahr spielen sich solche Szenen jetzt bei ihnen ab, wenn Katastrophen draußen in der Welt passieren und Rabih sie mit nach Hause bringt und Kirsten das ganze Durcheinander auftischt.

Sie tritt zu ihm an den Kamin, nimmt seine Hand und sagt voller Wärme und Ernsthaftigkeit: »Es wird schon gutgehen« – doch beide wissen, dass dies nicht unbedingt stimmt.

Wir verlangen von unseren Partnern so viel und werden in ihrer Nähe so unvernünftig, weil wir darauf vertrauen, dass jemand, der unsere dunklen Seiten versteht, der für viele unserer Nöte eine Lösung bereit hat, irgendwie auch alles andere in unserem Leben richten kann. Wir überhöhen die Macht des anderen in einer merkwürdigen – Jahrzehnte später nachgetragenen – Bewunderung eines kleinen Kindes für die scheinbaren Zauberkräfte der Eltern.

Dem sechsjährigen Rabih erschien seine Mutter fast wie eine Göttin; sie fand seinen Stoffbären, wenn er verschwunden war, sie sorgte immer dafür, dass sein Lieblingskakao im Kühlschrank stand, sie brachte jeden Morgen frisch gewaschene Kleidung für ihn, sie lag mit ihm im Bett und erklärte ihm, warum sein Vater so herumgeschrien hatte, sie wusste, wie sich die Erde weiterhin richtig um die Achse drehte …

Rabih und Kirsten haben gelernt, dem verängstigten inneren Kind, das sich im erwachsenen Partner verbirgt, Mut zu machen. Eben dies macht ihre gegenseitige Liebe aus. Aber sie haben* in diesem Prozess auch unbewusst etwas von dem gefährlichen, unfairen, wunderbar naiven Vertrauen übernommen, welches Kinder in ihre Eltern setzen. Ein ursprünglicher Teil der Erwachsenen Rabih und Kirsten besteht darauf, dass der geliebte andere viel mehr Kontrolle über die Welt hat, als irgendein Mensch in einer erwachsenen Beziehung dies vermag, woraus wiederum, wenn es dann doch Probleme gibt, so viel Wut und Frustration entsteht.

Kirsten nimmt Rabih in die Arme. »Wenn ich nur etwas tun könnte, würde ich dies tun«, sagt sie, und Rabih schaut sie traurig und liebevoll an, und es ist, als spüre er erst jetzt, wie sehr er einer Ur-Einsamkeit ausgesetzt ist, gegen die auch die Liebe immun ist. Nein, er ist nicht auf Kirsten wütend, die Ereignisse versetzen ihn in Panik und er hat das Gefühl, am Ende zu sein. Um ein besserer Ehemann zu sein, wird er wohl lernen müssen, etwas weniger falsche und destruktive Hoffnungen in die Frau zu setzen, die ihn so liebt. Er muss sich besser darauf einstellen, notfalls ganz allein zu sein.

Lehren und Lernen

Rabihs Arbeitsplatz bleibt zwar erhalten, aber wirkliche Sicherheit ist weiterhin kaum in Sicht. Die meisten ihrer gemeinsamen Freunde heiraten und gründen eine Familie, ihr gesellschaftliches Leben wird zunehmend bestimmt von anderen Paaren. Etwa ein halbes Dutzend von ihnen trifft sich regelmäßig, meistens bei jemandem zu Hause zum Abendessen oder (mit Babys) am Wochenende zum Mittagsessen.

Zwar herrschen Wärme und Kameradschaft, aber auch – unterschwellig – eine gute Portion an Vergleichen und Angeberei. Immer wieder gibt es Anspielungen auf den Arbeitsplatz, Ferien, Verschönerungspläne des Eigenheims und die ersten Fortschritte der Kinder.

Rabih wird zunehmend trotzig, dickhäutig gegenüber dem Gerangel und Punktezählen. Er räumt Kirsten gegenüber offen ein, dass sie nicht gerade das Paar mit dem höchsten Lebensstandard sind, aber fügt dann rasch hinzu, dass es doch gar nichts ausmacht: Sie sollten dankbar sein für das, was sie haben. Sie leben nicht in einem kleinen klatschsüchtigen Dorf; sie können tun und lassen, was sie wollen.

Es ist fast ein Uhr morgens an einem Samstag, in der Küche bemerkt Kirsten beim Geschirrspülen, dass sie bei der Nachspeise erfahren habe, dass Clare und ihr Mann Christopher für den ganzen Sommer etwas in Griechenland mieten: eine Villa mit eigenem Pool und einem Garten mit einem privaten Olivenhain. Sie wird die ganze Zeit dort sein, er wird pendeln. Es klingt wie nicht von dieser Welt, sagt sie, aber es muss ein verdammtes Vermögen kosten – unvorstellbar, wirklich; es ist erstaunlich, was ein Chirurg heutzutage verdient.

Für Rabih klingt die Bemerkung beunruhigend. Was geht das seine Frau an? Sind ihr offenbar die eigenen Ferien (in einer kleinen Hütte auf den Hebriden) nicht gut genug? Wie könnten sie sich bei ihren Einkünften je etwas so annähernd Teures leisten wie eine Villa? Dies ist nicht die erste derartige Bemerkung von ihr. Vor etwa einer Woche war von einem neuen Mantel die Rede, auf den sie ungern verzichtet hat, dann der bewundernde Bericht von einem Wochenende in Rom, zu dem James Mairi eingeladen hatte, und erst gestern eine schwärmerische Nachricht über zwei Freunde, die ihre Kinder auf eine Privatschule schicken können.

Rabih wäre froh, wenn sie solche Vergleiche nicht nötig hätte. Er wünscht sich, dass sie stolz auf sich ist, ohne Bezug auf ihren Rang in der unsinnigen Hackordnung, und den immateriellen Reichtum ihres gemeinsamen Lebens wertschätzt. Er wünscht sich, dass sie würdigt, was sie hat, statt sich nach dem zu sehnen, was fehlt. Aber weil seine Schlafenszeit längst überschritten und dies ein brisantes Thema ist, das ihm selbst große Angst macht, kommt sein

Vorschlag weniger nuanciert und weniger überzeugend rüber als gemeint.

»Also, Schatz, es tut mir so leid, dass ich nicht ein Chirurg auf großem Fuß mit Villa bin.« Er hört selber den Sarkasmus in seiner Stimme und weiß genau, welche Wirkung das haben wird, aber er kann sich nicht bremsen. »Eine Schande, dass du hier mit mir in den Slums festsitzt.«

»Warum fährst du mich so an? Und das zu so später Stunde«, erwidert Kirsten. »Ich habe bloß gesagt, dass sie in Ferien fahren, und sofort, aus dem Nichts, mitten in der Nacht, attackierst du mich – als hättest du darauf gewartet, mich damit zu überfallen. Ich kann mich noch an Zeiten erinnern, in denen du nicht so kritisch gegenüber Dingen warst, die ich sagte.«

Allein die Idee, einem Geliebten etwas »beibringen« zu wollen, wirkt herablassend, unpassend und geradezu unheimlich. Wenn wir einen Menschen wirklich lieben, kommen wir gar nicht auf die Idee, ihn oder sie ändern zu wollen. Das romantische Konzept von Liebe ist in dieser Hinsicht eindeutig: Zu wahrer Liebe gehört, den Partner in seinem ganzen Wesen anzunehmen. Dieses grundsätzliche Bekenntnis zu Mitgefühl und Wohlwollen macht die ersten Monate der Liebe so anrührend. In der neuen Beziehung geht man großzügig mit unseren Schwachstellen um. Unsere Schüchternheit, unsere Unbeholfenheit und Verwirrtheit werden geliebt (wie in der Kindheit), statt Sarkasmus oder Beanstandung zu provozieren; unsere komplizierteren Seiten werden ausschließlich durch den Filter des Mitgefühls gesehen.

Aus diesen Eindrücken entsteht eine schöne, jedoch
fragwürdige, ja leichtsinnige Überzeugung: Wirklich ge-
liebt zu werden muss immer heißen, uneingeschränkt un-
terstützt zu werden.

Die Ehe gibt Rabih und Kirsten die Möglichkeit, ihrer beider Wesensart bis ins kleinste Detail kennenzulernen.
Niemand in ihrem Erwachsenenleben hat je so viel Zeit gehabt, ihr Verhalten in einer so begrenzten Umgebung und
unter dem Einfluss so vieler wechselvoller und schwieri-
ger Bedingungen zu beobachten: spätabends und noch
benommen am Morgen; niedergeschlagen und in Panik
wegen der Arbeit, frustriert im Freundeskreis, aufgeregt
wegen verlorener Haushaltsgegenstände.

Dazu kommt der Anspruch an das Potential im anderen. Manchmal fällt ihnen auf, welche wichtigen Eigenschaften fehlen, die sich ihrer Meinung nach entwickeln
könnten, wenn nur jemand darauf hinweisen würde. Sie
wissen besser als irgendwer sonst, was nicht stimmt – und
was sich ändern sollte. Ihre Beziehung ist insgeheim eine
Art Projekt zur gegenseitigen Optimierung.

Entgegen dem äußeren Anschein ist Rabih nach der
Abendeinladung ernsthaft bemüht, eine Entwicklung in
der Frau, die er liebt, anzustoßen. Aber sein Verfahren
dazu ist charakteristisch: Kirsten materialistisch zu nennen, sie anzuschreien und später dann zwei Türen zuzu-
knallen.

»Dir geht es offenbar nur darum, wie viel unsere
Freunde verdienen und wie wenig wir haben«, ruft er
Kirsten bitter zu, die sich inzwischen am Waschbecken die

Zähne putzt. »Wenn man dich hört, könnte man meinen, du würdest mit Bärenfell bekleidet in einer Bruchbude leben. Ich will nicht, dass du dir weiter solche Geldsorgen machst. Du bist so wahnsinnig materialistisch geworden.«

Rabih hält seine »Lektion« derart aufgeregt (die Türen werden ziemlich laut zugeschlagen), nicht weil er ein solches Monster ist (auch wenn es nicht verwunderlich wäre, wenn ein unparteiischer Zeuge jetzt zu diesem Schluss käme), sondern weil er sich zugleich verängstigt und unfähig fühlt: verängstigt, weil seine Frau und beste Freundin auf der Welt einen wichtigen Aspekt von Geld und dessen Beziehung zur Selbstverwirklichung nicht zu begreifen scheint; und unfähig, weil er Kirsten nicht das bieten kann, was sie sich offenbar so sehnlich wünscht (durchaus zu Recht, glaubt er tief in seinem Herzen).

Er möchte um jeden Preis, dass seine Frau die Dinge von seinem Standpunkt aus sieht, und weiß eigentlich gar nicht, was er dazu beitragen kann.

Wir wissen, dass das Unterrichten von Schülern nur klappt, wenn wir größte Sorgfalt und Geduld mitbringen: Wir dürfen die Stimme nicht zu sehr erheben, wir müssen mit äußerstem Taktgefühl vorgehen, wir müssen reichlich Zeit verstreichen lassen, damit jede Lektion sich setzen kann, und wir sollten mindestens zehn Komplimente im Verhältnis zu einer sensibel eingebrachten negativen Bemerkung machen. Vor allem müssen wir ruhig bleiben.

Und doch ist die beste Garantie für die Ruhe eines Lehrers eine relative Indifferenz gegenüber dem Erfolg oder Mißerfolg seines oder ihres Unterrichts. Ein gelassener

Lehrer möchte, dass die Dinge gut laufen, aber wenn ein sturer Schüler beispielsweise in Trigonometrie versagt, ist das – im Grunde – das Problem des Schülers. Die Stimmung bleibt ausgeglichen, weil einzelne Schüler keinen großen Einfluss auf das Leben ihres Lehrers haben; sie berühren seine Integrität nicht und sind keine wesentlichen Kriterien für sein Gefühl von Zufriedenheit. Die Fähigkeit, sich nicht allzu sehr zu engagieren, ist ein wichtiger Aspekt gelassener und erfolgreicher Pädagogik.

Aber Ruhe gibt es eben nicht im Klassenzimmer der Liebe. Hier steht einfach zu viel auf dem Spiel. Der »Schüler« ist nicht etwa eine vorübergehende Verantwortung, er oder sie ist eine Bindung fürs Leben. Hier zu versagen würde die ganze Existenz gefährden. Kein Wunder, dass wir gelegentlich die Kontrolle verlieren und zweideutige, undurchdachte Reden schwingen, die eher die Legitimität oder Nobilität von Ratschlägen diskreditieren.

Und so wundert es auch wenig, wenn wir am Ende das Gegenteil unserer Ziele erreichen, weil ein zunehmendes Maß an Erniedrigung, Wut und Bedrohung eher selten zur persönlichen Entwicklung beiträgt. Kaum jemand wird vernünftiger oder einsichtiger hinsichtlich des eigenen Charakters, wenn das Selbstbewusstsein erniedrigt, der Stolz verletzt und unser Ego allerlei gezielten Kränkungen ausgesetzt wird. Wir werden eher defensiv und schrill gegenüber Vorschlägen, die wie böswillige und heftige Angriffe auf unser Wesen klingen und nicht wie besorgte Versuche, schwierige Seiten unserer Persönlichkeit anzusprechen.

Hätte Rabih ein besseres pädagogisches Fingerspitzengefühl gehabt, wäre bei seiner Lektion vielleicht etwas ganz anderes herausgekommen. Zuerst einmal hätte er dafür gesorgt, dass beide bald zu Bett gehen und gut ausgeruht sind, ehe sie irgendetwas anpacken. Dann hätte er vielleicht am nächsten Morgen einen Spaziergang vorgeschlagen, beispielsweise im King George V Park, nachdem sie einen Kaffee und ein Croissant auf einer Bank gefrühstückt hätten. Mit Blick auf die hohen Eichenbäume hätte er Kirsten ein Kompliment für die Abendeinladung und für noch ein paar andere Dinge gemacht, vielleicht für ihr Geschick, mit den Machenschaften im Büro umzugehen, oder die Gefälligkeit, am Tag zuvor ein Paket für ihn auf die Post gebracht zu haben. Dann hätte er, statt ihr Vorwürfe zu machen, das Verhalten an den Tag gelegt, das er sich selbst so wünscht. »Teckle, ich merke, wie eifersüchtig ich auf einige unserer Bekannten bin«, könnte er beginnen, »Wenn ich nicht Architekt geworden wäre, hätten wir vielleicht ein Sommerhaus, und ich wäre darüber in vieler Hinsicht glücklich. Du weißt, wie sehr ich die Sonne und das Mittelmeer liebe. Ich träume von kühlen Marmorböden und dem Duft von Jasmin und Thymian im Garten. Es tut mir so leid, dass ich uns beide enttäusche.« Dann, wie ein Arzt, der den Patienten einlullt, ehe er die Nadel einsticht: »Was ich auch noch sagen wollte, und dies gilt vermutlich für uns beide, wir dürfen uns in so mancher Hinsicht ziemlich glücklich schätzen, und das sollten wir nicht vergessen. Wir können von Glück reden, dass wir einander haben, dass wir an guten Tagen unsere Arbeit genießen und dass wir wissen, wie wir uns in verregneten Sommerferien in der Bauernhütte auf den Hebriden, die leicht nach Schafsdung riecht, amüsieren können. Was mich angeht, könnte ich durchaus, solange ich mit dir zusammen bin, auch auf dieser Bank leben.«

Aber nicht nur Rabih ist ein schlechter Lehrer. Kirsten ist ihrerseits keine Starschülerin. In ihrer ganzen Beziehung versagen beide bei den jeweiligen Aufgaben, beim Lehren und beim Lernen. Sobald einer von beiden einen pädagogischen Ton anschlägt, wittert der andere, angegriffen zu werden, was dazu führt, dass sie die Ohren für Lernen und Veränderung verschließen und spöttisch und aggressiv auf Vorschläge reagieren und Irritation und Unlust in dem ohnehin gefährdeten »Workshop« noch vergrößern.

»Rabih, in meinem ganzen Leben hat mir noch nie jemand vorgeworfen, dass ich *materialistisch* sei«, antwortet Kirsten (im Bett, zunehmend erschöpft), empört über den Vorwurf und neidisch auf die Lebensart ihrer Freunde. »Tatsächlich hat Mum neulich am Telefon bemerkt, sie kenne niemanden, der so bescheiden und sorgsam im Umgang mit Geld ist.«

»Aber das ist etwas anderes, Teckle. Wir wissen, dass sie das nur sagt, weil sie dich liebt und du in ihren Augen nie etwas falsch machst.«

»Das klingt, als wäre das ein Problem! Warum kannst du nicht genau so blind sein, wenn du mich liebst?«

»Weil meine Liebe zu dir anders ist.«

»Und zwar wie?«

»Indem ich dir helfen möchte, gewisse Probleme anzugehen.«

»Indem du also gemein bist!«

Er merkt, dass seine Absichten katastrophal aus dem Ruder laufen.

»Ich liebe dich wirklich. Ich liebe dich genauso sehr«, sagt er.

»So sehr, dass du immer willst, dass ich mich ändere? Rabih, ich wünschte, ich würde verstehen …«

Schwierige Lektionen erlauben den Schülern, sich dem beruhigenden Gedanken hinzugeben, dass ihr Lehrer einfach verrückt oder gemein ist, so dass sie logischerweise somit über alle Kritik erhaben sind.

Hören wir ein maßloses Urteil, entsteht leicht, sozusagen als Trost, das Gefühl, dass unser Partner unmöglich zugleich böse sein und doch in gewisser Weise recht haben könnte.

Überempfindlich wie wir sind, stellen wir die negative Art unseres Ehepartners dem ermunternden Ton von Freunden und Familie gegenüber, von denen man nichts auch nur irgendwie Vergleichbares verlangt.

Es gibt andere Sichtweisen auf die Liebe. Die alten Griechen boten in ihrer Philosophie eine unzeitgemäße Sicht auf die Beziehung zwischen Liebe und Lehre, die für uns heute durchaus nutzbringend sein kann. In ihren Augen war die Liebe in erster Linie ein Gefühl der Bewunderung für die besseren Seiten eines anderen Menschen. Liebe war die Begeisterung, solch vorbildlichen Eigenschaften zu begegnen.

Daraus folgte, dass die Vertiefung der Liebe immer den Wunsch mit sich brachte, zu lehren und umgekehrt zu lernen, wie man tugendhafter wird; wie man weniger wütend und weniger unversöhnlich, und stattdessen wissbegieriger und tapferer werden könnte. Aufrichtig Liebende konnten sich also niemals damit zufriedengeben, einander in ihrem So-Sein zu akzeptieren; dies wäre ein fauler und kleinmütiger Betrug an jeglicher Bedeutung von Beziehung gewesen. Es wird immer etwas geben, was wir an uns selbst verbessern und dem anderen beibringen können.

Schaut man durch diese Linse der alten Griechen, dann haben Liebende, wenn sie auf das Beklagenswerte oder Unangenehme im Wesen des anderen hingewiesen haben, durchaus im Geist der Liebe gehandelt. Man sollte sie dafür loben, dass sie für etwas zutiefst der Liebe Inhärentes kämpften: ihren Partner darin zu unterstützen, mehr aus sich zu machen.

In einer fortschrittlicheren Welt, einer, in der man das griechische Ideal der Liebe mehr befolgen würde, wären wir vielleicht weniger ungeschickt, weniger ängstlich und aggressiv, wenn wir auf etwas hinweisen möchten, und weniger streitlustig und empfindlich, wenn wir Feedback bekommen. Damit würde die Vorstellung von Erziehung und Bildung innerhalb einer Beziehung etwas von dem unnötig negativen und unheimlichen Beigeschmack verlieren. Wir würden akzeptieren, dass in verantwortungsvollen Händen beides – sowohl Lehren wie Lernen, den anderen auf Fehler hinweisen und Kritik annehmen – vollkommen dem eigentlichen Sinn der Liebe entspricht.

Rabih gelingt es nie, sich so weit unter Kontrolle zu haben, um sein Anliegen richtig vorzubringen. Es wird noch lange dauern und viele Jahre der Erkenntnis brauchen, bis sie die Kunst zu lehren und zu lernen richtig beherrschen.

Inzwischen ist Rabihs Kritik an seiner Frau wegen ihrer materialistischen Art erst einmal durch eine erschütternd demütigende Entwicklung gedämpft. Nach fünf Ehejahren und in einem äußerst günstigen Moment auf dem Immobilienmarkt kann Kirsten ihre gemeinsame Wohnung verkaufen, ein neues Darlehen aufnehmen und zu einem sehr günstigen Preis ein helles und behagliches Haus in der Nähe, in Newbattle Terrace, erwerben. Bei dem Manöver stellt sie all ihre Verhandlungskünste in finanziellen Dingen unter Beweis. Rabih beobachtet, wie sie noch spätabends verschiedene Raten überprüft und morgens früh aufsteht und schon hart mit Maklern verhandelt, und entsprechend preist er sich glücklich, mit einer Frau verheiratet zu sein, die ganz offensichtlich im Umgang mit Geld geschickt ist.

Dabei fällt ihm noch etwas anderes auf. Es mag tatsächlich an Kirsten eine Seite geben, die besonders genau beobachtet, wie es anderen finanziell ergeht, und die materielle Annehmlichkeiten anstrebt. Dies könnte man für eine Schwäche halten, aber wenn es eine ist (und Rabih ist sich dessen nicht einmal sicher), ist sie eng mit einer Stärke verbunden. Der Preis, den Rabih dafür zu zahlen hat, sich auf das finanzielle Geschick seiner Frau zu verlassen, ist, dass er gewisse damit verbundene Nachteile in Kauf nehmen muss. Dieselben Qualitäten, durch die sie eine Verhandlungskünstlerin und Finanzprüferin ist, machen sie auch manchmal – besonders dann, wenn er Angst um seine Karriere hat – zu einer unbequemen Gefährtin, wenn es darum geht, die Erfolge anderer Leute zur Kenntnis zu nehmen. In beiden Szenarien gibt es dasselbe Sicherheitsbedürfnis, denselben Unwillen, materielle Erfolgskriterien abzulegen, und dasselbe wache Interesse daran, was die Dinge kosten. Dieselben Eigenschaften führen einerseits zu erstaunlichen Erfolgen bei Hausgeschäften und andererseits zu Unsicherheiten, was den eigenen Status betrifft. Bei ihren gelegentlichen Klagen über den relativen Wohlstand ihrer Freunde zeigen sich bei Kirsten – wie Rabih jetzt merkt – lediglich die Schwachstellen ihrer Stärken.

In Zukunft, wenn sie dann in ihr neues Haus eingezogen sind, will Rabih diese Stärken nicht aus den Augen verlieren, selbst wenn sich die Schwächen, die gelegentlich daraus resultieren, wieder einmal besonders deutlich zeigen sollten. Er versucht, die Fehler von anderen nicht mehr isoliert zu sehen, sondern als die Schwachstellen ihrer Stärken.

KINDER

Liebeslektionen

Nachdem sie sich immer vorgestellt hatten, eines Tages Kinder zu haben, beschließen sie nach vier Ehejahren, nicht mehr zu verhüten. Nach sieben Monaten erhalten sie am Badezimmerwaschbecken die Nachricht, in Form eines blassen blauen Streifens in einer Luke auf einem Plastikstab –, was nicht ganz das passende Medium zu sein scheint, um die Ankunft eines neuen Mitglieds der Rasse zu verkünden, ein Wesen, das vielleicht noch in fünfundneunzig Jahren lebt und die aktuell mit Unterwäsche bekleideten Menschen eines Tages mit dem noch unglaubwürdig klingenden Kosenamen »meine Eltern« bezeichnen wird.

In den ganzen Unwägbarkeiten der Schwangerschaft fragen sie sich, was genau sie *tun* sollen. Mit den Schwierigkeiten ihres eigenen Lebens sind sie hinreichend vertraut, und so sehen sie dieses neue Leben als Chance, von Anfang an alles richtig zu machen, und zwar in allen Einzelheiten. Eine Sonntagsbeilage empfiehlt mehr Kartoffelschalen und Rosinen, Hering und Walnussöl, wofür sich Kirsten nun also begeistert entscheidet und damit die Angst vor fehlender Kontrolle über die Vorgänge in ihrem

Körper abwehrt. Bei Sitzungen, im Bus oder bei einer Party und wenn sie die Wäsche macht, weiß sie, dass sich ein paar Millimeter unter ihrem Bauchnabel Klappen bilden und Neuronen vernetzen und DNA entscheidet, was für ein Kinn es sein wird, wie die Augen stehen und welche Aspekte ihrer beider Vorfahren die Strukturen einer Persönlichkeit ausmachen werden. Kaum verwunderlich, dass sie früh zu Bett geht. Noch nie im Leben hat sie sich so viel Sorgen gemacht.

Rabih legt ihr beschützend die Hand auf den Bauch. Was darin vorgeht, ist so viel klüger, als sie selber es sind. Sie können beide Budgets aufstellen, Verkehrsdichte kalkulieren und Nutzungspläne entwerfen; doch innen entwickeln sich ohne ihr Zutun ein Schädel und eine Pumpe, die fast ein Jahrhundert lang funktionieren werden, ohne auch nur einen einzigen Schlag auszusetzen.

In den verbleibenden Wochen beneiden sie das fremde Wesen um seine letzten Augenblicke vollkommener Ganzheit und Zufriedenheit. Sie stellen sich vor, dass es später im Leben, vielleicht in einem fremden Hotelzimmer nach einem langen Flug, versuchen wird, das Geräusch von Klimaanlagen und das Unwohlsein durch den Jetlag zu mildern, indem es sich wie ein Fötus zusammenrollt, gewissermaßen in der sehnsüchtigen Erinnerung an den ursprünglichen Frieden damals im Fruchtwasser der Mutter.

Als sie nach einer siebenstündigen Tortur endlich auf der Welt ist, geben sie ihr den Namen Esther, nach einer ihrer Urgroßmütter mütterlicherseits, und mit zweitem Namen Katrin, nach Rabihs Mutter. Sie können sich gar nicht sattsehen an ihr. Sie wirkt in jeder Hinsicht perfekt, noch nie haben sie ein so schönes Lebewesen gesehen, das sie jetzt mit großen Augen anblickt –, mit einem so wissenden Ausdruck, als hätte sie ihr voriges Leben damit zugebracht, alle Weisheit dieser Welt aufzunehmen. Diese breite Stirn, diese fein geformten Finger und die Füße so zart wie Augenlider, all dies wird in den bevorstehenden langen, schlaflosen Nächten eine ganz wesentliche Rolle spielen, die Nerven zu beruhigen, wenn das Weinen und Schreien die Eltern fast um den Verstand bringen.

Schon bald geraten sie darüber in ständige Unruhe, in welche Welt sie das Kind gesetzt haben. Die Krankenhauswände sind in einem ekligen Grün gestrichen; sie wird ungeschickt von einer Krankenschwester gehalten und mit dem Untersuchungsspatel eines Arztes gestochen; Schreien und Klopfen von den Nachbarstationen ist zu hören; ihr ist es wechselweise zu heiß und zu kalt – und in der Erschöpfung und dem Chaos der frühen Morgenstunden scheint ihr nur noch zu bleiben, haltlos zu weinen. Für ihre herzzerreißenden Schreie steht dem verzweifelten Pflegepersonal kein Lexikon zur Verfügung, mit dem ihre wütenden Befehle zu übersetzen wären. Riesige Hände streicheln ihren Kopf, und Stimmen murmeln Dinge, die für sie keinen Sinn ergeben. Die Deckenleuchten spenden ein grelles Licht, das ihre papierdünnen Augenlider noch nicht ausblenden können. Sie klammert sich an die Brustwarze, als versuche sie, ihr Leben bei einem Unwetter im tosenden Meer an einer Boje zu retten. Sie ist, gelinde gesagt, etwas von der Rolle. Nach titanischen Kämpfen schläft sie schließlich an den Außenwänden ihres ehemaligen Zuhauses ein, todunglücklich, ohne Schlüssel gegangen zu sein, aber etwas getröstet durch das Auf und Ab der vertrauten Atemzüge.

Nie haben sie sich so intensiv und umfassend um jemanden gekümmert. Die Ankunft des Kindes verändert, was sie unter Liebe verstehen. Sie merken, wie wenig ihnen vorher bewusst war, worum es hier eigentlich geht.

Mit zunehmender Reife wird man einsehen, dass romantische Liebe nur einen begrenzten Teil des emotionalen Lebens ausmacht und in erster Linie geradezu erbärmlich darauf abzielt, geliebt zu werden und nicht so sehr zu lieben.

Kinder können ganz unerwartet zu Lehrern wesentlich älterer Menschen werden, indem sie ihnen – durch ihre totale Abhängigkeit, ihren Egoismus und ihre Verletzlichkeit – eine ganz andere Art von Liebe vermitteln, bei der das wechselseitige Geben und Nehmen nicht eifersüchtig gefordert oder störrisch eingeklagt wird und in der es ausschließlich darum geht, zum Wohl des anderen sich selbst zurückzustellen.

Am Morgen nach der Geburt entlassen die Krankenschwestern die neue Familie ohne Anleitung oder Rat, lediglich mit Broschüren über Koliken und weitere Impfungen. Ein beliebiger Haushaltsgegenstand wird mit detaillierteren Gebrauchsanweisungen geliefert als ein Baby, wobei die Gesellschaft offenbar glaubt, dass eine Generation der nächsten wenig Lebenserfahrungen weiterzugeben hat.

Kinder können uns lehren, dass Liebe in ihrer reinsten
Form gewissermaßen ein Dienst ist. Dieses Wort ist mit
negativen Konnotationen befrachtet. Eine individualisti-
sche, selbstverliebte Kultur kann nur schwer akzeptieren,
dass für jemanden da zu sein Zufriedenheit bedeutet. Wir
sind gewohnt, andere dafür zu lieben, was sie für uns tun,
für ihre Fähigkeit, uns zu unterhalten, zu bezaubern oder
zu beruhigen. Aber Kleinkinder können gar nichts tun.
Werden die Kinder älter, kommt ihnen manchmal der un-
heimliche Gedanke, dass sie keinen »Sinn« ergeben; aber
eben dies ist ihr Sinn. Sie lehren uns, zu geben, ohne etwas
im Gegenzug zu erwarten, weil sie einfach Hilfe brau-
chen – und wir in der Lage sind, diese zu geben. So erfah-
ren wir eine Liebe, die nicht auf der Bewunderung von
Stärke, sondern auf einem Mitgefühl für Schwäche basiert,
mit einer Verletzlichkeit, die für jeden Menschen ganz nor-
mal ist, grundsätzlich auch für uns selbst. Die Versuchung
ist immer groß, Autonomie und Unabhängigkeit übertrie-
ben wichtig zu nehmen, und so bringen diese hilflosen Le-
bewesen uns zum Glück in Erinnerung, dass am Ende nie-
mand »selbst-gemacht« ist; wir stehen alle zutiefst in der
Schuld von anderen. Wir merken, dass das Leben – im
wörtlichen Sinn – von der Liebesfähigkeit abhängt.

Wir lernen auch, dass Dienst an einem anderen Men-
schen keineswegs erniedrigend ist, sondern ganz im Ge-
genteil; es befreit uns von der mühsamen Verantwortung,
uns ständig um unsere eigenen verdrehten, unersätt-
lichen Egos zu drehen. Wir lernen, welche Erleichterung
und welches Privileg es ist, etwas Wichtigeres im Leben
zu haben als uns selbst.

Sie wischen ihr immer wieder den kleinen Po ab – und fragen sich, warum ihnen bisher nicht klar war, dass Menschen solche Dinge einfach füreinander tun müssen. Sie bringen ihr mitten in der Nacht eine Wärmflasche, sie sind unendlich erleichtert, wenn sie länger als eine Stunde am Stück schläft, sie sind besorgt und streiten sich über den richtigen Zeitpunkt für ihr Bäuerchen. Sie wird all dies später vergessen, und als Eltern werden sie es ihr nicht vermitteln können oder wollen. Dankbarkeit wird nur indirekt zurückkommen, durch das Wissen, dass sie eines Tages innerlich hinreichend ausgeglichen sein wird, um anderen Menschen diese Zuwendung zu geben.

Dass sie so gar nichts kann, ist erschreckend. Alles muss erlernt werden: mit den Fingern eine Tasse fassen, ein Stück Banane schlucken, mit einer Hand über den Teppich gleiten, um einen Schlüssel zu greifen. Nichts gelingt leicht. Die Arbeit eines ganzen Vormittags kann darin bestehen, Klötze aufeinander zu bauen und sie wieder herunterzustoßen, mit einer Gabel auf den Tisch zu klopfen, Steine in eine Pfütze zu werfen, ein Buch über die Architektur von Hindu-Tempeln aus einem Regal zu ziehen oder herauszufinden, wie Mamas Finger wohl schmecken. Alles ist erstaunlich – ein erstes Mal.

Weder Kirsten noch Rabih haben je ein solches Gemisch aus Liebe und Langeweile erlebt. Sonst entstehen ihre Freundschaften auf der Basis von Geistesverwandtschaft und gemeinsamen Interessen. Esther hingegen ist auf eine merkwürdige Art der langweiligste Mensch, den sie kennen – und den sie doch zugleich am meisten lieben. Selten haben sie eine solche Diskrepanz zwischen Liebe und psychologischer Stimmigkeit erlebt – und doch spielt das hier gar keine Rolle. Vielleicht wird die ganze Betonung auf Gemeinsamkeiten mit anderen übertrieben: Rabih und Kirsten merken jetzt, wie wenig eigentlich nötig ist, um eine Bindung zu einem anderen Menschen einzugehen. Jeder, der uns dringend braucht, verdient es, im wahren Buch der Liebe, unser Freund zu sein.

Die Literatur hält sich selten lange im Spiel- oder Kinderzimmer auf, und vielleicht aus guten Gründen. In Romanen aus früheren Zeiten tragen Ammen die Kleinen schnell weg, so dass die Handlung weitergehen kann. Im Wohnzimmer in Newbattle Terrace passiert äußerlich gesehen monatelang nicht viel. Die Stunden scheinen leer zu sein, aber in Wahrheit steckt alles in ihnen. Esther wird die Einzelheiten völlig vergessen, wenn sie dann nach der langen Nacht der frühen Kindheit am Ende zu schlüssigem Bewusstsein erwacht. Aber das nachhaltig Bleibende wird ein Urvertrauen in die Welt sein. Die Grundzüge von Esthers Kindheit werden nicht als Erlebnisse, sondern als sinnliche Erinnerungen gespeichert; eng an jemandes Brust gehalten zu werden, ein bestimmter Lichteinfall zu gewissen Tageszeiten, manche Gerüche, Kekse, Texturen des Teppichs, der entfernte, unverständliche und beruhigende Klang der elterlichen Stimmen während langer nächtlicher Autofahrten und ein unterschwelliges Gefühl, ein Daseinsrecht zu haben und Gründe, weiter voller Hoffnung zu sein.

Erwachsene lernen durch das Kind noch etwas über die Liebe: dass wahre Liebe ein stetiges Bemühen bedeutet, mit äußerster Behutsamkeit zu interpretieren, was sich jeweils unter der Oberfläche von schwierigen oder unangenehmen Verhaltensweisen verbirgt.

Die Eltern müssen jeweils erahnen, was das Schreien oder Treten, der Kummer oder die Wut eigentlich bedeuten. Und was diese interpretatorische Aufgabe auszeichnet – im Gegensatz zu dem, was in einer durchschnittlichen Beziehung geschieht –, ist die Nachsicht. Eltern können immer von der Annahme ausgehen, dass ihre Kinder, selbst wenn es ihnen nicht gutgeht oder sie Schmerzen haben, von Grund auf gut sind. Sobald die betreffende Nadel, die sie gerade piekst, richtig identifiziert wird, ist ihre ursprüngliche Unschuld wiederhergestellt. Wenn Kinder weinen, unterstellen wir ihnen nicht Gemeinheit oder Selbstmitleid; wir fragen uns, was sie bekümmert. Wenn sie um sich schlagen, wissen wir, dass sie verschreckt oder im Moment aufgeregt sein müssen. Wir sind uns darüber klar, wie schlimm sich Hunger, eine Verdauungsstörung oder Schlafmangel auf die Stimmung auswirken können.

Wie liebevoll wären wir in unseren erwachsenen Beziehungen, wenn es uns gelingen würde, dieses instinktive Verhalten auch nur in einem kleinen Maße zu übernehmen – wenn wir auch hier Missmut und Boshaftigkeit durchschauen und die fast immer dahinter stehende Angst, Verwirrung und Erschöpfung sehen könnten. Dies würde tatsächlich bedeuten, die Menschheit mit einem liebenden Blick zu betrachten.

Esthers erstes Weihnachten verbringen sie bei der Großmutter. Sie weint fast auf der ganzen Bahnfahrt nach Inverness. Ihre Eltern sind blass und erledigt, als sie endlich am Reihenhaus der Großmutter ankommen. Irgendetwas bekümmert Esther innerlich, aber sie weiß nicht was oder wo. Die Erwachsenen vermuten, dass es ihr zu warm ist. Eine Decke wird abgenommen, dann wieder um sie gewickelt. Neue Überlegungen werden angestellt; vielleicht hat sie Durst. Oder vielleicht ist es die Sonne oder das Geräusch des Fernsehers oder die Seife, die sie benutzt haben, oder eine Allergie gegen ihr Bettlaken. Bezeichnenderweise kommt niemand auf den Gedanken, es könnten nur Launen oder Missmut sein; das Kind ist in seinem Inneren von Grund auf gut.

Alle, die sich um sie kümmern, dringen nicht zur Wurzel des Übels vor, obwohl sie alles versuchen, Milch, Rückenstreicheln, Talkumpuder, Liebkosungen, einen weniger kratzenden Kragen, Aufsetzen, Hinlegen, ein Bad und ein Gang die Treppen hinauf und herunter. Am Ende muss sich das arme kleine Wesen übergeben, und eine bedenkliche Mixtur aus Banane und braunem Reis landet auf dem neuen weißen Leinenkleidchen, dem ersten Weihnachtsgeschenk, auf das die Großmutter »Esther« gestickt hat –, dann schläft die Kleine endlich ein. Nicht zum letzten Mal, aber mit ganz besonders großer Sorge ihrer Nächsten, wird sie vollkommen missverstanden.

Als Eltern lernen wir noch eine weitere Lektion über die Liebe: Wie viel Macht wir über Menschen haben, die auf uns angewiesen sind, und welche Verantwortung wir daher tragen, sorgsam mit den Menschen umzugehen, die uns ausgeliefert sind. Wir merken, welch unerwartete Macht wir haben, sie ungewollt zu verletzen: sie durch Verschrobenheit oder Unvorhersagbarkeit, durch Angst oder augenblickliche Irritation zu verschrecken. Wir sollten uns darin üben, für andere da zu sein, wie sie uns brauchen, statt wie unsere spontanen Reflexe es uns vielleicht eingeben. Der Wüstling muss sich dazu zwingen, vorsichtig mit dem Kristallkelch umzugehen, der sonst in der kräftigen Hand wie ein trockenes Herbstblatt zerdrückt würde.

Rabih spielt gerne verschiedene Tiere, wenn er an den Wochenenden frühmorgens auf Esther aufpasst, während Kirsten Schlaf nachholt. Es braucht immer eine Weile, bis er selber merkt, wie furchterregend er wirkt. Bisher ist ihm noch nie aufgefallen, was für ein Riese er ist, wie merkwürdig und bedrohlich seine Augen wirken können, wie aggressiv seine Stimme klingen kann. Der gespielte Löwe auf allen vieren auf dem Teppich ist ganz entsetzt, dass seine kleine Spielgefährtin um Hilfe schreit und sich gar nicht beruhigen lässt, trotz der Versicherung, dass der böse alte Löwe weg und Dada wieder da ist. Sie weist ihn nur zurück, er kann nicht helfen: nur der sanfteren, vorsichtigeren Mama (die für diesen Notfall aus dem Bett geholt werden muss und Rabih dafür nicht gerade dankbar ist) gelingt das.

Er merkt allmählich, mit wie viel Behutsamkeit er ihr die Welt erklären muss. Geister darf es nicht geben; schon allein das Wort kann Angst und Schrecken auslösen. Auch keinen Scherz über Drachen, vor allem im Dunkeln. Es macht viel aus, wie er ihr die Polizei beschreibt und die verschiedenen politischen Parteien und die christlich-muslimischen Beziehungen ... Er ist sich bewusst, dass ihm nie wieder ein Mensch so schutzlos ausgeliefert sein wird wie sie – er hat miterlebt, wie heldenhaft sie sich angestrengt hat, sich vom Rücken auf den Bauch zu rollen und ihr erstes Wort zu schreiben –, und dass es seine oberste Pflicht ist, sie niemals an ihre Schwäche zu erinnern oder diese gegen sie zu verwenden.

Auch wenn er von Natur aus zynisch ist, vertritt er jetzt ganz entschieden eine hoffnungsvolle Einstellung, mit der er ihr die Welt zeigen möchte. Entsprechend tun die Politiker ihr Bestes; Wissenschaftler sind eifrig bei der Arbeit, um Krankheiten zu heilen; und jetzt wäre ein geeigneter Moment, das Radio auszuschalten. Während sie durch eine heruntergekommene Nachbarschaft fahren, fühlt er sich, als würde er als offizieller Repräsentant einem fremden Ehrengast eine beschönigende Führung geben. Das Graffito wird demnächst abgewischt, diese Kapuzengestalten schreien vor lauter Glück, die Bäume sind um diese Jahreszeit schön ... In der Gesellschaft dieser kleinen Mitfahrerin schämt er sich seiner erwachsenen Zeitgenossen.

Was ihn selber angeht, so ist für ihn alles abgeklärter und einfacher geworden. Zu Hause ist er »Dada«, ein Mann, der unbeeinträchtigt von Sorgen um Karriere oder Geld ist, der gerne Eiscreme isst und nichts lieber tut, als sein Töchterchen herumzuwirbeln und auf den Schultern zu tragen. Er liebt Esther viel zu sehr, um ihr seine schwierige Wirklichkeit zuzumuten. Die Liebe zu ihr impliziert den Mut, ihr keine Angst zu machen.

Dadurch gewinnt die Welt in Esthers früher Kindheit eine Stabilität, die ihr später abhandenkommen wird – aber die es letztlich nur gab, weil die vernünftigen Eltern entschieden für eine Zensur sorgten. Stabilität und ein Gefühl von Dauer sind illusorisch und nur für einen Menschen überzeugend, der noch nicht versteht, wie gefährlich das Leben sein kann und wie allgegenwärtig Veränderung und Zerstörung sind. Das Haus in Newbattle Terrace beispielsweise bedeutet für sie schlicht und einfach »Zuhause«, mit allen üblichen Assoziationen dieses Wortes, und nicht etwa ein ganz gewöhnliches Haus, das aus zweckdienlichen Erwägungen gekauft wurde. An Esthers eigener Existenz wird diese Zufälligkeit am deutlichsten, auch wenn sie nicht als solche gesehen wird. Hätte sich das Leben von Kirsten und Rabih jeweils minimal anders entwickelt, hätten die physischen Merkmale und Charaktereigenschaften, die sich in ihrer Tochter so unauslöschlich und zwingend verbinden, zu ganz anderen Wesen gehört, hypothetischen Menschen, die für immer und ewig unrealisierte Möglichkeiten bleiben, genetisches Potential, das nie genutzt wurde, weil jemand das Abendessen abgesagt hat, schon einen Freund hatte oder zu schüchtern war, nach einer Telefonnummer zu fragen.

Der Teppich in Esthers Zimmer, eine beigefarbene Wollfläche, auf der sie stundenlang Tiere aus Papier ausschneidet und von der sie an sonnigen Nachmittagen durch ihr Fenster zum Himmel schaut, wird ihr unvergesslich in Erinnerung bleiben als die Oberfläche, auf der sie krabbeln lernte und deren speziellen Geruch und Textur sie nie vergessen wird. Für ihre Eltern hingegen war kaum vorherzusehen, dass dieser Teppich einmal der Inbegriff von Heimat sein würde: in Wirklichkeit wurde er in ziemlicher Eile ein paar Wochen vor Esthers Geburt bestellt, und zwar bei einem unzuverlässigen Verkäufer auf der Hauptstraße (neben der Bushaltestelle), der kurz danach pleiteging. Dieses Gefühl von Sicherheit beruht darauf, dass der neue Erdenbürger noch nicht versteht, wie viele Gefahren überall lauern.

Ein heißgeliebtes Kind gilt als Präzedenzfall. Dabei werden die Eltern naturgemäß immer das dahinterstehende Bemühen ihrer Liebe verbergen. Sie ersparen dem Kind ihre eigenen Konflikte und Traurigkeit – und das Bewusstsein dafür, wie viele andere Interessen, Freunde und Sorgen sie um der Liebe willen geopfert haben. Mit unendlicher Großzügigkeit machen sie den kleinen Menschen für eine Weile zum Mittelpunkt des Kosmos –, um ihm Kraft zu geben für den Tag, an dem er oder sie bestürzt das wahre Ausmaß und die merkwürdige Einsamkeit der richtigen Welt begreifen muss.

An einem typischen Abend in Edinburgh, wenn Rabih und Kirsten Esther endlich zum Schlafen gebracht haben, wenn ihr das gebügelte Laken bis zum Kinn reicht, wenn sie mollig in ihrem Strampelanzug steckt und das Babyphone im Elternschlafzimmer Ruhe signalisiert, ziehen sich die beiden unendlich geduldigen und liebevollen Behüter in ihre Gefilde zurück, greifen nach der Fernsehfernbedienung oder den alten Sonntagsmagazinen und fallen allmählich in ein Verhaltensmuster zurück, das dem

Kind ziemlich schockierend erscheinen würde, wenn es wundersamerweise beobachten und verstehen könnte, was sich hier abspielt. Denn an Stelle der weichen, duldsamen Sprache, in der Rabih und Kirsten stundenlang mit ihrem Kind gesprochen haben, bleibt jetzt nur noch Bitterkeit, Rache und Nörgelei. Sie sind völlig erschöpft von ihren Liebesmühen. Sie haben keine Kraft mehr, sich gegenseitig etwas zu geben. Das müde innere Kind von beiden ist verzweifelt und zerfällt in viele kleine Teile, weil es so lange vernachlässigt wurde.

Es verwundert nicht, dass wir als Erwachsene, wenn wir unsere ersten Beziehungen eingehen, primär nach jemandem suchen, der uns die allumfassende, selbstlose Liebe geben kann, die wir aus der Kindheit kennen. Und es verwundert auch nicht, dass wir frustriert und am Ende verbittert sind, wenn wir merken, wie schwer eben dies zu finden ist; wie selten Menschen begreifen, was wir brauchen oder wie sie uns wirklich helfen können. Wir können anderen wütend die Schuld geben, dass sie nicht in der Lage sind, unsere Bedürfnisse zu erahnen, vielleicht wechseln wir ständig die Beziehungen, wir meinen, ein ganzes Geschlecht sei oberflächlich – bis zu dem Tag, an dem wir unsere überspannte Suche beenden und in reifer Abgeklärtheit zu der Erkenntnis kommen, dass die einzige Erlösung von unserer Sehnsucht ist, nicht mehr nach einer perfekten Liebe zu suchen und ihr Fehlen an jeder Ecke zu bemerken – und stattdessen selber mit selbstloser Hingabe Liebe zu schenken, ohne eifersüchtig vorzurechnen, wie viel im Gegenzug zurückkommt.

Das süße Kind

Drei Jahre nach Esthers Geburt kommt William zur Welt. Er hat von Anfang an eine vorwitzige, aber einnehmende Art. Die Eltern werden nie vergessen, wie er ihnen nur wenige Stunden, nachdem er den Mutterleib verlassen hat, anscheinend bewusst aus seiner Wiege zuwinkte. Im Alter von vier Jahren lässt er kaum ein Herz kalt. Es ist einfach zu süß, wie er fragt, wie er spielt und wie er immer wieder davon spricht, dass er seine Schwester heiraten möchte.

Ein süßes Kind: eine Vorstufe zur Güte, durch das Prisma erwachsener Erfahrung gesehen, also, aus der Sicht von viel Leid, Verzicht und Disziplin.

»Süß« nennen wir offen gezeigte Hoffnung, Vertrauen, Spontaneität, Staunen und Arglosigkeit bei Kindern – Merkmale, die im Laufe eines normalen Erwachsenenlebens zwar bedroht sind, aber doch zutiefst ersehnt werden. Süße Kinder erinnern uns daran, wie viel wir unterwegs opfern mussten, um reife Erwachsene zu werden; das süße Kind mit seiner Unschuld ist ein lebendiger Teil von uns – im Exil.

Rabih vermisst seine Kinder ganz besonders, wenn er bei der Arbeit ist. In einer Umgebung ständiger Anspannung und professionellen Manövrierens rührt ihn schon die Vorstellung ihres Vertrauens und ihrer Verletzlichkeit. Es zerreißt ihm fast das Herz, dass nicht weit von seinem Büro der Ort ist, an dem man liebevoll miteinander umgeht und wo sich jemand um Tränen und Verwirrung sorgt, aber auch darum, was es zum Lunch gibt und welche Haltung beim Schlafen angenehm ist.

Es kann kein Zufall sein, dass man gerade zu diesem historischen Zeitpunkt besonders deutlich spürt und wertschätzt, wie süß Kinder sind. Eine Gesellschaft wird sensibel für Qualitäten, wenn sie ihr fehlen. Eine Welt, in der Selbstkontrolle, Zynismus und Rationalität in hohem Maße gefordert werden und Unsicherheit und Konkurrenz extrem ausgeprägt sind, sieht zu Recht in der Kindheit mit ihren Tugenden ein Gegengewicht, eben Qualitäten, die zu strikt und endgültig als Preis für den Schlüssel zum Erwachsenenleben eingetauscht wurden.

Eine Fülle von Dingen entzücken William, die die Erwachsenen in seiner Nähe längst nicht mehr verwundern: Ameisenhaufen, Luftballons, tolle Buntstifte, Schlangen, Ohrwachs, das Dröhnen eines Flugzeugs beim Start, das Untertauchen beim Baden … Ihn faszinieren ganz einfache Dinge, die für Erwachsene – unberechtigterweise – langweilig sind: Wie ein großer Künstler vermag er es meisterlich, sein Publikum für die sogenannten unbedeutenden Dinge des Lebens zu begeistern.

Er ist beispielsweise ein großer Fan des »Betthüpfens«. Du musst viel Anlauf nehmen, erklärt er, am besten fängst du im Flur an, und auf dem Bett muss ein Riesenhaufen aus Kissen und Sofapolstern liegen. Es ist ganz wichtig, dass du die Arme richtig hoch in die Luft reckst, während du auf dein Ziel losrennst. Wenn ältere Leute wie Mama und Dada dran sind, geben sie nicht alles und lassen die Arme an den Seiten runterhängen, oder sie ballen halbherzig die Fäuste vor der Brust. Das mindert natürlich die Erfolgsaussichten.

Dann sind da all die Fragen, die im Laufe eines Tages gestellt werden müssen: »Warum gibt es Staub?« »Würde ein Babygorilla wie ein Menschenbaby aussehen, wenn man es rasiert?« »Wann bin ich kein Kind mehr?« Jede Frage kann ein guter Ausgangspunkt der Neugier sein, wenn man noch nicht alles im Keim erstickt und bereits zu wissen meint, was interessant ist.

Er macht sich keine Sorgen, nicht normal zu wirken, weil es in seiner Vorstellung glücklicherweise keine derartige Kategorie gibt. Seine Gefühle sind ungehemmt. Er hat – noch – keine Angst, sich zu schämen. Respekt, Geschick oder Männlichkeit, alles, was Talent und Begeisterung unterdrücken kann, sind ihm fremd. Seine frühe Kindheit ist wie ein Labor, in dem getestet wird, wie Menschlichkeit generell aussähe, wenn man sich nicht lächerlich machen würde.

Manchmal überkommt ihn eine Laune, und er trägt die Stöckelschuhe und den BH seiner Mutter und möchte Lady William genannt werden. Er bewundert das Haar seines Klassenkameraden Arjun und berichtet Kirsten eines

Abends mit großer Aufregung, wie gerne er es streicheln möchte. Arjun wäre ein sehr netter Ehemann für ihn, fügt er hinzu.

Die Bilder, die dieses süße Kind malt, strahlen einen überbordenden Optimismus aus. Immer scheint bei ihm die Sonne, und die Menschen lächeln. Es gibt keinen Versuch, unter die Oberfläche zu spähen und Kompromisse oder Ausflüchte zu suchen. In den Augen seiner Eltern ist diese Heiterkeit keineswegs trivial: Hoffnung ist eine Leistung, und ihr kleiner Sohn ist darin ein Meister. Es ist charmant, wie gleichgültig es ihm ist, ob die Darstellung »richtig« ist. Später, wenn er in der Schule Kunstunterricht hat, wird er die Regeln fürs Malen lernen und soll dann genau darauf achten, was vor seinen Augen zu sehen ist. Aber noch muss er sich nicht darum kümmern, wie genau ein Ast an einem Baum befestigt ist oder wie die Beine und Hände von Menschen tatsächlich aussehen. Er ist fröhlich unbekümmert hinsichtlich der wahren und oft öden Tatsachen des Universums. Ihn interessiert nur, was er jetzt in diesem Augenblick fühlt und was ihm Spaß macht; er erinnert seine Eltern daran, wie gut uneingeschränkter Egoismus sein kann.

Selbst Williams und Esthers Ängste sind liebenswert, weil sie so leicht zu beruhigen sind und völlig ohne jeden Bezug zu dem, was auf der Welt tatsächlich furchterregend ist. Sie haben Angst vor Wölfen und Monstern, vor Malaria und Haien. Die Kinder haben natürlich recht, sich zu fürchten; sie haben nur nicht die richtigen Ziele im Kopf – noch nicht. Sie wissen noch nichts von den tatsächlichen Schrecken, die auf sie als Erwachsene warten:

Ausbeutung, Täuschung, Karriereeinbrüche, Neid, Verlassenwerden und Sterblichkeit. Die Ängste der Kinder sind unbewusste Vorwegnahmen der wahren Schrecken des Erwachsenenlebens, mit der Ausnahme, dass, wenn sie mit ihnen schließlich konfrontiert werden, die Welt sie nicht mehr so liebenswert findet und sie auch nicht mehr trösten und in den Arm nehmen wird.

Esther kommt regelmäßig gegen zwei Uhr nachts mit Nounou unter dem Arm ins Elternschlafzimmer und klagt über böse Träume von Drachen. Sie legt sich zwischen Rabih und Kirsten, gibt jedem eine Hand, und ihre zarten Beine berühren die Eltern. Ihrer Hilflosigkeit gegenüber fühlen sie sich stark. Nur sie allein haben die Macht, den Trost zu spenden, den sie braucht. Sie werden den dummen Drachen töten, wenn er es wagt, hier aufzutauchen.

Sie beobachten, wie sie wieder einschläft, wie ihre Augenlider ein wenig zucken, Nounou unters Kinn geklemmt. Sie bleiben noch eine Weile wach, ganz gerührt, weil sie wissen, dass ihr kleines Mädchen heranwachsen und sie verlassen wird, dass sie leiden und eines Tages Zurückweisung erleben muss und dass man ihr das Herz brechen wird. Sie wird draußen in der Welt sein, sich nach Trost sehnen, aber ohne die Nähe der Eltern. Eines Tages wird es echte Drachen geben, und Mama und Dada werden sie kaum erlegen können.

Nicht nur Kinder sind kindhaft. Auch Erwachsene sind manchmal – unter dem lauten Getöse – verspielt, töricht, launisch, verletzlich, hysterisch, verängstigt, bemitleidenswert und auf der Suche nach Trost und Vergebung.

Wir tun gut daran, das Süße und Zerbrechliche an Kindern zu sehen und ihnen entsprechende Hilfe und Trost zu bieten. In ihrer Nähe können wir leichter unserer Zwänge, Rachsucht und Wut Herr werden. Wir können unsere Erwartungen wieder ins rechte Lot bringen und etwas weniger fordernd sein als sonst; wir geraten nicht so schnell in Wut und werden uns schlummernder Möglichkeiten etwas bewusster. Wir behandeln Kinder gerne mit einer Freundlichkeit, die wir merkwürdigerweise Unseresgleichen gegenüber leider nicht zeigen.

Es ist wunderbar, in einer Welt zu leben, in der so viele Menschen nett zu Kindern sind. Es wäre noch besser, wenn wir auch generell etwas netter miteinander und mit dem Kind in uns wären.

Die Grenzen der Liebe

Die erste Priorität von Rabih und Kirsten gegenüber Esther und William – weitaus wichtiger als alles andere – ist Freundlichkeit, weil sie überall in ihrer Umgebung sehen, was passiert, wenn es an Liebe mangelt: Zusammenbrüche und Zurückweisungen, Scham und Abhängigkeit, chronisch mangelndes Selbstbewusstsein und eine Unfähigkeit, stabile Beziehungen aufzubauen. In ihren Augen wird sich das Leben nie vollkommen anfühlen, wenn es nicht genug Zuwendung gibt, wenn die Eltern zurückhaltend oder dominant, unzuverlässig oder angsteinflößend sind. Ihrer Meinung nach wird wohl niemand stark genug sein und mit den Verwirrungen des Lebens zurechtkommen, wenn er nicht einst die grenzenlose und bedingungslose Liebe von ein oder zwei Menschen erlebt hat.

Aus diesem Grund bemühen sie sich, jede Frage zärtlich und einfühlsam zu beantworten, den Tag mit Liebkosungen zu takten, abends lange Geschichten vorzulesen, zum Spielen im Morgengrauen aufzustehen, auf ihre Fehler milde zu reagieren, ihre Ungezogenheit zu vergeben und zu erlauben, dass ihre Spielsachen über Nacht auf dem Wohnzimmerteppich liegen bleiben.

Wie groß in Esthers und Williams früher Kindheit das Vertrauen in die Macht elterlicher Liebe ist, wird besonders deutlich, wenn die Kleinen endlich in ihren Bettchen eingeschlafen sind, schutzlos der Welt ausgeliefert, wenn ihr Atem leicht und regelmäßig geht und sie mit den zarten Fingerchen ihre Lieblingsdecken umfassen.

An einem regnerischen Wochenende im Februar kauft Rabih William einen orangefarbenen Hubschrauber mit Fernbedienung. Vater und Sohn haben ihn vor Wochen im Internet entdeckt, und seither haben sie miteinander von nichts anderem gesprochen. Schließlich hat Rabih nachgegeben, auch wenn weder ein bevorstehender Geburtstag noch zufriedenstellende Schulnoten das Geschenk rechtfertigen. Dennoch wird er ihnen bestimmt viel Vergnügen bereiten. Aber nach nur sechs Minuten, während das Spielzeug unter Rabihs Kontrolle über den Esstisch schwebt, geht etwas mit der Steuerung schief, die Maschine stößt mit dem Kühlschrank zusammen, und der Rückflügel bricht ab. Der Fehler liegt offensichtlich beim Hersteller, aber der ist leider nicht in der Küche – und so richtet sich Williams ganze Enttäuschung mit voller Wucht gegen Rabih, und nicht zum ersten Mal.

»Was hast du gemacht?«, kreischt William, völlig aus der Fassung und längst nicht mehr das süße Kind.

»Nichts«, antwortet Rabih. »Das Ding hat einfach verrückt gespielt.«

»Hat es nicht. Du hast etwas gemacht. Du musst es jetzt reparieren.«

»Natürlich, das würde ich gerne. Aber das ist kompliziert. Wir müssen am Montag in dem Laden nachfragen.«

»Dada!« Dies kling jetzt wie ein Aufschrei.

»Schätzchen, ich weiß wie enttäuscht du bist, aber ...«

»Du bist schuld!«

Tränen fließen, und einen Augenblick später versucht William, den unfähigen Piloten gegen das Schienbein zu treten. Das Verhalten des Jungen ist natürlich empörend, und auch etwas erstaunlich (Dada hat es so gut gemeint!), aber bei diesem Anlass, wie bei vielen anderen, ist es auch eine paradoxe Reaktion auf Rabih als Vater. Ein Mensch muss sich mit einem anderen ziemlich sicher fühlen, um so heftig zu agieren. Ehe ein Kind einen Zornanfall bekommt, muss die allgemeine Atmosphäre deutlich von Wohlwollen geprägt sein. Rabih selber ist, als er klein war, mit seinem eigenen Vater nie so ungezogen gewesen, aber er fühlte sich eben auch nie so von ihm geliebt. Alle Bestätigung, die er und Kirsten William im Laufe der Jahre gegeben haben – »Ich stehe immer an deiner Seite«, »du kannst uns immer sagen, wie du dich fühlst« – hat sich phantastisch ausgezahlt: Dadurch meinen William und seine Schwester, alle Frustration und Enttäuschung den beiden liebenden Eltern mit voller Kraft zumuten zu können, die so deutlich kundgetan haben, dass sie alle Aufregung abfangen können und wollen.

Indem sie die Gefühlsturbulenzen ihrer Kinder miterleben, merken Rabih und Kirsten, wie viel Selbstbeherrschung und Geduld sie selber im Laufe der Jahre entwickelt haben, ohne sich eigentlich darüber klar zu sein. Ihr jeweils ausgeglichenes Temperament ist das Resultat von Jahrzehnten kleinerer oder größerer Enttäuschungen; die geduldigeren Wege ihres Denkens haben sich, wie

Schluchten durch die Strömung des Wassers, durch die vielen nicht so gut gelaufenen Erlebnisse eingegraben. Rabih bekommt keinen Wutanfall, wenn er auf einem Blatt Papier, das er gerade bearbeitet, versehentlich etwas Falsches ankreuzt – weil er unter anderem einmal seinen Arbeitsplatz verloren und den Tod seiner Mutter miterlebt hat.

Die Rolle guter Eltern impliziert eine große und hochkomplizierte Anforderung: ständig die Überbringer besonders unerfreulicher Nachrichten zu sein. Gute Eltern müssen notwendigerweise die langfristigen Interessen des Kindes verteidigen, die er oder sie sich von Natur aus überhaupt nicht vorstellen und denen sie erst recht nicht freudig zustimmen können. Aus Liebe müssen Eltern dazu bereit sein, über Zähneputzen, Hausaufgaben, Zimmeraufräumen, Schlafenszeiten und wohldosierte Computerzeiten zu sprechen. Aus Liebe müssen sie die Rolle des Langweilers übernehmen, der die schlechte und furchtbar unangenehme Angewohnheit hat, gerade dann, wenn das Vergnügen beginnt, unerfreuliche Tatsachen des Lebens zu thematisieren. Und dann werden gute Eltern auch noch infolge dieser unsichtbaren Liebestaten, wenn alles gutgegangen ist, schließlich zur Zielscheibe heftiger Ablehnung und Empörung.

Wie schlecht die Nachrichten auch sein mögen, Rabih und Kirsten fühlen sich verpflichtet, sie vorsichtig zu überbringen: »Noch fünf Minuten Spielzeit, und dann ist Schluss, ja?« »Zeit fürs Bad von Prinzessin E.« »Das war bestimmt sehr schlimm für dich, aber wir hauen Leute nicht, auch wenn wir anders denken, weißt du noch?«

Sie möchten überreden und überzeugen und vor allem nie eine Entscheidung mit Gewalt oder mittels psychologischer Waffen herbeiführen, etwa mit Erinnerungen daran, wer hier älter, größer und wohlhabender ist und somit im Besitz der Fernbedienung und des Laptops.

»Weil ich deine Mutter bin.« »Weil dein Vater das gesagt hat.«: Es gab Zeiten, in denen solche Hinweise auf die Beziehung von sich aus schon für Gehorsam sorgten. Aber die Bedeutung der Worte hat sich heutzutage durch unsere Wertschätzung der Freundlichkeit gewandelt, so dass Mutter und Vater heute »Menschen sind, die es mir schön machen« oder »Menschen, deren Vorschlägen ich folgen kann, wenn – und nur dann wenn – ich einsehe, was sie sagen.«

Bedauerlicherweise gibt es Situationen, in denen Überredungskünste nicht weiterhelfen – beispielsweise, wenn Esther anfängt, sich über Williams Körper lustig zu machen, und eine sanfte Mahnung der Mutter überhört wird. Sein Penis ist eine »hässliche Wurst«, verkündet Esther mehrfach lauthals im Haus, und dann, noch weniger nett, tuschelt sie ihrer Freundinnenclique in der Schule dieselbe Metapher zu.

Ihre Eltern versuchen ihr zu erklären, dass ihre manchmal geradezu erniedrigenden Sticheleien William es erschweren könnten, später Beziehungen mit Frauen einzugehen. Aber für seine Schwester klingt das natürlich unsinnig. Sie antwortet, dass sie keine Ahnung haben, dass William wirklich eine hässliche Wurst zwischen den Beinen hat und deshalb alle in der Schule über ihn lachen.

Es ist nicht die Schuld ihrer neunjährigen Tochter, dass sie noch nicht einschätzen kann, was es mit der Warnung ihrer Eltern auf sich hat (und ganz nebenbei auch manchmal mit ihrem Lachen). Aber jedenfalls ist es bitter, dass Esther, der sehr bestimmt gesagt wird, mit der Hänselei aufzuhören, ihnen vorwirft, sie würden sich in ihr Leben einmischen. Sie schreibt *Spielverderber* auf kleine Papierstücke und verstreut sie wie eine Spur aus Brotkrümeln im ganzen Haus.

Der Streit endet mit einem großen Geschrei zwischen Rabih und dem erzürnten kleinen Menschen, dem irgendwo im Kopf ein paar neuronale Verbindungen fehlen, um zu begreifen, was hier auf dem Spiel steht.

»Weil ich es sage«, meint Rabih. »Weil du neun bist und ich beträchtlich älter bin und weil ich ein paar Dinge weiß, die du nicht weißt – ich werde nicht den ganzen Tag hier stehen und mit dir darüber streiten.«

»Das ist so unfair! Dann werde ich nicht aufhören zu schreien«, droht Esther.

»Das wirst du nicht tun, junge Dame. Du gehst jetzt in dein Zimmer und bleibst da, bis du bereit bist, wieder herunterzukommen und mit der Familie beim Abendessen zusammenzusitzen, und dann führst du dich zivilisiert auf und zeigst mir, dass du dich benehmen kannst.«

Sonst meidet Rabih ja konsequent jede Art von Konfrontation, und so ist es für ihn ziemlich ungewohnt, jemandem, den er so maßlos liebt, eine anscheinend lieblose Botschaft übermitteln zu müssen.

Der Traum ist, dem Kind Zeit zu sparen; im Handumdrehen Einsichten zu vermitteln, die sich ursprünglich durch mühsame und langwierige Erfahrungen eingestellt haben. Aber der Fortschritt der Menschheit wird an jeder Abzweigung durch den permanenten Widerstand aufgehalten, zu Entscheidungen gedrängt zu werden. Dies liegt an einem inneren Bedürfnis, ganze Kapitel aus dem Katalog der Dummheiten unserer Spezies erneut zu erkunden – und ein Gutteil unseres Lebens zu verschwenden, um selbst um Erkenntnisse zu ringen, zu denen andere längst schmerzlich gekommen sind.

In der Romantik war man traditionell skeptisch gegenüber Regeln der Kindererziehung, weil man sie als falsche überhebliche Verzierung ansah, mit der unnötigerweise die liebenswerte, von Natur aus gute Wesensart von Kindern überdeckt werde. Doch wenn wir erst einmal mit ein paar jungen Leuten aus Fleisch und Blut nähere Bekanntschaft gemacht haben, ändern wir vielleicht unsere Meinung und kommen zu der Ansicht, dass Manieren in Wahrheit eine unverzichtbare Abwehr allgegenwärtiger Gefahr von Barbarei sind. Manieren müssen kein Instrument von Kälte und Sadismus sein, sondern allenfalls eine Art Lektion, die das Biest in uns bändigt, so dass das Abendessen nicht immer wieder im Chaos endet.

Manchmal fragt sich Rabih, wohin all die enorm harte elterliche Arbeit letztlich führen soll – was die Stunden gebracht haben, in denen sie die Kinder von der Schule abgeholt, mit ihnen geredet und argumentiert und sie überzeugt haben. Anfangs hat er naiv und egoistisch gehofft, er und Kirsten würden bessere Versionen von sich selber aufziehen. Er hat eine Weile gebraucht, um zu merken, dass er stattdessen zwei Menschen in die Welt gesetzt hat, die ihn, weil sie Kinder sind, grenzenlos herausfordern, Individuen, die ihm immer wieder Frustrationen, häufig Fassungslosigkeit zumuten, und eine beunruhigende und gelegentlich schöne Erweiterung seiner Interessen aufzwingen, weit jenseits dessen, was er sich je vorstellen konnte, bis zu derart ungewohnten Dingen wie Schlittschuhlaufen, Sitcoms, pinkfarbenen Kleidern, Weltraumforschung und der Platzierung der Hearts in der Schottischen Fußball-Liga.

In der Schule der Kinder, einer wohlwollenden kleinen Einrichtung in der Nähe, beobachtet Rabih aus gewisser Entfernung, wie andere Eltern ihre kostbaren Schützlinge abgeben, und denkt darüber nach, wie das Leben eigentlich nie die Hoffnungen, die eine Generation den schmalen Schultern der nächsten aufbürdet, angemessen erfüllen kann. Es sind nicht genügend gloriose Schicksale zu verteilen, und es gibt zu viele Fallen, in die man zu leicht treten kann, selbst wenn ein goldener Stern und eine Auszeichnung für ein in der Aula gut gelesenes Raben-Gedicht zu erwarten sind.

Manchmal fällt der schützende Schleier elterlicher Sentimentalität, und Rabih sieht, dass er im Wesentlichen die besten Tage seines Lebens zwei Menschen gewidmet hat, die er, wären sie nicht seine eigenen Kinder, sicherlich in jeder Hinsicht völlig uninteressant finden würde – und zwar so sehr, dass er, wenn er sie in dreißig Jahren in einem Pub treffen würde, keine Lust hätte, mit ihnen zu reden. Diese Einsicht ist schier unerträglich.

Gleich wie bescheiden Eltern dies abstreiten, gleich wie sie ihre Ambitionen vor anderen herunterspielen, ein Kind zu haben bedeutet – zumindest am Anfang –, es mit der Vorstellung von Perfektion aufzunehmen, also nicht nur einen weiteren Menschen zu erschaffen, sondern ein Musterbeispiel ausgeprägter Perfektion. Mittelmaß, somit die statistische Norm, kann niemals das eigentliche Ziel sein; dafür sind die Opfer, die Erziehung den Eltern von der Kindheit bis zum Erwachsensein abverlangt, schlichtweg zu groß.

Es ist Samstagnachmittag, William spielt draußen mit einem Freund Fußball. Esther ist zu Hause geblieben, um die Spielkonsole, die sie vor einigen Monaten zum Geburtstag bekommen hat, zusammenzubauen. Sie hat Rabih dafür gewinnen können, ihr dabei zu helfen, und nun gehen sie gemeinsam die Anleitung durch, verkabeln Glühbirnen und kleine Motoren und genießen die Augenblicke, wenn das ganze System in voller Aktion brummt. Rabih sagt seiner Tochter gerne, dass sie eine tolle Elektroingenieurin wäre. Er liebt die Vorstellung, dass sie eines Tages als erwachsene Frau zugleich vollkommen praktisch und doch auch poetisch sensibel wäre (eine Version aller Frauen, die er je geliebt hat). Esther genießt die Aufmerksamkeit, die ihr geschenkt wird. Sie freut sich immer auf die seltenen Gelegenheiten, wenn William nicht da ist und sie ihren Vater ganz für sich alleine hat. Er nennt sie Besti; sie sitzt auf seinem Schoß, und wenn er sich einmal nicht rasiert hat, beklagt sie sich darüber, wie ungewohnt und rau sich seine Haut anfühlt. Er streicht ihre Haare nach hinten und bedeckt ihre Stirn mit Küssen. Kirsten beobachtet die beiden von der anderen Seite des Zimmers. Als Esther vier Jahre alt war, sagte sie einmal mit großem Ernst zu ihren Eltern, »Ich wünschte, Mummy würde sterben und ich könnte Daddy heiraten.« Kirsten kann das verstehen. Sie hätte selber gerne einen liebevollen und zuverlässigen Vater gehabt, mit dem sie hätte kuscheln und elektronische Bausätze zusammensetzen können, ohne von jemandem gestört zu werden. Ihr ist klar, wie faszinierend und glamourös Rabih auf eine kleine nicht einmal Zehnjährige wirken muss. Er ist gern bereit, auf dem Teppich mit Esther Puppen zu spielen, er geht mit ihr zum Klettern, kauft ihr Kleider, fährt mit ihr Rad und redet mit ihr über die brillanten Ingenieure, die Schottlands Tunnel und Brücken gebaut haben.

Trotzdem macht sich Kirsten Sorgen um die Zukunft ihrer Tochter. Sie fragt sich, wie andere Männer je mit einem solchem Ausmaß an Zärtlichkeit und Aufmerksamkeit mithalten können – und ob Besti eines Tages einige Kandidaten abblitzen lassen wird, nur weil sie ihr nicht die Art Freundschaft bieten können, die sie einst bei ihrem Vater genießen durfte. Doch was Kirsten am meisten von allem nervt, ist die Sentimentalität in Rabihs Auftreten. Ihr ist vollkommen bewusst, dass er so liebevoll wie mit der Tochter nur in seiner Rolle als Vater, nicht als Ehemann sein kann. Sie weiß aus eigener Erfahrung, wie drastisch er seinen Ton ändert, sobald sie beide außer Hörweite der Kinder sind. Ohne es zu wollen, prägt er Esthers Vorstellung davon, wie ein Mann sich idealerweise einer Frau gegenüber verhalten sollte – ungeachtet dessen, dass dieses Ideal keineswegs ihm, Rabih, der er in Wahrheit ist, entspricht. Daher wird Esther im späteren Leben einen Mann, der egoistisch, zerstreut und streng mit ihr umgeht, fragen, warum er nicht stattdessen wie ihr Vater sein kann, und dabei nicht merken, dass er tatsächlich Rabih erstaunlich ähnlich ist – nur nicht die Version, die sie immer erlebt hat.

Unter den Umständen ist es vielleicht hilfreich, dass Freundlichkeit ihre Grenzen hat und es diesen Eltern (wie allen Eltern) trotz enormer Anstrengungen noch immer gelingt, ihre Kinder immer wieder zu nerven. Geradeheraus kalt, verängstigend und grausam zu sein ist nur die erste von vielen verschiedenen Methoden, wieder eine gewisse Distanz herzustellen. Eine andere recht effektive Strategie zeigt ein Trio von neurotischen Verhaltensweisen, mit denen Rabih und Kirsten nur allzu gut vertraut sind, und zwar übertriebene Fürsorglichkeit, Interesse und Liebkosungen. Rabih, der Junge aus Beirut, macht immer ein großes Theater, wenn Esther und William über die Straße gehen; er bemüht sich um Nähe, auch wenn dies zu viel des Guten sein mag, fragt sie allzu oft, wie ihr Tag war, will ihnen immer noch eine weitere Lage Kleidung überziehen und hält sie für zerbrechlicher, als sie eigentlich sind – weshalb Esther mehr als einmal schnippisch zu ihm sagt: »Hör auf, mich zu nerven!«, und dies nicht ohne Grund.

Tatsächlich ist es auch nicht ganz einfach, Kirsten als Mutter zu haben, weil dies bedeutet, viele Extradiktate zu üben, am besten gleich mehrere Musikinstrumente zu spielen und ständig von ihr zu hören, dass man gesund essen soll – ein kaum verwunderliches Set an Prioritäten, da es von der ehemaligen Schülerin einer Gymnasialklasse kommt, die es als Einzige an die Universität geschafft hat, und eine der wenigen, die nicht von Sozialhilfe lebt.

Manchmal ist Rabih in der Stimmung, die Kinder zu bemitleiden, dass sie mit ihnen als Eltern zurechtkommen müssen. Er kann verstehen, dass sie sich vehement über die Macht beklagen, die er und Kirsten über sie ausüben, und dass ihnen die etwa dreißig Jahre Vorsprung und der monotone Tonfall ihrer Stimmen jeden Morgen in der Küche nicht passen. Es genügt ihm schon, mit sich selbst zurechtkommen zu müssen, so dass es nicht allzu viel von ihm verlangt, zwei junge Menschen zu verstehen, die hier oder da ein Problem mit ihm haben. Ihr Ärger hat auch eine wichtige Funktion, das weiß er durchaus: Damit ist garantiert, dass die Kinder eines Tages aus dem Haus gehen.

Wäre die Liebe der Eltern ausreichend, würde die Menschheit stagnieren und in absehbarer Zeit aussterben. Das Überleben der Gattung ist davon abhängig, dass es den Kindern irgendwann reicht und sie in die Welt hinausziehen, mit der Hoffnung gewappnet, befriedigendere Quellen der Liebe und Zuneigung zu finden.

In ihren Kuschelstunden, wenn die ganze Familie zusammen auf dem großen Bett liegt und in toleranter und guter Stimmung ist, macht Rabih sich deutlich bewusst, dass all dies eines Tages, in nicht allzu ferner Zukunft, ein Ende haben wird, entsprechend einem Edikt der Natur, das sich mit einem ganz natürlichen Mittel durchsetzt: den Anwandlungen und dem Umgestüm der Adoleszenz. Das Fortbestehen von Familien über Generationen hängt davon ab, dass die Jugend irgendwann die Geduld mit den Älteren verliert. Es wäre eine Tragödie, wenn die vier noch in fünfundzwanzig Jahren hier aneinandergeschmiegt liegen wollten. Esther und William werden am Ende ihn und Kirsten lächerlich, langweilig und altmodisch finden, um in Schwung zu kommen und auszuziehen.

Ihre Tochter hat kürzlich im Widerstand gegen die elterlichen Regeln eine führende Rolle übernommen. Als junger Teenager nimmt sie Anstoß an der Kleidung ihres Vaters, an seinem Akzent und an seiner Art zu kochen, und sie rollt die Augen über die Sorge ihrer Mutter, nur gute Literatur zu lesen, und über ihre völlig absurde Angewohnheit, Zitronenhälften im Kühlschrank aufzubewahren statt die ungebrauchte Hälfte wegzuwerfen. Je größer und kräftiger Esther wird, umso irritierter ist sie über das Verhalten und die Gewohnheiten der Eltern. William ist noch zu klein, um seinen fürsorglichen Eltern einen solch ätzenden Blick zuzuwerfen. Die Natur ist in dieser Hinsicht milde mit Kindern und macht ihnen all die Fehler ihrer Vorfahren erst in einem Alter bewusst, wenn sie groß genug sind, das Weite zu suchen.

Rabih und Kirsten wissen, dass sie nicht zu streng, distanziert oder einschüchternd werden dürfen, damit die Ablösung ihren Lauf nehmen kann. Ihnen ist klar, wie leicht es für Kinder ist, von einer Mutter oder einem Vater nicht loszukommen, wenn sie schwer durchschaubar sind, Angst einflößen oder einfach nicht viel da sind. Solche Eltern können ihre Zöglinge fester an sich binden als Eltern, die entgegenkommend und ausgeglichen sind. Rabih und Kirsten haben kein Interesse, derart selbstbezogen und unberechenbar zu sein, so dass ein Kind lebenslang von ihnen abhängig wird, und daher achten sie darauf, natürlich und zugewandt zu sein, und manchmal gespielt dumm. Sie wollen möglichst wenig einschüchternd sein, so dass Esther und William, wenn die Zeit reif ist, sie klipp und klar hinter sich lassen und in ihrem Leben weiterkommen können. Sie sind überzeugt, dass für quasi selbstverständlich gehalten zu werden ihr bestmöglicher Tribut an die Qualität ihrer Liebe ist.

Sexualität und Elternschaft

Lass es uns heute Abend tun, was meinst du?«, sagt Kirsten, während sie im Badezimmer Make-up auflegt, um dann unten für die Kinder das Frühstück zu machen.

»Du bist vorgemerkt«, sagt Rabih mit einem Lächeln und fügt hinzu, »ich trage es mir gleich in den Kalender ein.« Für ihn ist es kein Witz. Freitagabend ist eine bewährte Zeit, und das letzte Mal ist schon eine Weile her.

Auf seinem Weg zur Arbeit denkt er an Kirstens dunkles nasses Haar, das sich so schön von ihrer blassen Haut abhob, als sie aus der Dusche kam. Er hält einen Moment inne und dankt dem Schicksal für das außerordentliche Glück, dass diese elegante, resolute Schottin eingewilligt hat, an seiner Seite zu leben.

Der Tag entwickelt sich dann ziemlich hektisch, und er kommt erst um sieben nach Hause. Er begehrt Kirsten jetzt so sehr, aber er muss diplomatisch sein. Es darf keine Eile geben, und er will keinesfalls Ansprüche stellen. Er wird versuchen, ihr ganz offen und ehrlich zu sagen, wie ihm unter der alltäglichen Turbulenz zumute ist. Der Plan ist vage, aber Rabih ist guten Mutes.

Die ganze Familie ist in der Küche, wo sich eine heftige

Auseinandersetzung über Obst entfacht. Beide Kinder weigern sich strikt, Obst zu essen, obgleich Kirsten eigens Blaubeeren gekauft hat und sie in Form eines lächelnden Gesichts auf einem Teller dekoriert hat. William wirft seiner Mutter vor, gemein zu sein, Esther klagt, dass ihr von dem Obstgeruch übel wird.

Rabih versucht es mit einem Scherz, dass sie wohl hier versehentlich im Irrenhaus gelandet sind, zerzaust Williams Haar und meint, jetzt sei es Zeit für Geschichten im Kinderzimmer. Rabih und Kirsten wechseln sich mit dem abendlichen Vorlesen ab, und heute ist sie dran. Im Kinderzimmer oben zieht sie die beiden nah an sich, jeden auf eine Seite, und fängt an, eine aus dem Deutschen übersetzte Geschichte zu lesen, über ein Kaninchen, das in einem Wald von Jägern verfolgt wird. Wie er die Kinder so an Kirsten geschmiegt sieht, muss er daran denken, wie es mit seiner eigenen Mutter war. William spielt gerne mit Kirstens Haaren, schiebt sie nach vorne, genau wie Rabih es damals getan hat. Als die Geschichte beendet ist, wollen sie mehr, also singt Kirsten ihnen ein altes schottisches Wiegenlied vor, Griogal Crìdhe, das die tragische Geschichte einer jungen Witwe erzählt, deren Mann gefangen genommen und vor ihren Augen von ihrem eigenen Clan hingerichtet wurde. Er sitzt ganz bewegt auf dem Treppenabsatz und lauscht Kirstens Stimme. Er fühlt sich privilegiert, dass er miterleben durfte, wie seine Frau sich zu einer so außerordentlich guten Mutter entwickelt hat. Sie wünscht sich an dieser Stelle vor allem ein Bier.

Rabih legt sich schon mal auf ihr Bett. Eine halbe Stunde später hört er, wie Kirsten ins Badezimmer geht. Als sie herauskommt, trägt sie den Schottenmorgenrock, den sie hat, seit sie fünfzehn war, und den sie immer viel getragen hat, als die Kinder noch klein waren. Allmählich fragt er sich, wie er den Anfang finden soll, als sie ein Telefongespräch erwähnt, das sie am Nachmittag mit einer Freundin, die sie aus der Studienzeit in Aberdeen kennt, in den Vereinigten Staaten hatte. Bei der Mutter der armen Frau wurde Speiseröhrenkrebs diagnostiziert, die Diagnose kam aus heiterem Himmel. Nicht zum ersten Mal fällt ihm auf, was für eine gute Freundin Kirsten ist; und wie tief und instinktiv sie die Bedürfnisse anderer erspürt.

Dann erwähnt Kirsten, dass sie sich über die Universitätsausbildung der Kinder Gedanken macht. Es ist ja noch eine Weile hin, aber genau darum geht es. Jetzt ist es an der Zeit, etwas auf die Seite zu legen, nicht viel – ihre Mittel sind ja bescheiden –, aber genug, um eines Tages eine gute Summe angespart zu haben.

Rabih räuspert sich und verzweifelt innerlich langsam.

Wir mögen glauben, dass uns nur einmal die Angst und Unsicherheit widerfahren, einem Menschen nahezukommen: am Anfang einer Beziehung, und dass diese Ängste unmöglich weiter bestehen, wenn zwei Menschen erst einmal ein paar klare Bekenntnisse füreinander abgelegt haben – also, geheiratet, ein Darlehen aufgenommen, ein Haus gekauft, Kinder bekommen und sich gegenseitig als Erben benannt haben.

Doch Distanz zu überbrücken und die Bestätigung zu bekommen, dass wir gebraucht werden, sind keineswegs Übungen, die nur einmal anstehen, sie müssen jedesmal wiederholt werden, wenn es eine Unterbrechung gab – ein Tag auf Reisen, eine hektische Phase, ein Abend am Arbeitsplatz –, denn jedes Zwischenspiel hat die Macht, nochmals die Frage aufzuwerfen, ob wir immer noch gewollt sind oder nicht.

Insofern ist es bedauerlich, wie schwer es ist, auf eine akzeptable und gewinnende Art zuzugeben, wie sehr wir auf Bestätigung angewiesen sind. Selbst nach vielen gemeinsamen Jahren bleibt immer noch Angst davor, den Partner um einen Beweis zu bitten, dass wir noch begehrenswert sind. Und dieses Hindernis wird noch komplizierter, indem wir meinen, eine solche Angst dürfe es eigentlich gar nicht geben. Daher auch die Versuchung, so zu tun, als wäre Bestätigung das Letzte, was wir im Sinn haben. Vielleicht haben wir paradoxerweise eine Affäre, ein Akt des Betrugs, der oftmals lediglich ein gesichtswahrender Versuch ist vorzugeben, wir brauchten niemanden, ein mühsamer Beweis von Indifferenz, den wir dem Menschen vorbehalten und heimlich an denjenigen adressieren, der uns wirklich wichtig ist –, aber dem wir um keinen Preis zeigen möchten, dass wir ihn brauchen und er uns versehentlich verletzt hat.

Wir werden immer Anerkennung brauchen. Dies ist nicht etwa ein Fluch, der Verlierern und Schwachen vorbehalten ist. Unsicherheit ist vielmehr ein Zeichen von Wohlbefinden. Sie bedeutet, dass wir andere Menschen nicht einfach für selbstverständlich nehmen, dass wir hinreichend realistisch bleiben und einsehen, dass die Dinge am Ende immer auch schlecht laufen können – und dass uns immer noch genug am anderen gelegen ist.

Allmählich wird es sehr spät. Die Kinder haben am nächsten Tag früh Schwimmtraining. Rabih wartet, bis Kirsten mit ihren Überlegungen, wo Esther und William eines Tages studieren könnten, am Ende ist, und nimmt dann die Hand seiner Frau. Sie lässt sie dort eine Weile unbemerkt liegen, drückt dann seine Hand, und sie küssen sich. Er öffnet ihre Schenkel und beginnt, sie zu streicheln. Dabei gleitet sein Blick zum Nachttisch, auf dem Kirsten eine Karte von William aufgestellt hat: »Happy Bithrdey Mumy«, steht darauf, neben einem Bild von einer äußerst gutgelaunten und lächelnden Sonne. Dies erinnert ihn an Williams lausbubenhaftes Gesicht und, merkwürdigerweise, an Kirsten, die ihn auf den Schultern durch die Küche trägt, was sie gerade erst letzte Woche getan hat, als er sich nach der Schule als Zauberer verkleidet hatte.

Ein Teil von Rabih möchte so gerne fortfahren und seine Frau verführen, er will dies schon so lange; aber ein anderer Teil von ihm ist sich gar nicht sicher, ob er jetzt in der richtigen Stimmung ist, aus Gründen, die er nicht so recht ausmachen kann.

Es ist eine altbekannte These: Die Menschen, zu denen wir uns als Erwachsene hingezogen fühlen, haben große Ähnlichkeit mit den Menschen, die wir als Kinder am meisten geliebt haben. Dies kann ein bestimmter Humor sein oder ein Gesichtsausdruck, ein Temperament oder eine emotionale Disposition.

Doch eines wollen wir mit unseren erwachsenen Liebhabern tun, das früher mit unseren bestätigenden Eltern oder Betreuern komplett verboten war; wir wünschen uns sexuelle Begegnungen mit eben jenen Menschen, die uns in wesentlichen Zügen gerade an die erinnern, mit denen wir damals keinesfalls Sex haben sollten. Daraus folgt, dass gelungene sexuelle Begegnungen davon abhängen, wie gut wir die Assoziationen zwischen unseren romantischen Partnern und den internalisierten Elternfiguren ausblenden. Wir müssen – für eine kleine Weile – gut aufpassen, dass unsere Affekte nicht unseren sexuellen Bedürfnissen in die Quere kommen.

Aber die Aufgabe wird noch komplizierter, sobald Kinder da sind und eben unmittelbar gerade an die Elternseiten unserer Partner appellieren. Auf einer bewussten Ebene ist uns vielleicht klar, dass der Partner natürlich kein sexuell verbotener Elternteil ist, sie sind immer noch dieselben wie vorher, Menschen, mit denen wir in den ersten Monaten der Beziehung wilde Sachen gemacht haben. Und doch gerät die Vorstellung immer mehr unter Druck, wenn die sexuellen Persönlichkeitsanteile zunehmend unter den Anteilen versteckt werden, die rund um die Uhr fürsorglich auftreten müssen, was durch jene keuschen und munteren Namen »Mami« oder »Papi« noch verdeutlicht wird (mit denen wir sogar manchmal an uns selber denken).

Wie die Brüste seiner Frau wohl aussehen, war ehemals für Rabih ein Thema von ungeheurer Bedeutung. Er kann sich noch erinnern, wie er heimliche Blicke auf sie warf, als sie bei ihrem ersten Treffen ein schwarzes Oberteil trug, und dann später beobachtete, wie faszinierend klein sie sich unter einem weißen T-Shirt abzeichneten, wie er sie dann bei ihrem ersten Kuss im Botanischen Garten ganz sanft berührte und dann schließlich in der alten Küche mit der Zunge umkreiste. In der ersten Zeit war er völlig von ihnen betört. Er wollte, dass sie beim Sex ihren BH anbehielt, den er dann abwechselnd hochschob und hinunterzog, um so den Gegensatz besonders deutlich zu spüren, wie sie bekleidet und unbekleidet wirkte. Er forderte sie gern auf, ihre Brüste selber zu liebkosen, als wäre er nicht da. Er wollte seinen Penis zwischen sie legen, als wären Hände nicht genug und als müsse es ein definitiveres Zeichen geben, diesen zuvor tabuisierten Bereich abzustecken und in Besitz zu nehmen.

Und doch liegen sie jetzt ein paar Jahre später nebeneinander im Ehebett mit etwa so viel sexueller Spannung wie zwischen einem ledrigen Großelternpaar, das sich an einem Nacktstrand an der Ostsee sonnt.

Erregung hat offenbar am Ende wenig mit spärlicher Bekleidung zu tun; sie bezieht ihre Energie aus der Möglichkeit, einen heißbegehrten, einst verbotenen, doch nun wunderbarerweise verfügbaren anderen besitzen zu dürfen. Es ist ein Ausdruck von dankbarem Erstaunen, ja fast von Unglauben, dass uns in einer Welt von Vereinsamung und Bindungslosigkeit die Handgelenke, Hüften, Ohrläppchen und der Nacken eines anderen schließlich ganz zur Verfügung stehen; eine ganz außerordentliche Vorstellung, die wir immer wieder überprüfen möchten, vielleicht sogar alle paar Stunden, und alles in höchstem Entzücken berühren, hineinschieben, enthüllen und entkleiden, so allein waren wir, so unabhängig und weit weg wirkten

unsere Liebhaber. Sexuelles Begehren resultiert aus einem
Wunsch nach Nähe – und ist insofern abhängig von einem
zuvor erlebten Gefühl von Distanz, die nun immer wieder
mit größter Lust und Erleichterung überbrückt wird.

Zwischen Rabih und Kirsten bestehen kaum Unterschiede. Ihr legaler Status definiert sie als Lebenspartner;
sie teilen ein kleines Schlafzimmer, in das sie sich jeden
Abend zurückziehen; sie telefonieren ständig, wenn sie
getrennt voneinander sind; das Wochenende verbringen
sie selbstverständlich miteinander; sie wissen im Voraus
und in fast jedem Moment des Tages und der Nacht, was
der andere gerade tut. In ihrem so verbundenen Leben
gibt es kaum mehr etwas, das explizit »anders« wäre – und
daher gibt es wenig erotische Energie, etwas zu überbrücken.

Am Ende so mancher Tage ist Kirsten lustlos, wenn
Rabih sie berührt, nicht weil er ihr nicht mehr wichtig ist,
sondern weil sie das Gefühl hat, dass von ihr kaum noch
etwas übrigbleibt, was sie einem anderen Menschen geben
könnte. Nur mit einem gewissen Maß an Autonomie
kann es ein Vergnügen sein, von einem anderen Menschen entkleidet zu werden. Sie hingegen hat zu viele Fragen beantwortet, zu vielen kleinen Füßen zu viele Schuhe
angezogen, zu oft gebettelt und beschwatzt … Rabihs
Berührung fühlt sich wie ein zusätzliches Hindernis an,
ehe sie endlich wieder zu sich selber kommen kann. Sie
möchte am liebsten fest und ruhig zu ihrer vernachlässig-
ten Seele stehen, statt sich noch weiter für fremde Ansprüche zu zerstreuen. Jede Annäherung droht die hauch-

dünne Schale ihres Selbst zu zerstören. Erst wenn sie wieder hinreichend mit sich und ihren eigenen Gedanken im Kontakt ist, kann sie es genießen, sich einem anderen hinzugeben.

Es kann auch sein, dass wir verlegen sind und uns fast unerträglich exponiert fühlen, wenn wir einen Partner um sexuellen Kontakt bitten, von dem wir schon auf so viele Weisen abhängig sind. Dies mag zu viel an Intimität sein, vor dem Hintergrund angespannter Diskussionen, wie man mit den Finanzen und dem Schulabbruch umgehen soll, wo man die Ferien verbringt und was für ein Stuhl gekauft werden soll, oder auch zu bitten, dass der andere nachsichtig mit unseren sexuellen Bedürfnissen umgehen möge: dass er oder sie ein bestimmtes Kleidungsstück anzieht, bei einem erwünschten finsteren Szenario mitspielt oder in einer bestimmten Haltung auf dem Bett liegt. Wir möchten vielleicht nicht in die Rolle des Bittstellers geraten oder kostbares emotionales Kapital im Namen eines Schuhfetischs vergeuden. Wir werden lieber nicht einem Menschen, vor dem wir sonst in den alltäglichen Verhandlungen und Pattsituationen des Ehelebens Haltung und Autorität wahren müssen, Phantasien anvertrauen, die uns lächerlich oder verdorben dastehen lassen. Vielleicht erscheint es uns viel sicherer, stattdessen an einen vollkommen Fremden zu denken.

In der vorigen Woche ist Kirsten eines Nachmittags allein im Haus, oben im Schlafzimmer. Im Fernsehen läuft ein Programm über die Nordseefischereiflotte, die in Kinlochbervie im Nordosten stationiert ist. Wir treffen die Fischer, hören, wie sie die neue Sonartechnologie nutzen, und erfahren von einem besorgniserregenden Rückgang verschiedener Fischpopulationen. Wenigstens steht es gut um die Heringe, und auch der Kabeljau gibt in diesem Jahr keine schlechten Erträge. Ein Fischer namens Clyde ist der Kapitän der *Loch Davan*. Jede Woche fährt er auf hohe See hinaus, oftmals kommt er bis Island oder an die Spitze von Grönland. Er hat eine raue, arrogante Art, eine scharfe Kinnlinie und zornig, ungeduldig dreinblickende Augen. Die Kinder werden frühestens in einer Stunde von ihren Freunden zurück sein, aber Kirsten steht trotzdem auf und schließt die Schlafzimmertür fest, ehe sie die Hose abstreift und sich wieder aufs Bett legt.

Sie ist jetzt auf der *Loch Davan*, man hat ihr eine schmale Kabine gleich neben der Kommandobrücke zugewiesen. Der Wind ist kräftig, schaukelt das Schiff wie ein Spielzeug, aber über dem Tosen kann sie doch ein Klopfen an der Kabinentür vernehmen. Es ist Clyde; auf der Kommandobrücke muss ein Notfall passiert sein. Aber dann stellt sich heraus, dass es um etwas ganz anderes geht. Er reißt ihr das Ölzeug herunter und drängt sie an die Kabinenwand, ohne dass sie ein Wort wechseln. Seine Bartstoppeln brennen auf ihrer Haut. Er ist, und das ist ausschlaggebend, eher ungebildet, extrem grob, fast präverbal und ihr gegenüber völlig gleichgültig, wie sie ihm gegenüber. Sexuelle Phantasien erscheinen Kirsten naiv, gefährlich, sinnlos – aber doch viel aufregender, als am Abend mit jemandem Sex zu haben, an dem ihr wirklich gelegen ist.

Als Liebende zu wissen, dass man bei einer phantasierten Masturbation einen zweiten Platz gegenüber einem zufälligen Fremden einzunehmen hat, passt logisch nicht in die Vorstellung romantischer Liebe. Aber in der Realität kann gerade die nüchterne Trennung von Liebe und Sexualität hilfreich sein, um die Belastungen der Intimität zu korrigieren und zu erleichtern. Mit einem Fremden eine fiktive sexuelle Begegnung zu haben, erspart Verbitterung, emotionale Verletzlichkeit und jegliche Verpflichtung, sich um die Bedürfnisse des anderen zu kümmern. Wir können so eigenartig und egoistisch sein, wie wir wollen, gleichgültig gegenüber Beurteilung oder Konsequenzen. Damit hält man sich alle Emotionen wunderbar vom Leibe: es gibt nicht den geringsten Wunsch, verstanden zu werden, und daher auch keine Gefahr, missverstanden zu werden und folglich verbittert oder frustriert zu sein. Wir können endlich Lust verspüren, ohne damit auch den Rest unseres mühselig beladenen Lebens mit ins Bett zu bringen.

Nicht nur Kirsten spaltet Teile ihrer Sexualität vom Rest ihres Lebens ab und fühlt sich damit sicherer.

Rabih tut regelmäßig etwas Ähnliches. Heute schaut er, ob seine Frau schläft, flüstert ihren Namen und hofft, dass sie nicht antwortet. Sobald er sich sicher fühlt, geht er auf Zehenspitzen hinaus, denkt, er könnte – am Ende – einen guten Mörder abgeben, und geht die Treppe hinunter, am Kinderzimmer vorbei (er sieht, wie sein Sohn Geoffrey, seinen Lieblingsbär, im Arm hält) und zu einer kleinen Kammer hinter der Küche, wo er sich in seinem bevorzugten Chatroom einloggt. Es ist fast Mitternacht.

Auch hier sind die Dinge viel einfacher als mit seiner Ehefrau. Man braucht sich nicht zu fragen, ob der andere in der richtigen Stimmung ist; man klickt auf ihren Namen und, da sie ja in diesem Teil des Internets sind, geht man davon aus, dass sie bereit sind.

Er braucht sich in diesem Umfeld auch keine Sorgen zu machen, ob er normal ist. Dies ist nicht der Teil von ihm, der morgen am Schullauf teilnimmt oder am Arbeitsplatz einen Vortrag hält oder später mit seiner Frau ein Abendessen mit einigen Juristen und einer Kindergärtnerin gibt.

Er muss nicht liebevoll sein oder sich um andere kümmern. Er muss nicht einmal in seinem Geschlecht bleiben. Er kann ausprobieren, wie es ist, eine schüchterne, erstaunlich überzeugende Lesbe aus Glasgow zu sein, die ihre ersten zaghaften Schritte zum sexuellem Erwachen tut.

Und wenn er dann genug hat, kann er das Gerät abschalten und zu der Person zurückkehren, auf die sich so viele andere verlassen – seine Kinder, seine Ehefrau und seine Kollegen.

In einer Hinsicht mag es verrückt erscheinen, Phantasien nachzuhängen – statt zu versuchen, ein Leben aufzubauen, in dem Tagträume tatsächlich wahr werden. Aber Phantasien sind oft das Beste, was wir aus unseren vielfältigen und widersprüchlichen Wünschen machen können; sie erlauben uns, in der einen Wirklichkeit zu leben, ohne die andere zu zerstören. Zu phantasieren erspart denen, die uns wichtig sind, die ganze Verantwortungslosigkeit und Unheimlichkeit unserer Bedürfnisse. Es ist ge-

wissermaßen eine Leistung, ein Zeichen von Zivilisation –
und ein Akt der Zuneigung.

Die Phantasiererlebnisse auf dem Kutter und im Chatroom sind kein Hinweis darauf, dass Rabih und Kirsten
sich nicht mehr lieben. Vielmehr sind sie ein Zeichen dafür, dass sie so sehr am Leben des anderen teilhaben, dass
sie nicht mehr über die innere Freiheit verfügen, unbe-
fangen und angstfrei in sexuellen Kontakt miteinander zu
treten.

Das Prestige der Wäsche

Als modernes Ehepaar teilen sie sich die Aufgaben nach einem ausgeklügelten Plan. Rabih geht an fünf Tagen pro Woche zur Arbeit, aber kommt freitags nachmittags früh nach Hause, um sich um die Kinder zu kümmern, für die er auch am Samstagmorgen und Sonntagnachmittag zuständig ist. Kirsten arbeitet montags, dienstags und mittwochs bis zwei Uhr und ist an den Wochenenden samstags nachmittags und sonntags morgens für die Kinder da. Er kümmert sich freitags um das Baden der Kinder und sorgt an vier Abenden pro Woche für das Abendessen. Sie kauft die Lebensmittel und die Haushaltsartikel ein, während er sich um den Abfall, das Auto und den Garten kümmert.

Es ist kurz nach sieben an einem Donnerstagabend. Seit heute früh hat Rabih an vier Meetings teilgenommen, mit einem unzuverlässigen Ziegellieferanten verhandelt, ein Missverständnis bezüglich Steuerrückzahlungen klargestellt (so hofft er) und sich bemüht, den neuen Kaufmännischen Geschäftsführer einzuarbeiten mit einem Plan für eine Kundentagung, die für das dritte Quartal wichtige Folgen haben könnte (oder andernfalls eine wenig erfreuliche Angelegenheit würde). Er musste in einem vollen

Pendlerbus auf beiden Strecken eine halbe Stunde stehen und geht jetzt im Regen von seiner Haltestelle zurück. Er denkt daran, wie froh er ist, endlich nach Hause zu kommen, sich ein Glas Wein einzuschenken, den Kindern ein Kapitel aus *The Famous Five* vorzulesen, ihnen einen Gutenachtkuss zu geben und sich mit seiner nächsten Gefährtin und Freundin, seiner Frau, zum Essen zu setzen und ein kultiviertes Gespräch zu führen. Sie ist am Ende ihrer Kräfte und geneigt, sich (zu Recht) zu bemitleiden.

Als sie schließlich allein im Bett sind und lesen, will Kirsten ihn nicht belasten, aber ihr gehen ein paar Dinge durch den Kopf.

»Denkst du daran, morgen die Bettbezüge zu bügeln?«, fragt sie, ohne von ihrem Buch aufzuschauen.

Sein Magen kneift. Er bemüht sich um Geduld. »Es ist Freitag«, betont er. »Ich dachte, an einem Freitag könntest du so etwas erledigen.«

Jetzt schaut sie hoch. Ihr Blick ist kalt. »Alles klar, alles klar«, sagt sie. »Hauskram: mein Job. Vergiss es. Tut mir leid, dass ich gefragt habe.« Und zurück zu ihrem Buch.

Solche zermürbenden, unsinnigen Begegnungen können strapaziöser sein als offene Wut.

Er denkt: Ich verdiene zwei Drittel unseres Einkommens, vielleicht sogar mehr, je nachdem, wie man es insgesamt berechnet, aber es sieht so aus, als würde ich mehr als meinen fairen Anteil beitragen. Die tun ja gerade so, als ob meine Arbeit etwas wäre, das ich nur im eigenen Interesse mache. Dabei ist der Job wenig befriedigend und immer stressig. Man kann doch von mir nicht erwarten, dass ich neben allem anderen auch noch die Bettbezüge übernehmen soll. Ich werde meinem Teil gerecht: Letztes Wochenende bin ich mit den Kindern zum Schwimmen gegangen, und gerade habe ich die Waschmaschine beladen. Eigentlich möchte ich nur umsorgt und beschützt werden. Ich habe eine solche Wut.

Und sie denkt: Jeder scheint zu meinen, dass es an meinen zwei Tagen zu Hause nur um »Entspannung« geht und dass ich glücklich sein kann, diese Zeit zu haben. Aber diese Familie würde keine fünf Minuten zusammenhalten ohne all die Dinge, die ich im Hintergrund erledige. Alle Verantwortung liegt bei mir. Ich sehne mich nach einer Erholung, aber immer wenn ich eine Erledigung erwähne, die ich abgeben möchte, vermittelt man mir das Gefühl, dass ich unfair bin – und so ist es am Ende einfacher, Ruhe zu geben. Irgendetwas stimmt mit dem Licht nicht, und ich werde morgen dem Elektriker Beine machen. Eigentlich möchte ich nur umsorgt und beschützt werden. Ich habe eine solche Wut.

Entsprechend unserer modernen Erwartung gilt bei einem Paar Ebenbürtigkeit in allem; was letztlich eine Ebenbürtigkeit des Leidens bedeutet. Aber Kummer messen zu wollen, um ihn gleichmäßig zu verteilen, ist keine einfache Aufgabe; wie elend man sich fühlt, ist eine subjektive Sache; und die Versuchung ist für beide Seiten groß, zu der festen Überzeugung zu gelangen, dass in Wahrheit sein oder ihr Leben eigentlich vergleichsweise mehr gestraft ist – auf eine Weise, die der Partner nicht gewillt ist wahrzunehmen oder wiedergutzumachen. Man muss schon geradezu übermenschlich weise sein, um

nicht das tröstliche Fazit zu ziehen, man habe das härtere
Leben.

Kirsten arbeitet genügend Stunden pro Woche und verdient genügend Geld, um sich Rabih gegenüber nicht zu
übermäßiger Dankbarkeit für sein etwas höheres Gehalt
verpflichtet zu fühlen. Zugleich übernimmt Rabih genug Aufgaben im Haushalt und muss an ziemlich vielen
Abenden für sich selber sorgen, um Kirsten nicht übermä-
ßige Dankbarkeit für ihren größeren Einsatz für die Kinder zu schulden. Beide tragen in hinreichendem Maße
einen Teil der Aufgabe des anderen mit, so dass sie nicht
zu überbordender Dankbarkeit bereit sind.

Die Schwierigkeiten moderner Eltern lassen sich zum Teil
darauf zurückführen, wie Prestige verteilt wird. Paare
sind nicht nur jederzeit von praktischen Anforderungen
bedrängt, sie neigen auch dazu, diese Anforderungen für
erniedrigend, banal und sinnlos zu halten, und sind daher
eher abgeneigt, Mitleid oder Lob füreinander oder für sich
selbst zu haben, allein schon dafür, dass sie all dies aus-
halten. Das Wort »Prestige« klingt völlig unangemessen,
wenn damit etwas wie Schullauf oder Wäsche bezeichnet
werden soll, weil wir leider üblicherweise meinen, dieses
Merkmal gehöre generell anderswohin, in die große Poli-
tik oder in die Wissenschaft, zu Film und Mode. Aber ge-
nau genommen bedeutet Prestige das, was im Leben wirk-
lich edel und wichtig ist.
    Offenbar wollen wir die Möglichkeit nicht zulassen,
dass der Ruhm unserer Art nicht nur dem Start von

Satelliten, Unternehmensgründungen und der Herstellung von unglaublich winzigen Halbleitern gebührt, sondern auch einer Fähigkeit – selbst wenn sie unter Billionen weit verbreitet ist –, Joghurt in kleine Münder zu löffeln, verlorene Söckchen zu finden, Toiletten sauber zu machen, mit Zornausbrüchen umzugehen und festgeklebte Dinge vom Tisch abzuwischen. Auch dies sind Belastungen, die nicht etwa verdammt oder sarkastisch ins Lächerliche gezogen werden sollten, sondern die ihren Glanz haben, so dass sie mit größerer Sympathie und Kraft durchgestanden werden sollten.

Rabih und Kirsten leiden zum Teil, weil sie so selten gesehen haben, dass ihr Bemühen in der ihnen bekannten Kunst widergespiegelt wird, die stattdessen eher Schwierigkeiten, die sie zu bewältigen haben, herunterspielt und sich darüber lustig macht. Sie können gar nicht wertschätzen, wie heldenhaft es ist, einem Kind, das sich in ungeduldigem Zorn windet, eine Fremdsprache beizubringen; immer wieder Mäntel zuzuknöpfen und zu wissen, wo die Mützen geblieben sind; einen Haushalt mit fünf Zimmern in Ordnung zu halten; Launen von Verzweiflung in Schach zu halten und ihr bescheidenes, aber kompliziertes Projekt Familie immer wieder weiterzubringen. Nie werden sie nach außen hin ausgezeichnet oder viel Geld verdienen; sie werden im Verborgenen und ohne Lorbeeren der Gemeinde sterben, und doch hängen Stabilität und Kontinuität der Menschheit in einem bescheidenen, aber ganz wesentlichen Maß von ihren ruhigen, unscheinbaren Mühen ab.

Könnten Rabih und Kirsten über sich als Figuren in einem Roman lesen, würden sie – wenn der Autor auch nur etwas Talent hätte – einen kurzen, aber nützlichen Anfall von Mitgefühl für ihre keineswegs unmaßgebliche Misere empfinden und damit vielleicht etwas von der Spannung auflösen, die an solchen Abenden herrscht, wenn die Kinder im Bett sind und das offenbar nervende und in Wahrheit doch wichtige Thema Bügeln aufkommt.

SEITENSPRUNG

Lustmolch

Rabih ist eingeladen, bei einer Konferenz über Stadter-
neuerung in Berlin einen Vortrag über öffentliche Räume
zu halten. In London muss er umsteigen und blättert ein
paar Zeitschriften über Deutschland durch. Preußen liegt
flach und endlos unter einem leichten Puder von Novem-
berschnee.

Er und Kirsten haben vor nunmehr fast dreizehn Jahren
geheiratet.

Die Veranstaltung findet im Osten der Stadt statt, in
einem Konferenzzentrum mit einem dazugehörigen Hotel. Sein Zimmer im zwanzigsten Stock ist klinisch streng
und weiß, mit Blick auf einen Kanal und Häuserreihen. Es
wird früh dunkel, und nachts kann er ein Kraftwerk und
Hochspannungsmasten sehen, die in Reih und Glied Richtung polnische Grenze in die Ferne schreiten.

Bei der Willkommensparty im Ballsaal kennt er niemanden und tut so, als warte er auf einen Kollegen. Zurück in seinem Zimmer ruft er zu Hause an. Die Kinder
haben gerade gebadet. »Ich mag es, wenn du weg bist«,
sagt Esther. »Mami lässt uns einen Film sehen, und wir
essen Pizza.« Rabih beobachtet eine kleine Propellerma-

schine, die über die gefrorenen Felder hinter dem Hotel-parkplatz fliegt. Während Esther spricht, hört man William im Hintergrund singen und eine Show abziehen, wie uninteressiert er an einem Vater ist, der so herzlos ist, ihn allein zu lassen. Die Kinderstimmen klingen am Telefon jünger; es wäre ihnen unheimlich, wenn sie wüssten, wie sehr er sie vermisst.

Er verspeist ein Sandwich, während er einen Nachrichtenkanal ansieht, in dem eine Reihe von Tragödien gnadenlos einförmig und gleichgültig vermittelt wird.

Am Folgetag probt er im Morgengrauen vor dem Badezimmerspiegel seinen Vortrag. Das eigentliche Ereignis soll um elf Uhr im Großen Saal stattfinden. Er akzentuiert seine wesentlichen Punkte mit Leidenschaft und zeigt, wie gut er sein Thema beherrscht. Sein Lebenswerk ist es, für die Vorteile wohlgeplanter öffentlicher Räume zu plädieren, die das Zusammenleben einer Gemeinde fördern. Einige Zuhörer kommen danach zu ihm, um zu gratulieren. Beim Lunch ist er an einem Tisch mit Delegierten aus der ganzen Welt platziert. Es ist lange her, seit er eine derart kosmopolitische Atmosphäre erlebt hat. An einer Stelle entwickelt sich eine feindselige Unterhaltung gegen die Vereinigten Staaten. Ein Pakistaner, der in Katar arbeitet, prangert den Einfluss von Amerikas Flächennutzungsgesetzen auf die Wendekreise an; ein Niederländer behauptet eine Indifferenz auf Seiten der Eliten des Landes gegenüber dem gemeinsamen Wohl der Menschheit; ein finnischer Abgesandter vergleicht die Abhängigkeit der Bürger von fossilen Brennstoffen mit der Abhängigkeit eines Drogensüchtigen vom Opium.

Am Ende des Tisches beugt eine Frau mit einem bitteren, resignierten Lächeln den Kopf zur Seite.

»Ich habe kein Interesse daran, mein Land zu verteidigen, wenn ich im Ausland bin«, wirft sie schließlich ein. »Natürlich bin ich ganz genauso von Amerika enttäuscht wie Sie alle, aber ich habe trotzdem ein starkes Gefühl von Loyalität – genauso wie ich es für eine verrückte alkoholabhängige Tante hätte, für die ich einstehen würde, wenn Fremde hinter ihrem Rücken über sie reden.«

Lauren lebt in Los Angeles und arbeitet an der University of California, wo sie die Folgen der Emigration ins San Bernardino Valley untersucht. Sie hat schulterlanges braunes Haar, grau-grüne Augen und ist einunddreißig. Rabih versucht, sie nicht zu direkt zu beobachten. Ihre Art Schönheit ist in seiner gegenwärtigen Situation nicht gerade hilfreich.

Ehe die nächsten Vorträge beginnen, ist noch eine Stunde Zeit, und er beschließt, einen Spaziergang zu machen in dem, was man einen Garten nennen könnte. Sein Rückflug geht früh am nächsten Morgen, und wenn er nach Edinburgh zurückkommt, wartet auf seinem Schreibtisch ein neues Projekt auf ihn. Laurens dunkles, gut geschnittenes Kleid war an sich nicht aufsehenerregend, und doch hat er jede Einzelheit in Erinnerung. Er denkt auch noch an die Armreifen an ihrem linken Arm; er konnte darunter ein Tattoo erkennen, innen an ihrem Handgelenk – eine ungewollte, melancholische Erinnerung daran, dass sie einer anderen Generation angehört.

Am späten Nachmittag sieht er sich auf dem Flur auf dem Weg zu den Aufzügen ein paar Broschüren an, als sie vorbeigeht. Er lächelt betreten, schon jetzt betrübt, dass er sie nie kennenlernen wird, dass ihr inneres Wesen (für das die violette Stofftasche über ihrer Schulter steht) ihm auf immer fremd bleiben wird, dass er sich lediglich ausmalen kann, was für ein Leben sie wohl führt. Aber sie verkündet, dass sie Hunger hat, und schlägt ihm vor, sie zum Tee in einer holzgetäfelten Bar neben dem Businesscenter im ersten Stock zu begleiten. Sie war an diesem Morgen dort zum Frühstück, bemerkt sie noch. Sie sitzen auf einer Lederbank neben dem Kamin. Hinter Lauren steht eine weiße Orchidee. Er stellt die meisten Fragen und erfährt so dies und jenes: über ihre Wohnung in Venice Beach, ihren früheren Arbeitsplatz an der Universität in Arizona, die Familie in Albuquerque, ihre Liebe zu den Filmen von David Lynch, ihr Engagement für Gemeindeaktivitäten, ihr Judentum und ihre übertriebene Angst vor deutschen Beamten, die sich auch auf den ungelenken Barkeeper mit dem feisten Nacken bezieht, ein Charakter mit viel Talent zur Komik, dem sie den Spitznamen Eichmann verleiht. Rabihs Aufmerksamkeit oszilliert zwischen dem, was sie jeweils konkret sagt, und dem, was sie repräsentiert. Sie ist zugleich sie selbst und alle Menschen, die er in den letzten dreizehn Jahren bewundert hat, sich aber nicht weiter für sie interessieren durfte.

Sie hat Lachfalten unter den Augen, als sie den Barkeeper anblickt.

»You'll never turn the vinegar to jam, mein Herr!«, singt sie im Flüsterton, und Rabih hält den Atem an vor Bewunderung für ihr bezauberndes Wesen. Er fühlt sich wie fünfzehn, und sie ist Alice Saure.

Sie ist am Tag zuvor nach Frankfurt geflogen und hat dort den Zug genommen, berichtet sie ihm; sie findet, dass europäische Züge so gut fürs Nachdenken sind. Rabih fällt auf, dass es zu Hause gerade Badezeit ist. Wie leicht könnte er sein Leben in die Luft jagen, indem er einfach seine Hand zehn Zentimeter nach links bewegen würde.

»Erzählen Sie mal von sich«, fordert sie ihn auf. Also, er hat in London studiert, ist dann nach Edinburgh gegangen; am Arbeitsplatz ist viel los, aber er geht gerne auf Reisen, wann immer es sich anbietet; ja, das düstere Wetter mag er gar nicht, aber vielleicht ist es eine nützliche Disziplin, sich nicht zu sehr vom Zustand des Himmels beeinträchtigen zu lassen. Die Zensur stellt sich unerwartet leicht ein: »Was hast du heute gemacht, Daddy?«, hört er seine Kinder nachforschen. Daddy hat einen Vortrag vor vielen Leuten gehalten, dann eine Weile ein Buch gelesen und ist früh ins Bett gegangen, damit er morgen den ersten Flug nach Hause nehmen und seine süßen Kinder sehen kann – die jetzt genausogut nicht existieren könnten.

»Ich verkrafte das Dinner mit den Delegierten jetzt nicht«, sagt sie um sieben, als Eichmann zurückkommt und sie fragt, ob sie einen Cocktail wünschen.

Also verlassen sie gemeinsam die Bar. Seine Hände zittern, als er den Knopf für den Aufzug drückt. Er fragt, in welchen Stock sie möchte, und steht ihr gegenüber in dem durchsichtigen Glaskasten, der nach oben gleitet. Über die Landschaft hat sich ein Nebelschleier gelegt.

Die freimütige Art von Verführern mittleren Alters ist selten eine Sache von Selbstvertrauen oder Arroganz;

vielmehr ist es eher ungeduldige Verzweiflung, die aus dem zunehmend deutlichen Bewusstsein resultiert, dass der Tod immer näher rückt.

In den Grundzügen ist ihr Zimmer fast identisch mit seinem, aber er ist erstaunt, wie anders die Atmosphäre wirkt. An einer Wand hängt ein violettes Kleid, und ein Katalog des Neuen Museums liegt auf dem Fernseher; auf dem Schreibtisch steht ein aufgeklappter Laptop, zwei Postkarten mit einem Bild von Goethe liegen neben dem Spiegel, und auf dem Nachttisch ist ihr Telefon mit der Hotelstereoanlage verkabelt. Sie fragt, ob er von einer bestimmten Sängerin gehört hat, und führt ihr Album mit ein paar Takten vor: Es ist sparsam arrangiert, nur Klavier mit Schlagzeug in einem Klangraum, der sich wie ein Dom anhört, und dann kommt eine kräftige Frauenstimme hinzu, karg und eindringlich, ungewöhnlich tief und dann plötzlich hoch und zerbrechlich. »Mir gefällt dieser Teil besonders«, sagt sie, und dann schließt sie einen Moment die Augen. Er bleibt am Bettende stehen, während die Sängerin das Wort *immer* in ansteigenden Oktaven wiederholt, wie ein Schrei, der ihn direkt in die Seele trifft. Er hat solche Musik nicht mehr gehört, seit die Kinder da sind. Es ergibt keinen rechten Sinn, sich so hinreißen zu lassen, wenn der Rahmen seines Lebens Entschiedenheit und Unempfindlichkeit fordert.

Er geht zu ihr, nimmt ihr Gesicht in seine Hände und berührt ihre Lippen mit seinen. Sie zieht ihn zu sich und schließt wieder die Augen. »Ich werde dir alles geben …«, singt die Stimme.

Alles spielt sich ähnlich ab wie früher, er erinnert sich genau an all diese ersten Augenblicke mit einem neuen Menschen. Wenn er jede einzelne Episode aus seiner Vergangenheit aufsammeln und zu einem einzigen Zyklus zusammenbringen würde, würde es nicht viel mehr als eine halbe Stunde dauern, und doch wären dies die kostbarsten Augenblicke seines Lebens.

Er hat das Gefühl, als fände er jetzt Zugang zu einem Teil von sich, den er schon längst für abgestorben gehalten hatte.

Wie gefährlich sind diese rührend unsicheren Männer, die in ihrer Attraktivität verunsichert sind und daher immer wieder nach Bestätigung suchen, dass sie für andere akzeptabel sind.

Sie dimmt das Licht herunter. Es ist immer wieder alles anders, auch wenn die grundlegenden Erfahrungen dieselben sind: ihre Zunge neugieriger und ungeduldiger, ihr Rücken rund, während er ihren Bauch berühren will, ihre Beine straffer, ihre Schenkel dunkler. Was könnte ihn jetzt aufhalten? Dass all dies verwerflich sei, ist als Gedanke in weite Ferne gerückt, wie eine Alarmglocke, die im tiefen Schlaf anklingt.

Sie liegen danach still, ihr Atem beruhigt sich langsam. Die Vorhänge sind offen und geben den Blick auf das hell erleuchtete Kraftwerk im Nebel frei.

»Wie ist deine Frau?«, fragt sie lächelnd. Es ist unmöglich, ihre Tonlage einzuschätzen oder eine passende Antwort zu haben. Die Herausforderungen seiner Ehe gehen eindeutig nur ihn und Kirsten etwas an, und man kann sie nicht teilen, auch wenn gerade dadurch ein neuer, unschuldiger Satellit in ihren Orbit getreten ist.

»Sie ist ... lieb.« Er zögert. Lauren bleibt bei ihrem undurchschaubaren Gesichtsausdruck, aber sie drängt nicht. Er streichelt ihre Schulter; irgendwo hört man durch die Wand, wie ein Aufzug herabfährt. Er kann nicht behaupten, dass er sich zu Hause langweilt. Es ist auch keineswegs so, dass er seine Frau nicht respektiert oder gar dass er sie nicht mehr begehrt; nein, seine Situation ist in Wahrheit spezieller und demütigender. Er liebt eine Frau, die zu oft den Eindruck erweckt, als brauche sie keine Liebe; eine Kämpferin, die so kompetent und stark ist, dass sich selten Gelegenheiten bieten, sie zu umsorgen; jemand, der sich schwertut mit einer Beziehung, wenn der andere sie umsorgen möchte, und die sich manchmal sogar besonders wohl zu fühlen scheint, wenn sie von jemandem enttäuscht wird, dem sie sich anvertraut hat. Offenbar hat er mit Lauren aus keinem anderen Grund Sex gehabt, als dass es ihm und seiner Frau in letzter Zeit extrem schwergefallen ist, sich in den Arm zu nehmen – und dass er sich durch diesen Umstand irgendwo in seinem Inneren, zu Unrecht, ziemlich verletzt fühlt und eigentlich wütend darüber ist.

Es ist eher selten, dass sich jemand aus Gleichgültigkeit gegenüber dem Ehepartner auf eine Affäre einlässt. Generell muss einem sehr an einem Partner gelegen sein, ehe man ihn überhaupt betrügen will.

»Ich glaube, du würdest sie mögen«, fügt er schließlich hinzu.

»Das denke ich auch«, antwortet sie gelassen. Jetzt sieht sie spitzbübisch aus.

Sie bestellen etwas zum Essen aufs Zimmer. Sie möchte Pasta mit Zitrone und etwas Parmesan separat; sie scheint es gewohnt zu sein, den Menschen, die sich um sie kümmern, klar und deutlich zu sagen, was sie will. Rabih, der sich durch solche Dienstleistungen leicht verunsichert fühlt, bewundert, wie bestimmt sie auftritt. Das Telefon klingelt, und sie bekommt einen Anruf von einem Kollegen in Los Angeles, wo es noch später Vormittag ist.

Vielleicht ist es nicht so sehr der Sex als vielmehr die damit verbundene Intimität, was ihn so fasziniert. Es ist eine Eigenart unserer Zeit, dass man eine Freundschaft am leichtesten beginnt, indem man den anderen bittet, sich zu entkleiden.

Sie sind warmherzig und achtsam miteinander. Keiner wird den anderen fallenlassen dürfen. Beide machen einen kompetenten, großzügigen, vertrauenswürdigen und glaubhaften Eindruck, wie das bei Fremden eben so ist. Sie lacht über seine Scherze. Sein Akzent ist unwiderstehlich, sagt sie. Er fühlt sich etwas einsam bei dem Gedanken, wie leicht er von jemandem gemocht wird, der keine Ahnung hat, wer er eigentlich ist.

Sie reden bis Mitternacht, dann schlafen sie keusch auf ihrer jeweiligen Bettseite ein. Am Morgen fahren sie zusammen zum Flughafen.

»Lass uns in Kontakt bleiben – soweit es geht.« Sie lächelt. »Du bist ein guter Kerl.«

Sie umarmen sich fest, mit dem Ausdruck reiner Zuneigung, wie sie nur zwei Menschen füreinander haben können, die keine weiteren Absichten hegen. Ihre Zeitknappheit ist ein Privileg. Unter ihrer Ägide können sie auf immer füreinander bewundernswert sein. Er spürt, wie ihm die Tränen kommen, und versucht, sich zusammenzunehmen, indem er auf eine Uhr starrt, die von einem Kampfpiloten beworben wird. Mit der Aussicht eines Meeres und eines Kontinents zwischen ihnen kann er alle Bedürfnisse nach Nähe zulassen. Beide können sich noch so schmerzlich nach Intimität sehnen und doch frei von jeglichen Konsequenzen sein. Sie werden einander nie böse sein; sie können einander weiter achten, weil sie keine gemeinsame Zukunft haben.

Pro

Er schafft es am Samstagnachmittag früh nach Hause. Zu seiner Überraschung scheint auf der Welt alles wie immer weiterzugehen. Niemand starrt ihn am Flughafen oder im Bus an. Edinburgh ist unversehrt. Der Haustürschlüssel funktioniert noch. Kirsten ist im Arbeitszimmer und hilft William bei seinen Hausaufgaben. Diese fähige, intelligente Frau, die einen erstklassigen Abschluss an der Universität in Aberdeen erworben hat, die Mitglied in der Royal Institution of Chartered Surveyors ist und täglich mit Budgets in Millionenhöhe umgeht, sitzt mit einem siebeneinhalbjährigen Jungen auf dem Boden, der wie niemand sonst das Kommando über sie hat und es vor Ungeduld kaum abwarten kann, dass sie ein paar Bogenschützen in seiner Fassung der Schlacht von Flodden Field ausmalt.

Rabih hat für jeden ein Geschenk dabei (auf der anderen Seite der Passkontrolle gekauft). Er sagt Kirsten, dass er die Kinder übernehmen, das Abendessen bereiten und sich ums Baden kümmern kann; er meint, dass sie erschöpft sein muss. Ein schlechtes Gewissen ist ein nützlicher Ansporn, besonders zuvorkommend zu sein.

Rabih und Kirsten gehen zeitig zu Bett. Sie ist schon ewig seine erste Anlaufstelle für jegliche Neuigkeit, gleich wie trivial oder gravierend. Entsprechend merkwürdig muss es ihm da vorkommen, im Besitz einer Information zu sein, die zugleich so wichtig ist und doch den üblichen Prinzipien der Offenheit entgegensteht.

Eigentlich wäre es ganz natürlich, damit zu beginnen, wie komisch es war, dass er und Lauren sich zufällig beim Aufzug in die Arme gelaufen sind – zumal er zu diesem Zeitpunkt bei einem Vortrag hätte sein sollen –, und wie rührend er es fand, dass sie nach dem Liebesakt stockend über Krankheit und Tod einer Großmutter erzählte, der sie sich in ihrer Kindheit besonders nahe gefühlt hatte. So behutsam und assoziativ, wie sie sonst die Psychologie von Menschen, die sie auf Partys treffen, oder von der Handlung von Filmen, die sie zusammen ansehen, auseinandernehmen, könnten sie erörtern, wie bewegend und traurig es für Rabih war, sich in Tegel von Lauren zu verabschieden, und wie (etwas) beängstigend, bei der Landung eine SMS von ihr zu erhalten. Es gibt niemanden, mit dem er solche Themen nachklingen lassen könnte, als mit seiner klarsichtigen, wissbegierigen, witzigen und gut beobachtenden Gefährtin auf der Forschungsreise durch das Leben.

Daher ist es gar keine leichte Aufgabe, immer wieder daran zu denken, wie nah er daran ist, eine Tragödie zu entfachen. Esther hat offenbar am nächsten Morgen bei einer Indoor Skipiste einen Termin. Da könnte ihre Geschichte definitiv zu Ende sein, und Wahnsinn und Chaos würden losgehen. Sie müssen das Haus um neun Uhr verlassen, um gegen viertel vor zehn dort zu sein. Er ist sich ganz klar darüber, dass es nur eines Satzes bedarf und alles Geordnete und Zusammenhängende in seinem derzeitigen Leben wäre vorbei: In seinem Gehirn ist ein Stück Information, nur etwa sechs Worte lang, das Haus und Hof zerstören könnte. Ihre Tochter braucht ihre Handschuhe, die in der Kiste auf dem Speicher mit dem Schild »Winterkleidung« liegen. Er fragt sich, welche Fähigkeit das Gehirn hat, sich nichts von dem Dynamit anmerken zu lassen, das es enthält. Dennoch ist er versucht, im Badezimmerspiegel zu überprüfen, ob ihm nicht doch etwas anzusehen ist.

Er weiß genau – denn die Vorstellung ist ihm von der Gesellschaft von früh an eingetrimmt worden –, dass er etwas Falsches getan hat. Tatsächlich sehr falsch. Er ist, in der Sprache der Boulevardpresse, ein Mistkerl, ein Lustmolch, ein Betrüger, ein Verräter. Dennoch fällt ihm auf, dass ihm gar nicht klar ist, was genau die Missetat ist, die er begangen hat. Er macht sich durchaus Sorgen, aber aus Vorsicht, also aus sekundären Gründen – weil er sich wünscht, dass morgen alles wieder gut läuft, und alle weiteren Tage und Jahre. In seinem tiefsten Inneren findet er allerdings keinen Grund zu der Annahme, dass, was sich in dem Berliner Hotelzimmer zugetragen hat, tatsächlich übel ist. Aber dann fragt er sich, ob das vielleicht nur die ewige Ausrede eines Lustmolchs ist.

Durch die Linse der Romantik betrachtet kann es überhaupt keinen größeren Betrug geben. Selbst wer bereit ist, fast jedes andere Verhalten zu billigen, wird Ehebruch

weiter für die wesentliche erschütternde Grenzüber-
schreitung halten, abstoßend in ihrer Verletzung der hei-
ligsten Grundannahmen über die Liebe.

Die erste lautet, dass ein Mensch unmöglich behaupten
kann, einen anderen zu lieben – *und somit auch das ge-*
meinsame Leben wertzuschätzen –, der sich dann davon-
stiehlt und mit jemand anderem Sex hat. Wenn so eine
Katastrophe passieren sollte, kann es nur daran liegen,
dass es von Anfang an keine wahre Liebe war.

Kirsten ist eingeschlafen. Er streicht ihr eine Haarsträhne
aus der Stirn. Er erinnert sich, wie viel deutlicher Laurens
Ohren und ihr Bauch, sogar durch ihr Kleid, auf ihn rea-
gierten. Als sie in der Bar waren, sah schon alles danach
aus, dass zwischen ihnen etwas passieren würde: Es war in
dem Augenblick klar, als sie fragte, ob er oft zu solchen
Konferenzen käme, und er antwortete, dass diese hier ihm
schon jetzt sehr ungewöhnlich vorkäme, und sie warmherzig lächelte. Ihre Direktheit machte eigentlich ihren
Zauber aus. »Das ist schön«, sagte sie, als sie im Bett waren, als würde sie in einem Restaurant eine fremde Speise
kosten. Aber der Verstand hat viele Winkel und eine erstaunliche Fähigkeit, Schutzwälle aufzurichten. In einer
anderen Zone, einer völlig anderen Galaxie, bleibt die Liebe
zu Kirstens bösen Witzen, die sie bei Partys erzählt, zu
dem erstaunlichen Schatz an Gedichten, die sie im Kopf
hat (Coleridge und Burns), zu ihrem Stil, schwarze Röcke
und Strumpfhosen mit Turnschuhen zu tragen, dazu, wie
sie einen verstopften Ausguss wieder durchgängig macht
und weiß, was unter einer Automotorhaube los ist (worin

Frauen besonders gut sind, die in jungen Jahren von ihren Vätern im Stich gelassen wurden). Mit niemandem auf der Welt isst er so gerne zu Abend wie mit seiner Frau, die auch seine beste Freundin ist. Was ihn allerdings nicht daran gehindert hat, nun möglicherweise ihr Leben zu ruinieren.

Eine zweite Annahme: Ehebruch ist nicht etwa nur illoyal. Eine Grenzüberschreitung, die auch Nacktheit impliziert, ist von ganz anderer Art, so die allgemeine Meinung; es ist ein Betrug von katastrophaler und einmaliger Art. Herumzuvögeln ist nicht nur leicht daneben, es ist das Schlimmste, was jemand einem anderen antun kann, den er oder sie angeblich liebt.

Dies ist ganz offensichtlich nicht wirklich das, was Kirsten McLelland vor vielen Jahren in diesem lachsrosafarbenen Standesamt in Inverness unterschrieben hat. Andererseits gab es im Laufe ihrer Ehe viele Dinge, die auch Rabih Khan nicht vorhergesehen hat, einschließlich des heftigen Widerstands seiner Frau gegen seinen Wunsch, wieder in die Architektur zurückzugehen, in erster Linie weil sie nicht wollte, dass dies ihr gemeinsames Einkommen auch nur für ein paar Monate mindern würde; dass sie ihn von vielen seiner Freunde fernhalten würde, weil sie sie »langweilig« fand; wie sie in Gesellschaft anderer auf seine Kosten Witze macht; die Schuld, die sie ihm aufbürdet, wenn die Dinge an ihrem Arbeitsplatz nicht gut laufen, und ihre nervende Besorgtheit in allen Aspekten der Kindererziehung … Solche Geschichten, die ihm durch den Sinn gehen, Vernunftargumente, die einfacher sind, als sich zu fragen, ob er sich nicht selber in seiner Karriere ausgebremst hat oder ob seine Freunde tatsächlich weniger unterhaltsam sind, als er sie mit zweiundzwanzig fand.

Dennoch bezweifelt Rabih, dass die moralische Rechnung nur wegen jener halben Stunde so vollkommen zu seinen Ungunsten aufgeht und er allein deshalb endgültig verdammt ist. Auch wenn ihre Vergehen nicht so offensichtlich provokant sind, haben sie doch etwas genauso Zerstörerisches (wenngleich weniger sichtbar), also, wenn sie nicht richtig zuhört, wenn sie nicht verzeihen kann, wenn sie ihm unfair die Schuld zuschiebt, und wie sie ihn heruntermacht und mit langen Phasen von Gleichgültigkeit straft. Er will nicht die Punkte zählen, aber er ist nicht sicher, dass er auf der Grundlage dieser einzelnen, zugegebenermaßen schwer verletzenden Tat so leicht und endgültig als der Übeltäter des ganzen Stücks gelten sollte.

Eine dritte Annahme: Wahre Liebe bedingt ganz unmittelbar ein Bekenntnis zur Monogamie, die wiederum aus echter Großzügigkeit und einem intimen Interesse am Wohlergehen und an der persönlichen Entfaltung des anderen resultiert. Die Forderung von Monogamie zeigt vor allem, dass beiden Partnern jeweils die Interessen des anderen zutiefst am Herzen liegen.

Für Rabihs neue Art zu denken ist es alles andere als liebevoll oder zugewandt, darauf zu bestehen, dass ein Ehepartner wieder allein in sein Zimmer geht und CNN

schaut und dabei vornübergebeugt auf der Bettkante noch
ein Sandwich essen soll, wenn ihm nur noch ein paar Jahrzehnte auf dem Planeten verbleiben, mit zunehmend an-
geschlagener Gesundheit, einem allenfalls periodischen
Erfolgsnachweis mit dem anderen Geschlecht, und dann
eine junge Frau aus Kalifornien vor ihm steht, die unbedingt ihm zu Ehren ihr Kleid ablegen möchte.

Wenn Liebe als eine echte Sorge für das Wohlergehen
eines anderen definiert werden soll, dann muss sie vereinbar sein mit der Erlaubnis für einen oft angegriffenen und
ziemlich angeschlagenen Ehemann, im achtzehnten Stock
aus dem Aufzug zu steigen, um zehn Minuten mit einer
quasi-Fremden einen verjüngenden Zungenkuss zu genießen. Andernfalls ist es doch eher so, dass, wovon wir reden, nicht wirklich Liebe ist, sondern eher eine Art klein-
geistiger und scheinheiliger Besitzanspruch, der Wunsch,
den Partner glücklich zu machen, unter der ausschließ-
lichen Bedingung, dass man selbst Teil dieses Glücks ist.

*Eine vierte Annahme: Monogamie ist der natürliche Zu-
stand der Liebe. Ein normaler Mensch kann immer nur
einen einzigen anderen Menschen lieben wollen. Monogamie ist ein Indikator für emotionale Gesundheit.*

Rabih fragt sich, ob es nicht kindischer Idealismus ist, alles
in einem anderen Menschen finden zu wollen – jemanden,
der zugleich ein bester Freund, Liebhaber, Mitchauffeur
und Geschäftspartner ist, mit dem man schließlich auch
noch die Elternschaft teilt? Was für ein Rezept für Enttäuschung und Ablehnung geht doch mit diesem Konzept

einher, an dem Millionen sonst perfekt funktionierende Ehen scheitern.

Was wäre natürlicher, als sich gelegentlich zu einem anderen Menschen hingezogen zu fühlen? Wie kann man erwarten, dass jemand in hedonistischen, freigeistigen Kreisen aufwächst, Schweiß und Erregung von Nachtclubs und sommerlichen Parks erlebt, von Sehnsucht und Lust erfüllte Musik hört und dann, nach dem Unterschreiben eines Stücks Papier, auf jedes äußere sexuelle Interesse verzichtet, nicht im Namen eines speziellen Gottes oder eines höheren Gebotes, sondern nur wegen der unbestätigten Annahme, dass es etwas sehr Übles ist? Liegt nicht etwas Unmenschliches, tatsächlich »Übles« darin, sich *nicht* in Versuchung führen zu lassen, nicht zu merken, wie wenig Zeit uns allen zur Verfügung steht und mit welch drängender Neugier wir die einzigartige Physis von mehr als einem Zeitgenossen erforschen sollten? Gegen Ehebruch zu moralisieren heißt, die Berechtigung von allerlei sinnlichen Höhepunkten abzustreiten – Rabih denkt an Laurens Schulterblätter –, die auf ihre Weise genauso viel Bewunderung verdient haben wie leichter akzeptierte Attraktionen wie die letzten Takte von *Hey Jude* oder die Decke im Alhambra Palast. Ist die Ablehnung von möglichem Ehebruch nicht gleichbedeutend mit einer Untreue gegenüber der ganzen Fülle des Lebens? Um die Gleichung auf den Kopf zu stellen: Wäre es vernünftig, jemandem zu vertrauen, der *nicht* unter gewissen Umständen eigentlich ziemlich daran interessiert wäre, untreu zu sein?

Contra

Die SMS-Nachrichten sind anfangs ganz zivil. Ist er sicher nach Hause gekommen? Wie ist es mit ihrem Jetlag? Ein paar berufliche Themen werden auch erwähnt: Hat er den Newsletter nach der Konferenz erhalten? Kennt sie die Arbeiten des Städtebauers Jan Gehl?

Dann, eines Abends, merkt er, wie sein Smartphone vibriert, und er geht ins Badezimmer. Aus Los Angeles schreibt sie, dass es ihr ehrlichgestanden schwerfällt, seinen Schwanz zu vergessen.

Er löscht die Nachricht sofort, nimmt die SIM-Karte heraus und versteckt sie in seinem Reisenecessaire, stopft das Smartphone unter einen Trainingsanzug und geht wieder zu Bett. Kirsten streckt ihre Arme nach ihm aus. Am nächsten Tag, nachdem das Smartphone wieder zusammengesetzt ist, schickt er Lauren eine Antwort aus dem Wäschetrockenraum unter der Treppe: »Danke für eine tolle, wunderbare und großzügige Nacht. Ich werde es nie bereuen. Ich denke an deine Vagina.« Aus diversen Gründen löscht er den letzten Satz vor dem Absenden.

Das »nie bereuen« fühlt sich allerdings, so zwischen trocknenden Handtüchern, doch komplizierter an.

Am nächsten Samstag erhält er in einem Spielwaren-laden im Stadtzentrum, wo er mit William ist, um ein Modellboot zu kaufen, eine E-Mail mit Anhang. Neben einem Regal voller kleiner Segelboote liest er: »Ich liebe deinen Namen, Rabih Khan. Immer, wenn ich ihn laut vor mich hinsage, befriedigt es mich irgendwie. Und es macht mich auch traurig, weil ich jetzt spüre, wie viel Zeit ich mit Männern vergeudet habe, die nicht dieselbe natür-liche und leidenschaftliche Art haben wie ich und die Teile von mir nicht verstehen konnten, in denen ich aber ver-standen werden möchte. Ich hoffe, das angehängte Foto von mir mit meinen Lieblingsschuhen und -strümpfen gefällt dir. Das bin wirklich ich, und ich bin so froh, dass du die gesehen hast und ganz bald wiedersehen wirst.«

William zupft an seinem Jackett. Seine Stimme klingt entsetzt: Das Boot, von dem er seit Monaten schwärmt, ist viel teurer, als er dachte. Rabih merkt, wie er blass wird. Das Selbstportrait zeigt sie im Badezimmer, vor einem großen Spiegel mit dem Kopf zur Seite geneigt, und nur mit Schnürschuhen und gelb-schwarz-gemusterten Knie-strümpfen. Er schlägt William vor, einen Flugzeugträger zu kaufen.

Die SMS bleibt für den Rest des Wochenendes unbeant-wortet. Er hat keine Zeit oder Gelegenheit, vor Montag-abend darauf zurückzukommen, wenn Kirsten bei ihrem Lesekreis ist.

Als er zum Antworten seine E-Mail-App öffnet, sieht er, dass Lauren schon geschrieben hat: »Ich weiß, dass deine Situation schwierig ist, und ich würde nichts tun wollen, was dir Unannehmlichkeiten einbringt – aber ich habe mich in jener Nacht so verletzlich und dumm gefühlt. Normalerweise schicke ich keine Nacktfotos an Männer, die ich kaum kenne. Es hat mich ein wenig verletzt, dass du nicht reagiert hast. Verzeih, dass ich das sage; ich weiß, dass ich kein Recht dazu habe. Ich denke nur ständig an dein freundliches, süßes Gesicht. Du bist ein guter Kerl, Rabih – lass dir von niemanden etwas anderes erzählen. Ich hab dich lieber als ich sollte. Ich wünsche mir, du wärst jetzt in mir.«

Dem Mann mit dem süßen Gesicht erscheinen die Dinge zunehmend kompliziert.

Vielleicht nicht zufällig wird Rabih immer deutlicher bewusst, was für eine gutherzige Frau er hat. Ihm fällt auf, wie viel Mühe sie sich mit fast allem gibt, was sie macht. Jeden Abend verbringt sie Stunden damit, den Kindern bei den Hausaufgaben zu helfen; sie denkt an ihre Diktate, übt mit ihnen die Texte für das Schultheater und näht Flicken auf ihre Hosen. Sie ist Patin eines Waisenkindes mit deformierten Lippen in Malawi. Rabih bekommt eine Entzündung auf der Innenseite seiner Wange, und ungefragt kauft seine Frau eine Heilsalbe und bringt sie ihm an den Arbeitsplatz. Es gelingt ihr ziemlich gut, viel netter zu erscheinen als er, wofür er einerseits extrem dankbar ist, aber auf einer anderen Ebene richtig wütend.

Ihre Großzügigkeit bringt seine Unzulänglichkeit erst richtig zum Vorschein und wird für ihn von Tag zu Tag immer unerträglicher. Sein Benehmen wird immer schlechter. Er fährt sie vor den Kindern an. Er lässt sich Zeit mit dem Abfall und der Bettwäsche. Er wünscht, sie wäre im Gegenzug etwas unausstehlich zu ihm, so dass sie quitt wären, und das würde besser zu seinem Selbstwertgefühl passen.

Spätabends, nachdem sie zu Bett gegangen sind und während Kirsten etwas über die Autoinspektion weitergibt, platzt ihm fast der Kragen.

»Ach, und ich habe die Reifen ausrichten lassen – scheinbar muss man das alle sechs Monate oder so machen lassen«, sagt sie, ohne überhaupt von ihrer Lektüre aufzuschauen.

»Kirsten, warum machst du dir überhaupt diese Mühe?«

»Naja, es könnte ja wichtig sein. Es kann gefährlich sein, es nicht zu tun, hat der Mechaniker gesagt.«

»Du machst einem Angst, echt.«

»›Angst‹?«

»Wie *organisiert* du bist, so eine *Planerin*, so verdammt vernünftig mit allem.«

»›Vernünftig‹?«

»Alles ist hier zutiefst sinnvoll, rational, durchdacht, kontrolliert – als gäbe es einen Zeitplan von jetzt bis zu unserem Tod.«

»Ich verstehe dich nicht«, sagt Kirsten. Sie sieht völlig verwirrt aus. »Kontrolliert? Ich habe den Wagen richten lassen, und plötzlich bin ich der Bösewicht in einer antibürgerlichen Erzählung, die dir durch den Kopf schwirrt?«

»Stimmt, du hast recht. Du hast immer recht. Ich frage mich, warum du mir so genial das Gefühl vermitteln kannst, dass ich der Verrückte bin, das Ekel. Ich kann nur sagen, alles ist hier perfekt geordnet.«

»Ich dachte, du willst Ordnung.«

»Dachte ich auch.«

»›Dachte‹, Vergangenheit?«

»Es ist hier allmählich wie tot. Langweilig sogar.« Er kann sich nicht bremsen. Wie unter Zwang sagt er die schlimmsten Sachen, versucht, die Beziehung zu zerstören, um zu sehen, ob sie echt und vertrauenswürdig ist.

»Du formulierst das nicht sonderlich nett. Und ich finde nicht, dass irgendetwas hier langweilig ist. Schön wär's wenn.«

»Ist es aber. *Ich bin* langweilig geworden. Und du auch, falls es dir noch nicht aufgefallen ist.«

Kirsten starrt gerade vor sich hin, ihre Augen größer als sonst. Sie erhebt sich mit ruhiger Würde vom Bett, den Finger noch immer in dem Buch, das sie gerade liest, und verlässt das Zimmer. Er hört, wie sie die Treppe hinuntergeht und dann die Wohnzimmertür hinter sich schließt.

»Wie schaffst du es nur, mir immer solche verdammten Schuldgefühle zu machen für alles, was ich tue?«, ruft er ihr nach. »Heilige Scheiß-Kirsten …« Und er stampft so heftig mit dem Fuß auf den Boden, dass seine Tochter im Zimmer darunter aufwacht.

Nachdem er zwanzig Minuten mit Grübeln zugebracht hat, folgt er Kirsten nach unten. Sie sitzt in einem Sessel neben der Lampe, mit einer Decke um die Schultern. Sie schaut nicht auf, als er hereinkommt. Er setzt sich aufs Sofa und legt den Kopf in die Hände. Nebenan in der Küche gibt der Kühlschrank ein hörbares Schütteln von sich, als der Thermostat den Motor in Gang setzt.

»Du meinst, das ist lustig für mich, das alles, stimmt's?«, sagt sie schließlich, immer noch, ohne ihn anzusehen. »Die besten Teile meiner Karriere zu verschleudern, um zwei hübsche Kinder, die mich ständig erschöpfen und verrückt machen, und einen ach-so-interessanten Ehemann an der Kippe zum Nervenzusammenbruch zu managen? Meinst du, davon habe ich geträumt, als ich mit fünfzehn Germaine Greers verdammtes *Der weibliche Eunuch* gelesen habe? Ist dir klar, mit wie viel Unsinn ich meinen Kopf den ganzen Tag vollstopfen muss, bloss damit dieser Haushalt funktioniert? Während du nichts Besseres zu tun hast, als irgendeinen obskuren Groll zu hegen, dass ich dich angeblich gehindert habe, dein Talent als Architekt voll zu entfalten – während die Wahrheit ist, dass es dir viel mehr um Geld geht als mir, außer dass du es nützlich findest, mir die Schuld zu geben, um dich selber in Sicherheit zu wiegen. Aber es ist immer so viel einfacher, wenn es *meine* Schuld ist. Ich möchte dich um eines bitten und nur darum – dass du respektvoll mit mir umgehst. Mir ist es gleichgültig, was du für Tagträume hast oder was du treibst, wenn du deiner Wege gehst, aber ich werde *nicht* dulden, dass du mich rücksichtslos behandelst. Du meinst, nur du allein bist ab und zu gelangweilt von all dem? Lass dir gesagt sein, ich bin auch nicht immer begeistert davon. Falls es dir noch nicht aufgefallen ist, es gibt Zeiten, da fühle ich mich selber etwas unbefriedigt – und ich will definitiv nicht, dass *du mich* kontrollierst, genau wie du das umgekehrt auch nicht willst.«

Rabih starrt sie an, erstaunt über das Ende ihrer Rede.

»›Kontrollieren‹, echt?« fragt er. »Das ist eine komische Wortwahl.«

»Du hast es als Erster gebraucht.«

»Habe ich nicht.«

»Doch, im Schlafzimmer, du hast gesagt, hier sei alles sinnvoll und kontrolliert.«

»Hab ich bestimmt nicht.« Rabih hält inne. »Hast du etwas getan, wobei ich dich kontrollieren sollte?«

Der Herzschlag ihrer Beziehung, der seit dem Nachmittag im Botanischen Garten ununterbrochen geschlagen hat, scheint innezuhalten.

»Ja, ich vögele alle Männer im Team, jeden einzelnen. Ich bin froh, dass du endlich fragst, ich dachte, das würdest du nie. Wenigstens *sie* können mit mir rücksichtsvoll umgehen.«

»Hast du eine Affäre?«

»Sei doch nicht lächerlich. Ich gehe mit ihnen gelegentlich zum *Lunch*.«

»Mit allen gleichzeitig?«

»Nein, Herr Detektiv, lieber mit einem nach dem anderen.«

Rabih ist über dem Tisch zusammengesackt, der mit den Hausaufgaben der Kinder übersät ist. Kirsten geht an der Speisekammer vorbei, an der ein großes Foto von ihnen zu viert in unvergesslich schönen Ferien in der Normandie haftet.

»Mit wem von ihnen gehst du zum Lunch?«

»Warum spielt das eine Rolle? Also gut: mit Ben McGuire zum Beispiel in Dundee. Er hat die Ruhe weg, er geht gern wandern, er findet es offenbar nicht so furchtbar verwerflich, dass ich ›vernünftig‹ bin. Jedenfalls, um auf den eigentlichen Punkt zurückzukommen, wie kann ich mich klarer ausdrücken? Nett zu sein ist nicht langweilig; es ist eine enorme Errungenschaft, die neunundneunzig Prozent der Menschheit von Tag zu Tag nicht hinbekommt. Wenn ›nett‹ langweilig ist, dann ist mir langweilig lieber. Ich wünsche, dass du mich nie wieder vor den Kindern so anschreist wie gestern. Ich kann Männer, die schreien, nicht ausstehen. Daran ist nichts Attraktives. Ich dachte, es wäre dir so wichtig, dass du nicht schreist.«

Kirsten steht auf und holt sich ein Glas Wasser.

Ben McGuire. Der Name kommt ihm bekannt vor. Sie hat ihn schon einmal erwähnt. Sie ist einmal für einen Nachmittag nach Dundee gefahren – wann war das? Vor drei Monaten vielleicht? Da fand irgendein Ratstreffen statt, sagte sie damals. Wie kann dieser McGuire Typ es wagen, seine Frau zum Lunch einzuladen? Hat er vollkommen den Verstand verloren? Und sogar ohne Rabih um Erlaubnis zu bitten, die er sicher nicht gegeben hätte?

Er beginnt sein Verhör nochmals: »Kirsten, hast du mit Ben McGuire etwas getan, oder hat er irgendwie geäußert, dass er dir gerne in irgendeiner Weise etwas antun möchte – oder sollte ich sagen *mit* dir tun?«

»Komm mir nicht mit diesem komischen, abgehobenen, juristischen Ton, Rabih. Meinst du, ich würde mit dir so reden, wenn ich etwas zu verbergen hätte? Nur weil jemand mich attraktiv findet, bin ich nicht so narzisstisch, dass ich sofort Striptease mache. Aber wenn jemand mich tatsächlich toll findet und wenn er bemerkt, dass ich mir die Haare habe schneiden lassen, oder wenn ihm gefällt, was ich anhabe, mache ich ihm das auch nicht zum Vorwurf. Es ist ja wohl kein Wunder, dass ich keine Jungfrau bin. Du wirst wissen, dass sehr wenige Frauen in meinem Alter das heutzutage sind. Es ist wahrscheinlich Zeit, dass du dich damit abfindest, dass deine Mutter nicht die Madonna war, die in deiner Phantasie weiterlebt. Was meinst du, was sie mit ihren Abenden angefangen hat, als sie alleine um die Welt geflogen ist – ausgewählte Passagen aus der Bibel in ihrem Hotelzimmer lesen? Gleich was es war, ich hoffe für sie, es war wunderbar und ihre Liebhaber haben sie angehimmelt – und ich bin froh, dass sie so taktvoll war, dich nie in dergleichen hineinzuziehen. Gott hab' sie selig. Außer, dass sie dir, ohne ihr eigenes Verschulden, ein paar verquere Ansichten über Frauen mit auf den Weg gegeben hat. Ja, Frauen haben tatsächlich eigene Bedürfnisse, und manchmal, selbst wenn sie einen Ehemann haben, den sie lieben, und gute Mütter sind, wünschen sie sich, dass jemand Neues und Unbekanntes sie bemerkt und sie sehnlichst begehrt. Was nicht bedeutet, dass sie nicht jeden Tag das Sinnbild einfühlsamer Sorge abgeben und darüber nachdenken, welche gesunden Snacks sie ihren Kindern in die Lunchbox packen können. Manchmal glaubst du offenbar, dass du hier der Einzige bist, der ein Seelenleben hat. Aber deine ganzen zarten Gefühle sind am Ende ganz normal und keine Anzeichen von Genie. Das genau ist Ehe, und das haben wir unterschrieben, beide, fürs Leben, offenen Auges. Ich habe vor, damit loyal umzugehen, soweit ich kann, und ich hoffe, du auch.«

Damit verstummt sie. Auf der Kommode neben ihr steht eine große Tüte Mehl, aus dem Schrank geholt in Vorbereitung des Kuchens, den sie am nächsten Tag mit den Kindern backen will. Sie starrt einen Augenblick darauf.

»Und was deinen Vorwurf angeht, dass ich nie etwas

Verrücktes tue …« Die Mehltüte ist auf der anderen Zimmerseite, ehe er ein Wort sagen kann, schlägt mit solcher Wucht gegen die Wand, dass sie zu einer weißen Wolke explodiert, die erstaunlich lange braucht, um sich auf dem Esstisch und den Stühlen zu verteilen.

»Du dummer, verletzender, unfähiger Mann – war dir das verrückt genug? Vielleicht hast du beim Saubermachen Zeit, daran zu denken, wie viel Spaß Hausarbeit macht. Und bitte, nenne mich nie, *nie wieder* langweilig.«

Sie geht wieder nach oben, und Rabih kniet sich mit Kehrschaufel und Besen nieder. Das Mehl hat sich überall verteilt: fast eine ganze Rolle Küchenpapier ist nötig, vorsichtig befeuchtet, um das meiste davon vom Tisch zu wischen, von den Stühlen und von den Ritzen in den Fliesen, und selbst dann ist ihm klar, dass man noch wochenlang Spuren von diesem Ereignis sehen wird. Während er damit beschäftigt ist, erinnert er sich auch daran, und zwar wie schon lange nicht mehr, dass er aus gutem Grund gerade diese Frau geheiratet hat.

Da ist der (irrtümliche) Gedanke umso schmerzlicher, dass er sie an einen Kollegen vom Dundee Council verloren hat – und dies erst recht in einem Moment, da er auf keinem festen Fuß steht und ihm keine moralische Autorität zusteht. Ja, er weiß, dass er eine lächerliche Figur abgibt, aber trotzdem schwirrt ihm der Kopf. Wie lange geht das hier schon mit dem Ehebruch? Wie oft sind sie zusammen gewesen? Wo treiben sie es? Im Auto? Er muss es daraufhin am nächsten Morgen mal genau untersuchen. Ihm ist übel. Sie ist von Natur aus so verschlossen und diskret, dass sie ein ganzes zweites Leben führen könnte, denkt er, ohne dass er eine Ahnung hätte. Er wüsste gar nicht, wie er ihre Mails abfangen oder ihr Telefon abhören sollte. Gehört sie wirklich zu einem Lesekreis? Als sie letzten Monat sagte, sie würde ihre Mutter besuchen, war sie da tatsächlich unterwegs zu einem Wochenende mit ihrem Liebhaber? Was ist mit dem »Kaffeetrinken«, zu dem sie samstags manchmal geht? Vielleicht gibt es ein Abhörgerät, das er in ihrem Mantel anbringen kann. Er ist zugleich maßlos wütend und völlig fassungslos. Seine Frau ist kurz davor, ihn zu verlassen, oder sie hat vor, dazubleiben, aber wird dann für immer kalt und unfreundlich mit ihm umgehen. Ihm fehlt ihr gemeinsames Leben von früher so sehr, als zwischen ihnen nur (so sagt er sich voll überzeugt) Ruhe, Loyalität und Stabilität herrschte. Er wünscht sich, wie ein Baby in ihren Armen gewiegt zu werden und die Uhr zurückzudrehen. Er dachte, sie würden einen ruhigen Abend haben; und jetzt hat sich alles erledigt.

Reif zu sein bedeutet, so hat man uns beigebracht, über Besitzansprüche hinauszugehen. Eifersucht ist etwas für Kleinkinder. Ein reifer Mensch weiß, dass niemand einen anderen besitzen kann. So haben es uns die klugen Leute von Kindesbeinen an gesagt: Lass Jack mit deinem Feuerwehrauto spielen, es ist immer noch deines, wenn er es einmal haben darf. Hör auf, dich auf den Boden zu werfen und deine kleinen geballten Fäuste vor Wut in den Teppich zu rammen. Deine kleine Schwester ist vielleicht Daddys Liebling. Aber du bist auch Daddys Liebling. Liebe ist nicht wie ein Kuchen, wenn du einem Menschen Liebe gibst, heißt das nicht, dass für andere weniger da ist. Liebe vermehrt sich mit jedem neuen Baby in der Familie.

Später ist dieses Argument im Kontext von Sexualität erst recht sinnvoll. Warum würdest du schlecht von einem Partner denken, wenn er für eine Stunde weggeht und einen begrenzten Teil seines Körpers an einem Fremden reibt? Schließlich würde es dich auch nicht wütend machen, wenn er mit jemandem Tennis spielt, den du nicht kennst, oder in eine Meditationsgruppe geht, wo sie sehr persönlich über ihr Leben reden, stimmt's?

Rabih hört nicht auf, immer wieder bestimmte Fragen zu stellen: Wo war Kirsten letzten Donnerstagabend, als er sie anrufen wollte und niemand sich meldete? Wen will sie mit ihren neuen schwarzen Schuhen beeindrucken? Warum bekommt er, wenn er »Ben McGuire« in die Suchfunktion ihres Laptops eingibt (was er heimlich im Badezimmer tut), nur uninteressante arbeitsbezogene E-Mails zwischen den beiden? Wie und wo korrespondieren sie sonst? Haben sie geheime E-Mail-Konten eingerichtet? Skypen sie? Oder nutzen sie eine neue Verschlüsselung? Und die wichtigste und blödeste Frage von allen: Wie ist er im Bett?

Das Dumme an Eifersucht ist, dass jeder in moralisierender Stimmung dazu neigt. Die Worte könnte man sich sparen. Wie unerquicklich und schier dumm Eifersuchtsattacken sein mögen, sie sind unumgänglich: Wir sollten akzeptieren, dass es uns um den Verstand bringt, wenn wir erfahren, dass der Mensch, den wir lieben und auf den

222

wir uns verlassen, die Hand, oder gar die Lippen von je-
mand anderem berührt hat. Natürlich ist das Unsinn –
und widerspricht vollkommen den ganz nüchternen und
loyalen Gedanken, die uns in der Vergangenheit, wenn
wir einmal jemanden betrogen haben, durch den Kopf ge-
gangen sein mögen. Aber hier sind wir nicht für Vernunft
zu haben. Man sollte klug genug sein zu merken, wann
Weisheit einfach keine Option ist.

Er versucht bewusst, langsamer zu atmen. Man könnte
meinen, er sei wütend, aber in seinem Herzen ist er verstört. Er versucht es mit einer Methode, von der er in
einem Magazin einmal gehört hat: »Man stelle sich mal
vor, was es für Kirsten bedeutete, wenn sie *tatsächlich* ein
paar Erlebnisse mit Ben hatte. Was hat es bedeutet, als ich
mit Lauren zusammen war? Wollte *ich* Kirsten im Stich
lassen? Definitiv nicht. Also wollte sie mich aller Wahr-
scheinlichkeit nach, als sie mit Ben zusammen war, auch
nicht verlassen. Sie fühlte sich wahrscheinlich einfach
übersehen und verletzlich und brauchte eine sexuelle Bestätigung – sie hat mir ja schon gesagt, dass sie diese Dinge
braucht, und ich brauche sie auch. Was auch immer sie getan hat, ist vermutlich nicht schlimmer, als was in Berlin
passiert ist, was eigentlich gar nicht so schlimm war. Ihr
zu verzeihen würde bedeuten, mit denselben Impulsen
klarzukommen, die ich auch gehabt habe, und zu merken,
dass sie bei ihr auch genauso wenig die Feinde unserer Ehe
oder unserer Liebe waren wie bei mir.«

Das klingt sehr logisch und edel. Doch das macht nicht
den geringsten Unterschied. Er lernt allmählich, was »gut

sein« impliziert, nicht auf die normale Art aus zweiter Hand, vom Zuhören einer Predigt oder pflichtbewussten Befolgen sozialer Sitten aus Mangel an Alternativen oder aus einem passiven, kleinmütigen Respekt vor Tradition. Er wird auf die authentischste und effektivste Art allmählich ein etwas besserer Mensch: indem er in seinem Inneren die Langzeitfolgen schlechten Benehmens nachvollziehen kann.

Solange wir die Loyalität von anderen genießen dürfen und uns dieser Tatsache gar nicht bewusst sind, fällt Gelassenheit gegenüber Ehebruch leicht. Nie betrogen worden zu sein bietet keine gute Voraussetzung, treu zu bleiben. Mehr Loyalität entwickeln wir erst dann, wenn wir uns phasenweise völlig verstört, verletzt und kurz vor dem Kollaps fühlen und durch diese Episoden gewissermaßen immunisiert sind. Erst dann kann das Gebot, unseren Ehepartner nicht zu betrügen, von einem Gemeinplatz zu einem gültigen moralischen Imperativ werden.

Inkompatible Begierden

Er sehnt sich in erster Linie nach Sicherheit. Die Sonntag-
abende im Winter sind irgendwie immer besonders ge-
mütlich, wenn sie zu viert um den Tisch sitzen und Kirstens Pasta essen, William kichert, Esther singt. Draußen
ist es dunkel. Rabih isst sein deutsches Lieblingsschwarz-
brot. Hinterher spielen sie eine Runde Monopoly, danach
gibt es eine Kissenschlacht, ein Bad, eine Geschichte und
dann ist Schlafenszeit für die Kinder. Kirsten und Rabih
gehen auch ins Bett, um einen Film zu sehen; sie halten
unter der Decke Händchen, wie in ihren Anfängen, und
ansonsten folgt beim Abspann nur noch ein fast peinliches
Küsschen auf den Mund, und zehn Minuten später schlafen beide tief und fest.

Doch er sehnt sich auch nach Abenteuer. Halb sieben an
jenen seltenen, perfekten Sommerabenden in Edinburgh,
wenn die Straßen nach Diesel, Kaffee, gebratenem Essen,
heißem Teer und Sex riechen. Auf den Bürgersteigen ist
ein dichtes Gedränge von Leuten in bunten Baumwoll-
kleidern und lässigen Jeans. Jeder Vernünftige strebt nach
Hause; aber den Übrigen verspricht die Nacht Wärme,
Intrige und Unheil. Eine junge Frau in einem engen Top

geht vorbei (vielleicht eine Studentin oder eine Touristin) und lächelt vertraulich, und eine Sekunde lang scheint alles greifbar. In den nächsten Stunden werden die Menschen in Bars und Diskotheken gehen, schreien, um sich durch das Dröhnen der Musik Gehör zu verschaffen, und unter Alkohol und Adrenalin werden sie im Halbdunkel mit Fremden eng umschlungen stehen. Rabih wird in fünfzehn Minuten zu Hause erwartet, um das Baden der Kinder zu übernehmen.

Das Schicksal will es, dass unser romantisches Leben elend und unvollständig ist, weil wir von zwei Bedürfnissen getriebene Wesen sind, die uns mit Macht in ganz entgegengesetzte Richtungen treiben. Doch noch schlimmer ist, dass wir uns gegen alle Vernunft weigern, diesen Widerspruch auszuhalten, und uns der naiven Hoffnung hingeben, irgendwie könnten wir beides miteinander verbinden, ohne dass es uns teuer zu stehen käme: dass der Freigeist sich dem Abenteuer hingeben kann und dennoch Einsamkeit und Chaos umgeht. Oder dass der verheiratete Romantiker Sex mit Zärtlichkeit und Leidenschaft mit Routine vereinbaren kann.

Lauren fragt Rabih per SMS, ob sie sich online unterhalten können. Sie möchte ihn hören und am liebsten auch wiedersehen: Worte allein bringen es einfach nicht.

Es dauert zehn Tage, ehe Kirsten abends etwas außer Hause vorhat. Die Kinder halten ihn auf Trab, bis es Zeit ist, und dann muss er wegen einer schlechten WLAN-Verbindung für den Anruf in der Küche bleiben. Er hat schon mehrmals sichergestellt, dass Esther und William nicht etwa ein Glas Wasser wollen, aber trotzdem dreht er sich alle paar Minuten zur Tür um, für den Fall der Fälle.

Er hat noch nie FaceTime benutzt, und es dauert etwas, bis er es eingerichtet hat. Zwei Frauen verlassen sich gerade in unterschiedlicher Weise auf ihn. Nach ein paar Minuten und drei Passwörtern ist Lauren plötzlich da, als hätte sie die ganze Zeit innen im Computer gewartet.

»Ich vermisse dich«, sagt sie spontan. In Südkalifornien ist sonniger Morgen.

Sie sitzt in ihrer Wohnküche, in einem lässigen blaugestreiften Top. Ihre Haare sind frisch gewaschen. Ihre Augen wirken lebhaft und zum Scherzen aufgelegt.

»Ich habe gerade Kaffee gemacht, möchtest du auch einen?«, fragt sie.

»Klar, und Toast.«

»Du magst ihn mit Butter, soweit ich mich erinnere? Kommt sofort.«

Der Bildschirm flimmert einen Moment. So werden Liebesaffären laufen, wenn wir den Mars kolonisiert haben, denkt er.

Verliebtheit ist Verblendung. Wie der andere den Kopf hält, deutet darauf hin, dass jemand selbstsicher, ironisch und empfindsam ist: Vielleicht hat er wirklich den Humor und die Intelligenz, die die Augen vermitteln, und die Zärtlichkeit, die der Mund erahnen lässt. Der Irrtum der Verliebtheit ist subtiler: nämlich die essentielle Wahrheit des menschlichen Wesens nicht zu bedenken, die besagt, dass jeder, nicht nur unser derzeitiger Partner, für dessen vielfältige Fehler wir Experten sind, sondern jeder, *mit dem wir mehr Zeit verbringen, in seinem Innersten bezüglich des Wesentlichen zum Wahnsinn neigt, und zwar in einem Maße, dass es den verzückten Gefühlen, die uns anfangs überfielen, nur noch hohnspricht.*

Die einzigen Menschen, die uns normal erscheinen, sind diejenigen, die wir nicht gut kennen. Das beste Mittel gegen die Liebe ist, den Betreffenden besser kennenzulernen.

Als das Bild wieder steht, bemerkt er in einer hinteren Ecke ein Wäschegestell, auf dem ein paar Socken zum Trocken aufgehängt sind.

»Übrigens, wo ist die Taste auf diesem Ding für ›den Geliebten berühren‹?«, fragt sie sich laut.

Er ist ihr ziemlich ausgeliefert. Sie müsste nur die E-Mail seiner Frau auf der Website des Stadtrats von Edinburgh raussuchen und ihr eine Zeile schreiben.

»Bei mir ist sie gleich hier«, antwortet er.

In einer Sekunde eilen seine Gedanken voraus in eine mögliche Zukunft mit Lauren. Er stellt sich vor, wie er mit ihr in L.A. in dieser Wohnung leben würde, nach der Scheidung. Sie würden sich auf der Couch lieben, er würde sie in seinen Armen wiegen, sie würden lange aufbleiben und über ihre Verletzlichkeiten und Sehnsüchte reden und nach Malibu fahren, um in einem kleinen Restaurant am Meer, das sie kennt, Shrimps zu essen. Aber sie müssten auch die Wäsche wegbringen, überlegen, wer die Sicherungen repariert, und wären sauer, wenn keine Milch mehr im Kühlschrank ist.

Zum Teil will er nicht, dass es mit dieser Affäre weitergeht, weil er sie so mag. Er weiß selber gut genug, wie unglücklich er sie am Ende machen würde. Im Lichte dessen, was er über sich und den Lauf der Liebe weiß, ist ihm klar, dass er einem Menschen, den er sehr liebhat, schleunigst aus dem Weg gehen sollte.

Ehe: letztlich eine zutiefst merkwürdige Lieblosigkeit, die man niemandem antun sollte, der einem viel bedeutet oder den man angeblich liebt.

»Ich vermisse dich«, sagt sie.

»Ich dich auch. Ich schaue mir gerade deine Wäsche da hinter dir an. Die ist richtig hübsch.«

»Du gemeiner und perverser Kerl!«

Diese Liebesgeschichte fortzusetzen – eine logische Folge seiner Begeisterung – wäre in der Realität am Ende das Egoistischste und Liebloseste, was er Lauren antun könnte, einmal ganz abgesehen von seiner Frau. Wahre Großzügigkeit, so wird ihm klar, bedeutet, die Bewunderung zuzulassen, das Bedürfnis nach Dauer zu durchschauen und sich dann zu trennen.

»Übrigens, was ich sagen wollte …«, hebt Rabih an.

Während er über seine Befürchtungen spricht, bleibt sie geduldig trotz seines Stockens und seiner Neigung zu »Zuckerguss wie im Mittleren Osten«, wie sie es nennt, witzelt darüber, nun als Geliebte gefeuert zu werden, aber bleibt gütig, fair, verständnisvoll, und vor allem freundlich.

»Es gibt nicht viele Menschen wie dich auf der Welt«, sagt er abschließend und meint es wirklich so.

Was ihn in Berlin bewegte, war die plötzliche Hoffnung, ein paar Eheproblemen aus dem Weg zu gehen, durch einen neuen, aber überschaubaren Ausflug in das Leben eines anderen Menschen. Doch jetzt merkt er, dass solche Hoffnungen nur sentimentaler Unsinn sind und am Ende eine Quälerei, bei der alle Betroffenen schlecht wegkommen und verletzt werden. Eine saubere Einigung, bei der nichts verlorengeht, ist gar nicht denkbar. Abenteuer und Sicherheit sind unvereinbar, das sieht er jetzt ein. Eine Liebesehe und Kinder sind das Ende erotischer Spontaneität; und eine Affäre ist das Ende einer Ehe. Der Mensch kann nicht zugleich ein Freigeist und ein verheirateter Romantiker sein, gleich wie verlockend beide Vorstellungen sein mögen. Er spielt den Verlust nicht herunter. Sich von Lauren zu verabschieden bedeutet, seine Ehe zu retten, aber auch, sich eine beachtliche Quelle von Zärtlichkeit und Freude zu versagen. Weder der Lustmolch noch der treue Gatte macht es richtig. Es gibt keine Lösung. Er ist in Tränen aufgelöst, er schluchzt verzweifelt wie seit Jahren nicht mehr; darüber, was er verloren und was er gefährdet hat und wie schwer ihm die Wahl gefallen ist. Er hat gerade noch genug Zeit, sich zu beruhigen, als sich der Schlüssel im Schloss dreht und Kirsten in die Küche kommt.

Die folgenden Wochen werden sich als eine Mischung aus Erleichterung und Melancholie erweisen. Seine Frau wird ihn mehrfach fragen, ob ihm etwas fehlt, und nach dem zweiten Mal wird er sich sehr bemühen, sich besser zu benehmen, damit sie ihn nicht noch einmal fragen muss.

Melancholie ist definitiv keine Krankheit, die behandelt werden muss. Es ist eher eine intelligente Art zu trauern, wenn wir mit der Gewissheit konfrontiert werden, dass das Drehbuch von Anfang an Enttäuschung vorgesehen hat.

Wir stehen damit nicht alleine da. Jemanden zu heiraten, selbst den noch so passenden Menschen, heißt letztlich zu wählen, für welche Kombination von Leiden wir uns aufopfern möchten.

In einer idealen Welt würden Ehegelöbnisse ganz neu geschrieben. Am Altar würde ein Paar folgende Worte sprechen: »Wir versichern, in ein paar Jahren, wenn uns rückblickend das heutige Ereignis als die schlechteste Entscheidung unseres Lebens erscheint, nicht in Panik zu geraten. Doch wir versprechen auch, nicht zurückzuschauen, weil wir akzeptieren, dass es keine besseren Optionen gibt. Jeder ist letztlich als Partner unmöglich. Wir sind eine verrückte Spezies.«

Nachdem die Gemeinde den letzten Satz bedächtig wiederholt, fährt das Paar fort: »Wir werden unser Bestes tun, treu zu sein. Zugleich sind wir uns sicher, dass nicht mit jemand anderem schlafen zu dürfen, eine der Tragödien des Lebens ist. Wir bedauern, dass unsere Eifersucht diese merkwürdige, aber strikte und nicht verhandelbare Einschränkung erforderlich macht. Wir versprechen, uns unser Bedauern gegenseitig zum Ausdruck zu bringen, statt es durch ein Don-Juan-Leben zu kompensieren. Wir haben uns die verschiedenen Varianten von Unglück angesehen, und jetzt sind wir entschieden, uns zu binden.«

Betrogene Ehepartner hätten nicht mehr die Freiheit,

wütend zu beklagen, sie hätten von ihrem Partner erwar-
tet, mit ihnen allein zufrieden *zu sein. Stattdessen wür-*
den sie genauer und zu Recht ausrufen: »*Ich habe mich*
darauf verlassen, dass du loyal gegenüber den Kompro-
missen und dem Unglück bist, so wie sie sich in unserer
hart erkämpften Ehe widerspiegeln.«

Demnach wäre eine Affäre nicht ein Verrat an Lust
und Intimität, sondern am gegenseitigen Versprechen,
die Enttäuschungen der Ehe mit Tapferkeit und stoischer
Haltung hinzunehmen.

Geheimnisse

Keine Beziehung kommt ohne ein Bekenntnis zu rückhaltloser Vertrautheit zustande. Aber um die Liebe zu bewahren, müssen Partner unbedingt lernen, manche Gedanken für sich zu behalten.

Wir plädieren immer so für Offenheit, dass wir die Tugend der Höflichkeit aus dem Blick verlieren; das Bemühen, uns nahestehende Menschen nicht immer mit der ganzen Wucht unserer verletzenden Seiten zu konfrontieren.

Verdrängung, ein gewisses Maß an Zurückhaltung und eine Bereitschaft zu Selbstzensur gehören ebenso zur Liebe wie die Fähigkeit zu offenem Geständnis. Wer keine Geheimnisse haben kann, wer um der Ehrlichkeit willen dem anderen derart verletzende Inhalte zumutet, dass sie unvergesslich bleiben müssen, der hat nicht begriffen, was wahre Liebe ist. Und wenn wir vermuten (was wir tun sollten, wenn wir in einer guten Beziehung leben), dass unser Partner auch lügt (woran sie denkt, wie er unsere Arbeit beurteilt und wo sie gestern Abend war ...), dann täten wir gut daran, uns nicht als gerissenen und gnadenlosen Inquisitor aufzuspielen. Es ist liebevoller,

weiser und mehr im Sinne wahrer Liebe, so zu tun, als
merkten wir nichts.

Für Rabih gibt es keine Alternative, als zu verschweigen, was sich in Berlin ereignet hat. Da hat er keine andere Wahl, weil er weiß, dass die Wahrheit zu sagen in einem noch höheren Maße die Unwahrheit wäre: Dies würde völlig unzutreffend unterstellen, er würde Kirsten nicht mehr lieben oder auch, man könne ihm in keinem Lebensbereich mehr trauen. Die Wahrheit gefährdet die Beziehung weitaus mehr als die Unwahrheit.

Infolge der Affäre kommt Rabih zu einer anderen Meinung zum Sinn der Ehe. Als junger Mann hielt er sie für die Weihe einer besonderen Palette an Gefühlen: Zärtlichkeit, Begehren, Begeisterung, Sehnsucht. Doch jetzt begreift er, dass sie zugleich im selben Maße eine Institution ist, die über all die Jahre standhalten soll, ohne je eine flüchtige Gefühlsschwankung der Beteiligten zu berücksichtigen. Sie hat ihre Berechtigung in ausgeglicheneren und dauerhafteren Phänomenen als Gefühlen: in einem grundsätzlichen Bekenntnis, das immun ist gegen spätere Revisionen, und vor allem in Kindern, denen gemäß ihrer Konstitution die alltäglichen Befriedigungen derer, die sie erschaffen haben, gleichgültig sind.

Die längste Zeit der dokumentierten Geschichte sind die
Menschen verheiratet geblieben, weil sie unbedingt den
gesellschaftlichen Erwartungen entsprechen wollten, Hab
und Gut zu schützen hatten und den Zusammenhalt ihrer
Familien bewahren wollten. Dann setzte sich allmählich

*ein ganz anderer Standard durch: Man meinte, Paare
sollten nur so lange zusammenbleiben, wie die Gefühle
zwischen ihnen noch lebendig seien – Gefühle von Verliebtheit, Begehren und Erfüllung. In dieser neuen romantischen Ordnung konnten die Ehepartner wieder getrenn-
ter Wege gehen, wenn die eheliche Routine unerträglich
war, wenn die Kinder ihnen auf die Nerven gingen, der
Sex nicht mehr verführerisch war oder einer von beiden
sich in letzter Zeit ab und zu einmal etwas unglücklich
fühlte.*

Je mehr Rabih bewusst wird, wie chaotisch und richtungs-
los seine Gefühle sind, umso mehr leuchtet ihm die Vorstellung von der Ehe als einer Institution ein. Bei einer
Konferenz kann er eine attraktive Frau erspähen und ih-
retwegen alles wegwerfen, nur um zwei Tage später zu
merken, dass er lieber tot wäre als ohne Kirsten. Oder er
mag sich an einem langen verregneten Wochenende wünschen, dass seine Kinder erwachsen wären und ihn bis ans
Ende seiner Tage in Ruhe ließen, damit er in Frieden seine
Zeitschrift lesen kann – und dann zieht sich am Tag danach im Büro sein Herz vor Schmerz zusammen, weil
ein Meeting länger zu dauern droht und er eine Stunde
zu spät nach Hause kommt, um die Kinder ins Bett zu
bringen.

Vor einem solchen flirrenden Hintergrund wird ihm
klar, wie wichtig die Kunst der Diplomatie ist, der Disziplin, nicht immer zu sagen, was man denkt, und nicht immer zu tun, was man will, zugunsten größerer und strate-
gischerer Ziele.

Rabih ist sich der widersprüchlichen, sentimentalen und hormonellen Kräfte bewusst, die ihn ständig in hundert verrückte und wenig überzeugende Richtungen zerren. Wollte er alle ernst nehmen, würde er niemals ein zusammenhängendes Leben führen. Er weiß, dass er nie im Leben wirklich weiterkommen wird, wenn er nicht wenigstens manchmal aushalten kann, innerlich unbefriedigt und nach außen unaufrichtig zu sein – wenn auch nur im Hinblick auf solch vorübergehende Gefühle wie den Wunsch, die Kinder loszuwerden oder wegen eines One-Night-Stands mit einer amerikanischen Stadtplanerin mit fabelhaft attraktiven grau-grünen Augen seine Ehe zu beenden.

Rabih würde seinen Gefühlen zu viel Bedeutung beimessen, wenn sie immer wie Leitsterne sein Leben bestimmen sollten. Mit seiner chaotischen sexuellen Disposition braucht er Grundprinzipien, an denen er sich in seinen kurzen Anfällen von Rationalität festklammern kann. Er weiß, wie dankbar er sein kann, dass seine äußeren Umstände manchmal nicht dem entsprechen, was in seinem Herzen vor sich geht. Dies mag ein Zeichen dafür sein, dass er auf dem richtigen Weg ist.

MEHR ALS
ROMANTISCHE LIEBE

Bindungstheorie

Mit zunehmendem Alter wird ihnen klar, wie unreif sie sind, und zugleich ahnen sie auch, dass sie damit nicht allein sind. Gewiss gibt es andere, die sie besser verstehen können, als sie sich selber verstehen.

Sie haben immer mal wieder über Psychotherapie gelästert. Zuerst spielten sie damit auf die Kosten an: Psychotherapie ist der exklusive Luxus verrückter Leute mit zu viel Zeit und zu viel Geld; Therapeuten haben selber eine Macke; Menschen mit Problemen sollten lieber mehr mit ihren Freunden reden; hat man in Manhattan ein Problem, »konsultiert« man jemanden, aber nicht in Schottland. Doch mit jeder heftigen Auseinandersetzung werden diese beruhigenden Clichés weniger überzeugend, und an dem Tag, als Rabih vor Wut einen Sessel umschmeißt und dabei eine Lehne kaputtgeht, nur weil Kirsten wegen einer Kreditkartenabrechnung nachgefragt hat, wissen beide sofort, ohne ein Wort zu sagen, dass sie einen Termin vereinbaren sollten.

Es ist schwer, einen ordentlichen Therapeuten zu finden, wesentlich schwerer als beispielsweise einen guten Friseur oder sonst jemanden, der seine Dienste mit weniger ambitionierten Ansprüchen anbietet. Um Empfehlungen zu bitten, ist riskant, weil die Leute geneigt sind, allein schon die Frage als ein Zeichen dafür anzusehen, dass man Eheprobleme hat – statt sie als Zeichen von Stabilität und Dauerhaftigkeit der Ehe zu verstehen. Wie die meisten Dinge, die sich für das Gelingen der Liebe als hilfreich anbieten, gilt psychologische Beratung als höchst unromantisch.

Schließlich werden sie im Internet fündig, es ist eine Therapeutin mit einer Praxis im Stadtzentrum, auf deren schlicht gestalteter Website »Paartherapie« als Schwerpunkt angegeben ist. Der Begriff klingt ermutigend: ihre speziellen Probleme sind keine isolierten Phänomene, sondern nur Teil dessen, was sich innerhalb eines gut erforschten und grundsätzlich problematischen Zusammenhangs abspielt.

Die Praxis befindet sich im dritten Stock eines düsteren Wohnhauses aus dem neunzehnten Jahrhundert. Doch drinnen wirkt sie dann warm und angenehm, mit vielen Büchern, Zeitungen und Landschaftsbildern. Die Therapeutin, Mrs Fairbairn, trägt ein dunkelblaues Kittelkleid, ihr lockiges graues Haar umrahmt ihr bescheidenes und ernst wirkendes Gesicht wie ein großer Helm. Als sie sich im Sprechzimmer hinsetzt, schweben ihre Füße in beträchtlichem Abstand über dem Boden. Rabih wird später kleinlich bemerken, dass dieser »Hobbit« bestimmt kaum eigene Erfahrungen mit den Leidenschaften hat, für die sie angeblich eine Expertin ist.

Rabih fällt eine große Kiste Papiertaschentücher auf dem kleinen Tisch zwischen ihm und Kirsten auf – und er merkt, wie die Empörung in ihm hochsteigt angesichts solcher Implikationen. Er hat keinerlei Interesse, dieser Einladung zu folgen und sein kompliziertes Leid öffentlich einem Haufen Taschentücher anzuvertrauen. Während Mrs Fairbairn ihre Telefonnummern notiert, bringt er beinahe das ganze Prozedere durcheinander, indem er verkündet, dass es eigentlich ein Fehler war, hierherzukommen, eine eher melodramatische Überreaktion auf ein paar Streitgespräche, die sie hatten, und dass bei näherer Überlegung die Beziehung vollkommen in Ordnung ist, tatsächlich manchmal sehr gut. Er würde am liebsten aus dem Zimmer rennen, zurück in die normale Welt, in das Café an der Ecke, wo er und Kirsten ein Thunfischsandwich essen und ein Glas Holunderschorle trinken und mit ihrem normalen Leben weitermachen könnten, von dem sie sich freiwillig und aus unangemessenen Minderwertigkeitsgefühlen auf so merkwürdige Weise distanziert haben.

»Lassen Sie mich erst einmal ein paar Dinge erläutern«, sagt die Therapeutin mit ihrem distinguierten Edinburgher Akzent und spricht dabei sehr klar und deutlich. »Wir haben fünfzig Minuten Zeit, und die können Sie auf der Uhr über dem Kamin im Auge behalten. Vielleicht fühlen Sie sich im Moment etwas befangen. Alles andere wäre ungewöhnlich. Vielleicht meinen Sie, dass ich entweder alles über Sie weiß oder überhaupt keine Ahnung habe. Beides stimmt eigentlich nicht. Wir erkunden die Dinge gemeinsam. Ich sollte Sie auch dazu beglückwünschen, dass Sie diesen Termin vereinbart haben. Das erfordert durchaus Mut, das ist mir klar. Allein schon, einvernehmlich hierherzukommen, ist einer der wichtigsten Schritte, den zwei Menschen tun können, um zusammenzubleiben.«

Hinter ihr steht ein Regal mit den wichtigsten Büchern ihrer Profession: Titel von Anna Freud, John Bowlby, Donald Winnicott und anderen bekannten Experten über Abwehrmechanismen, Trennungsangst, Paartherapie und Bindungstheorie. Sie schreibt selber gerade ein Buch, ihr erstes, in dem es um *sichere und unsichere Bindung in der Ehe* geht und das bei einem kleinen Verlag in London erscheinen soll.

»Also, was hat Sie dazu gebracht, sich überhaupt für einen Termin bei mir zu entscheiden?«, fährt sie mit weicherer Stimme fort.

Sie haben sich vor vierzehn Jahren kennengelernt, erklärt Kirsten. Sie haben zwei Kinder. Sie haben beide in der Kindheit einen Elternteil verloren. Jeder von ihnen ist sehr beschäftigt, das Leben ist erfüllend – und manchmal die Hölle. Sie haben gelegentlich unerträgliche Streitereien. Oft kommt es ihr vor, dass ihr Mann nicht mehr der ist, in den sie damals verliebt war. Manchmal hat er richtig Wut auf sie und schlägt Türen. Er hat sie eine blöde Sau genannt.

Mrs Fairbairn sieht von ihren Notizen mit gelassener Miene auf, wie sie es noch oft tun wird.

Das stimmt alles, gibt Rabih zu, aber Kirsten strahlt manchmal eine solche Kälte und stillschweigende Verachtung aus, dass es zum Verzweifeln ist, und dann werde er einfach wütend. Sie reagiert auf Sorgen, seine oder ihre eigenen, indem sie sich in Schweigen hüllt und ihn außer Acht lässt. Oftmals fragt er sich, ob sie ihn überhaupt noch liebt.

Aus: Dr. Joanna Fairbairn, *Sichere und unsichere Bindung in der Ehe – Eine Objektbeziehungsstudie* (Karnac Books, London):

Die von John Bowlby und seinen Kollegen in den 50er Jahren in England entwickelte Bindungstheorie führt die Spannungen und Konflikte in Beziehungen auf unsere frühkindlichen Erlebnisse in der Beziehung zu den Eltern zurück.

Schätzungsweise ein Drittel der Bevölkerung in Westeuropa und Nordamerika hat in irgendeiner Form frühe Enttäuschungen mit den Eltern erlebt (siehe C. B. Vassily, 2013). In Folge dessen wurden primitive Abwehrmechanismen eingesetzt – um die Furcht vor unerträglicher Angst abzuwehren – und die Fähigkeit zu Vertrauen und Intimität zerstört. In seinem wichtigen Aufsatz *Trennungsangst* (1959) erklärte Bowlby, dass, wer durch die frühe familiäre Umgebung enttäuscht wurde, im Erwachsenenalter zwei Reaktionsweisen entwickelt, um mit Schwierigkeiten oder Unklarheiten in Beziehungen umzugehen: erstens eine Neigung zu ängstlichem, klammerndem oder kontrollierendem Verhalten – ein Muster, das Bowlby »ängstliche Bindung« nennt – und zweitens eine Neigung zu abweisenden Rückzugsmanövern, die er »vermeidende Bindung« nennt. Die ängstliche Person neigt dazu, den Partner ständig zu kontrollieren, Eifersuchtsattacken zu haben und unter den eigenen unzureichend »engen« Beziehungen zu leiden. Der vermeidende Mensch spricht seinerseits von einem Bedürfnis nach »Platz«, solche Menschen sind gern für sich allein und fühlen sich manchmal von dem Wunsch nach sexueller Intimität eingeschüchtert.

Bis zu 70 Prozent der Patienten, die sich für eine Paartherapie entscheiden, zeigen entweder ängstliche oder vermeidende Verhaltensweisen. Sehr oft bestehen Paare aus einem vermeidenden und einem ängstlichen Partner, wobei das jeweilige Reaktionsmuster zu einer Spirale von Vertrauensverlust führt.

Es ist geradezu demütigend zu merken, dass sie sich nicht mehr spontan verstehen. Hier zu sein bedeutet, dass sie nicht mehr *intuitiv* wissen, was sich in ihrem sogenannten Seelenverwandten abspielt. Die romantischen Träume sind ausgeträumt, und – seit vielen Monaten – stehen jetzt minutiöse Beobachtungen offensichtlich banaler Momente des häuslichen Lebens zwischen ihnen, selbst wenn es aus Mrs Fairbairns Sicht keine banalen Momente gibt; eine unfreundliche Bemerkung, ein ungeduldiger Moment oder verletzende Schroffheit gehören zum Tagesgeschäft ihrer Profession.

Mrs Fairbairn will dabei helfen, Bomben zu entschärfen. Man mag es für unsinnig halten, fünfzig Minuten (und 100 €) darein zu investieren, wie Rabih reagiert hat, als Kirsten zum zweiten Mal gerufen hat, damit er herunterkommen und den Tisch decken sollte, oder wie Kirsten auf Esthers enttäuschende Noten in Geographie reagiert hat … Auf dem Nährboden solcher Ereignisse gedeihen Probleme, die sich, wenn sie unbearbeitet bleiben, zu jenen Katastrophen entwickeln, denen unsere Gesellschaft eher die Aufmerksamkeit widmet: häusliche Gewalt, zerbrechende Familien, die Interventionen der Sozialdienste, Gerichtstermine … Alles fängt mit kleinen Erniedrigungen und Enttäuschungen an.

Heute bringt Rabih einen Streit vom Vorabend zur Sprache. Es ging um Arbeit und Geld: Es besteht die Gefahr, dass sein Unternehmen die Gehälter zeitnah einfriert oder mindert, was dazu führen könnte, dass sie die Abzahlung ihres Darlehens nicht leisten können. Kirsten wirkte völlig gleichgültig. Warum reagiert seine Frau, immer wenn sie mit etwas Ernstem konfrontiert ist, so wenig beruhigend? Hätte sie sich nicht irgendetwas Hilfreiches einfallen lassen können? Hat sie überhaupt zugehört? Warum antwortet sie ihm oft mit einem rätselhaften »hmm«, wenn er ihre Unterstützung gerade besonders braucht? Deshalb hat er sie angeschrien, geflucht und ist dann herausstolziert. Gewiss war das nicht ideal, aber sie hat ihn richtig im Stich gelassen.

Indizien für einen ängstlich gebundenen Menschen sind eine Intoleranz für unklare Situationen – wie Schweigen, eine Verspätung oder eine unverbindliche Bemerkung – und eine übertriebene Reaktion darauf. Solche Situationen werden jeweils leicht negativ interpretiert als Beleidigung oder übelwollende Angriffe. Ein ängstlich gebundener Mensch kann jedes banale, flüchtige Wort oder Versehen als heftige Bedrohung erleben, als gefährliche Vorboten für das Zerbrechen der Beziehung. Objektivere Erklärungen sind nicht mehr zugänglich. Im Inneren haben ängstlich gebundene Menschen oft das Gefühl, als würden sie um ihr Leben kämpfen – wenngleich sie zumeist unfähig sind, anderen ihre Verletzlichkeit zu erklären, die sie wiederum verständlicherweise als streitsüchtig, reizbar oder grausam bezeichnen.

Wie blöd, so etwas zu sagen, protestiert Kirsten. Er übertreibt wieder mal, wie so oft, angefangen damit, wie furchtbar es regnet, bis zum schrecklichen Essen in einem Restaurant – wie damals, als sie nach Portugal fuhren und er noch Monate danach nur darüber redete, was für eine Klitsche das Hotel war, als wäre dies das Ende der Welt, obwohl die Kinder ganz zufrieden waren.

Ihre Antwort, fügt sie hinzu, rechtfertigte eine solche Reaktion in keiner Weise. Musste er deswegen unbedingt aus dem Zimmer stürmen? Wie erwachsen ist eine solche Laune? Sie bietet Mrs Fairbairn implizit eine Einladung, sie als die Vernünftige in der Beziehung zu unterstützen und sich mit ihr, unter Frauen, über den Wahnwitz und das Melodrama von Männern zu ereifern.

Aber Mrs Fairbairn lässt sich ungern verführen, einseitig Partei zu ergreifen. Genau deswegen ist sie so genial. Sie ist nicht daran interessiert, dass einer von beiden »im Recht« ist. Sie versucht vielmehr zu klären, was für Gefühle jeder von beiden hat, und dann dafür zu sorgen, dass der andere diese mit Empathie wahrnimmt.

»Was fühlen Sie gegenüber Kirsten, wenn sie so wortkarg ist?«, fragt sie Rabih.

Was für eine absurde Frage, denkt er; der Ärger vom Vorabend kommt allmählich wieder hoch.

»Wie nicht anders zu erwarten, habe ich das Gefühl, dass sie gemein ist.«

»›Gemein‹? Nur weil ich nicht genau das sage, was du hören willst, bin ich gemein?«, wirft Kirsten ein.

»Einen Augenblick, bitte, Kirsten«, lenkt Mrs Fairbairn ein. »Ich möchte etwas genauer herausfinden, wie es

Rabih in solchen Momenten geht. Wie ist das für Sie, wenn Sie das Gefühl haben, Kirsten lässt Sie im Stich?«

Rabih zieht keine weitere rationale Bremse und lässt nun sein Unbewusstes sprechen: »Ängstlich. Verlassen. Hilflos.«

Jetzt herrscht Schweigen wie so oft, wenn einer von ihnen etwas Wichtiges gesagt hat.

»Ich fühle mich allein. Dass ich überhaupt nicht zähle. Dass ich ihr vollkommen gleichgültig bin.«

Er hält inne. Vielleicht eher unerwartet kommen ihm jetzt die Tränen.

»Das klingt schwierig«, sagt Mrs Fairbairn, in einem neutralen und doch beteiligten Ton.

»Für *mich* hört er sich nicht verängstigt an«, bemerkt Kirsten. »Ein Mann, der schreit und seine Frau beschimpft, scheint mir nicht der beste Kandidat, für ein armes verängstigtes Lämmchen gehalten zu werden.«

Aber Mrs Fairbairn hat das Problem fest mit ihrer therapeutischen Pinzette erfasst, und sie wird es auch nicht loslassen. Es ist ein Muster: Bei einer Angelegenheit, in der er Beruhigung braucht, erlebt er Kirsten als zurückgezogen und kalt. Er bekommt Angst, verliert die Kontrolle und glaubt, dass sich Kirsten dann noch mehr zurückzieht. Angst und Wut eskalieren, und die Distanz ebenso. Kirsten findet ihn arrogant und rüpelhaft. Ihre persönliche Geschichte hat sie gelehrt, dass Männer einen Hang zu Überheblichkeit haben – und dass es die Rolle der Frau ist, dem mit Strenge und Vorschriften zu begegnen. Vergebung wäre an dieser Stelle zu viel verlangt. Aber Rabih hat überhaupt nicht die Kraft, er schlägt wild um sich, mit seiner Weisheit am Ende, schwach und gedemütigt von ihrer offenkundigen Gleichgültigkeit. Es ist wirklich unglücklich, ja fast schon tragisch, dass er in dieser Weise mit Verletzlichkeit umgeht, denn dadurch vertuscht er sie letztlich vollkommen und distanziert sich erst recht von eben dem Menschen, dessen Trost er so dringend braucht.

Aber jetzt haben sie einmal pro Woche, mittwochmittags, die Chance, den Teufelskreis zu durchbrechen. Indem Mrs Fairbairn Kirsten vor Rabihs Ärger beschützt und Rabih vor Kirstens Distanziertheit, können die Ehepartner unter die verletzende Oberfläche ihres Gegenübers schauen und das rührende, verängstigte innere Kind sehen.

»Kirsten, meinen Sie, Schreien und gelegentlich Fluchen sind Verhaltensweisen eines Mannes, der sich stark fühlt?« Mrs Fairbairn ist jetzt in einem eher seltenen Modus, in dem sie die Richtung weist, wenn sie merkt, dass eine Einsicht für ihre Klienten in greifbarer Nähe ist.

Die zierliche Therapeutin geht leichten Fußes und bewegt sich während der Sitzung wie eine Ballerina durch den Raum, auch wenn die Bücher im Regal eher nach schwerer Kost aussehen.

Die schwierige Dynamik des Paares betrifft auch die Sexualität. Wenn Kirsten müde oder abgelenkt ist, gibt Rabih schnell, viel zu schnell, resigniert auf. Sein Verstand lässt sich von einer übermächtigen inneren Stimme einreden, wie widerwärtig er ist. Dieses Gefühl von Selbstekel hatte er schon längst vor seiner Beziehung zu Kirsten, und besonders belastend daran ist, dass es sich anderen kaum vermitteln lässt und denen, die es auslösen, erst recht Schuldgefühle macht. Ein Abend ohne Sex löst demnach in der Regel sarkastische oder verletzende Bemerkungen aus, die Rabih am nächsten Tag fallenlässt, ohne zu sagen, worum es eigentlich geht – was wiederum zu größeren (und ebenso unausgesprochenen) Rückzugsmanövern auf Kirstens Seite führt. Wenn Rabih sich ein paar Tage lang ausgeschlossen fühlt, hat er es dann irgendwann satt und wirft Kirsten vor, abweisend und unheimlich zu sein – worauf sie gewöhnlich antwortet, ihm mache es offenbar Spaß, sie aus der Fassung zu bringen, da er das so oft tue. Sie zieht sich an einen tristen, aber doch merkwürdig tröstlichen und vertrauten inneren Ort zurück, wo sie sich versteckt, wenn andere sie im Stich lassen (wie sie das so oft tun), und findet Trost in Büchern und Musik. Sie ist eine Expertin in Selbstschutz und Abwehr; das hat sie ihr Leben lang geübt.

Ein vermeidender Bindungsstil ist durch ein starkes Bedürfnis gekennzeichnet, Konflikte zu vermeiden und sich dem anderen zu entziehen, wenn die emotionalen Bedürfnisse nicht befriedigt wurden. Der vermeidende Mensch nimmt schnell an, dass andere ihn angreifen wollen und nicht mit sich verhandeln lassen. Dem möchte er entgehen, zieht also die Zugbrücke hoch und verschließt sich. Bedauerlicherweise kann der vermeidende Teil dem Partner das ängstliche und abwehrende Verhalten nicht erklären, so dass die Gründe hinter dem distanzierten und abweisenden Verhalten unersichtlich bleiben und leicht als Lieblosigkeit oder Gleichgültigkeit missverstanden werden können – während tatsächlich das Gegenteil der Fall ist: Der vermeidende Partner fühlt eigentlich große Zuneigung, nur kommt es ihm so vor, als sei es zu gefährlich, seine Liebe auch zu zeigen.

Auch wenn Mrs Fairbairn niemals Schlussfolgerungen erzwingt, hält sie beiden doch im übertragenen Sinne einen Spiegel vor, so dass Kirsten allmählich sieht, wie sie auf andere wirkt. Dadurch wird sie sich darüber bewusst, wie stark sie dazu neigt, die Flucht zu ergreifen und auf Stress mit Schweigen zu reagieren, und kann sich leichter in andere hineinversetzen, die von ihr abhängig sind und mit diesem Verhalten umgehen müssen. Ähnlich wie Rabih hat auch Kirsten die Angewohnheit, ihre Enttäuschung so zum Ausdruck zu bringen, dass sie eben gerade nicht die Sympathie von denen erwirkt, deren Liebe sie so sehr bedarf.

Rabih erwähnt seine Nacht mit Lauren nicht explizit. Er möchte vor allem verstehen, warum es so passiert ist, statt zuzugeben, dass es passiert ist, was für zu viel Unsicherheit sorgen und somit das Vertrauen zwischen Kirsten und ihm für immer zerstören könnte. Zwischen den Sitzungen mit Mrs Fairbairn fragt er sich, was ihn so offensichtlich rücksichtslos und indifferent machen konnte, seiner Frau weh zu tun, und erkennt, dass es eigentlich nur eine Erklärung dafür gibt: dass er sich durch Dinge in der Beziehung so verletzt gefühlt hat, dass es ihm schließlich gleichgültig war, wie sehr er Kirsten verletzen würde. Er hat mit Lauren weniger aus Lust geschlafen als vielmehr aus Wut, einer Art Wut, die er sich nicht unmittelbar eingestehen kann, aus einer trotzigen, verdrängten, stolzen Wut. Kirsten auf eine für sie verständliche Art und Weise klarzumachen, dass er sich im Stich gelassen fühlte, wird wesentlich dazu beitragen, ihre Ehe zu retten.

Im Grunde geht es bei ihren Streitigkeiten um eine Vertrauensproblematik – und die Tugend des Vertrauens fällt beiden nicht leicht. Sie sind verletzte Wesen, die als Kinder zu früh mit Enttäuschungen fertig werden mussten und sich einen Schutzpanzer zugelegt haben. Als Erwachsenen ist beiden emotionale Offenheit dann immer entsprechend unangenehm. Sie sind Experten für Angriffsstrategie und Festungsbau; weniger gut hingegen sind sie, wie Kämpfer, die sich nach einem Kampfeinsatz schlecht an das zivile Leben gewöhnen, im Umgang mit den Ängsten, die sie überkommen, wenn sie ihre Schutzmechanismen loslassen und ihre eigenen Verletzlichkeiten und Sorgen zugeben sollen.

Rabih greift Kirsten aus Angst an; Kirsten zieht sich aus Vermeidungshaltung zurück. Sie sind zwei Menschen, die einander sehr brauchen, und doch würden sie beide dies niemals eingestehen. Keiner von beiden hält es lang genug mit verletzten Gefühlen aus, um diese wirklich als solche zu erkennen oder sie zu spüren oder sie dem Menschen zu erklären, der sie ihnen zugefügt hat. Es braucht ein gesundes Maß an Selbstvertrauen, das sie aber beide nicht haben, demjenigen, der sie angegriffen hat, weiterhin zu vertrauen. Sie müssten dem anderen so weit vertrauen, dass er nicht wirklich »wütend« oder »kalt« ist, sondern vielmehr etwas viel Grundlegenderes, Anrührendes empfindet: Verletzung und den Wunsch nach Zuwendung. Sie sind nicht in der Lage, dem Partner die wichtigste Gabe der romantischen Liebe zu bieten: ihn mit seiner Verletzlichkeit nicht allein zu lassen.

Ein Fragebogen, der ursprünglich von Hazan und Shaver (1987) entworfen wurde, dient weithin zur Messung von Bindungsstilen. Um festzustellen, was für ein Typ sie sind, werden die Testpersonen danach gefragt, welchen der folgenden drei Aussagen sie am ehesten zustimmen können:

1. »Ich wünsche mir emotional enge Beziehungen, aber ich finde, dass andere Menschen oft grundlos enttäuschend oder gemein sind. Ich habe Angst, verletzt zu werden, wenn ich anderen zu nah komme. Ich habe nichts dagegen, allein zu sein.« (Vermeidende Bindung)

2. »Ich wünsche mir, mit anderen emotional vertraut zu sein, aber ich finde, dass sie oft ungern genauso viel Nähe wollen wie ich. Ich habe Angst, dass andere mich nicht so wertschätzen wie ich sie. Das macht mich dann betroffen und ärgerlich.« (Ängstliche Bindung)

3. »Es ist für mich relativ leicht, anderen emotional nah zu kommen. Ich fühle mich gut, wenn ich von anderen abhängig bin und sie von mir. Ich habe keine Angst, allein zu sein oder nicht von anderen akzeptiert zu werden.« (Sichere Bindung)

Die Kategorien klingen gewiss wenig glamourös. Es ist vielmehr ein Schock für das Ego, sich selber nicht als einen unendlich differenzierten Charakter zu sehen, den ein

Schriftsteller selbst auf achthundert Seiten kaum adäquat darstellen könnte, sondern als einen gewöhnlichen Typen, der sich leicht im Rahmen von ein paar Absätzen in einem psychoanalytischen Lehrbuch abhandeln läßt. Begriffe wie »vermeidend« oder »ängstlich« sind nicht gerade typisch für eine Liebesgeschichte, aber wenn man unter »romantisch« verstehen würde »der Entwicklung der Liebe zuträglich«, dann gehören diese Worte zu den besonders romantischen, denn mit diesem Vokabular lernen Kirsten und Rabih, Verhaltensmuster zu verstehen, die an jedem Tag ihres Ehelebens zwischen ihnen eine zerstörerische Wirkung haben.

Allmählich können sie die ungewohnte und besondere Art der Mediation wertschätzen, die ihnen eine bessere Kommunikation ermöglicht und einen geschützten Raum bietet, in dem sie einmal pro Woche zugeben dürfen, wie wütend oder traurig sie sind, und dabei stellt die Therapeutin mit ihrer wohlwollenden unparteiischen Beobachtungsgabe sicher, dass die Reaktion des anderen lang genug gehalten wird, so dass Verständnis und vielleicht sogar Empathie entstehen kann. Nach Jahrtausenden zögerlicher Schritte bis zur Zivilisation hat sich hier nun ein Forum etabliert, in dem zwei Menschen aufmerksam miteinander darüber sprechen können, wie sehr einer den anderen verletzt hat, wenn es ums Tischdecken ging oder darum, was bei einer Party gesagt wurde oder was für die Ferien geplant ist, wobei keiner von beiden einfach aufstehen, weglaufen oder fluchen darf. Mit diesen Erfahrungen kommen Kirsten und Rabih zu dem Schluss, dass Therapie gewissermaßen die größte Erfindung unseres Zeitalters ist.

Die Gespräche bei Mrs Fairbairn beeinflussen nach und nach auch, wie sie zu Hause miteinander reden. Sie haben allmählich die wohlwollende, verständnisvolle Stimme der Therapeutin internalisiert. »Was würde Joanna (wie sie die Therapeutin nie in ihrer Gegenwart nennen würden) sagen?«, wird zu einer rituellen, spielerischen Frage zwischen ihnen – ähnlich wie die Katholiken sich früher vorzustellen versuchten, wie Jesus mit einer Herausforderung im Leben umgegangen wäre.

»Wenn du mir weiter so auf die Nerven gehst, werde ich mich gleich in meine Vermeidungshaltung zurückziehen«, so etwa warnt Kirsten Rabih, wenn sie wieder einmal in einer verfahrenen Situation stecken.

Sie machen sich noch immer über Psychotherapie lustig, aber nicht mehr auf deren Kosten.

Insofern ist es schade, dass das im Sprechzimmer eines Therapeuten entstehende gegenseitige Verständnis in der Gesellschaft generell so unbedeutend ist. Ihre Gespräche sind wie ein kleines Labor zur Erforschung menschlicher Reife – während die Welt besessen ist von einer Vorstellung von Liebe, die sich mit ihren Faktoren Instinkt und Emotion jeder genaueren Untersuchung entzieht. Dass Mrs Fairbairns Praxis ein paar Mietshaustreppen hoch versteckt liegt, darf man als Metapher für die Marginalisierung ihres Berufes ansehen. Sie ist die Hüterin einer Wahrheit, mit der Rabih und Kirsten inzwischen vertraut sind, wohl wissend, wie leicht dies im allgemeinen Lärm untergeht: dass die Liebe keine Schwärmerei ist, sondern vielmehr eine Kunst.

Reife

Rabih arbeitet den ganzen Winter an Entwürfen für eine Sporthalle. Er trifft sich dutzende Male mit Repräsentanten des kommunalen Amts für Jugend und Bildung, das für die Vergabe des Auftrags zuständig ist. Es soll ein außergewöhnliches Gebäude werden, mit einem System von Oberlichtern, so dass es innen auch an düsteren Tagen hell ist. Er könnte dadurch beruflich noch einmal durchstarten. Und dann bitten sie ihn im Frühjahr zu einem Termin, um ihm in der typisch aggressiven Art von Leuten, die sich schuldig fühlen, weil sie jemanden enttäuschen müssen, und dann unverschämt werden, geradeheraus zu sagen, dass es nichts wird – und dass sie sich entschieden haben, mit einem anderen Büro mit mehr Erfahrung zusammenzuarbeiten. Damit beginnt die Schlaflosigkeit.

Schlaflosigkeit kann die Hölle sein, wenn sie wochenlang andauert. Aber in geringerer Dosierung – eine Nacht hier und da – ist sie nicht immer behandlungswürdig. Im Gegenteil, bei seelischen Problemen kann sie sich durchaus als vorteilhaft und hilfreich erweisen. Richtungsweisende Erkenntnisse, zu denen wir selber kommen müssen, sind

nur bei Nacht wahrnehmbar, wie Kirchenglocken in der
Stadt, die man erst in der Dunkelheit hört.

Tagsüber muss er pflichtbewusst für andere da sein. Allein
in seinem Schlafzimmer, nach Mitternacht, kann er sich
einer größeren, persönlicheren Aufgabe widmen. Seine
Gedankengänge würden für Kirsten, Esther und William
merkwürdig klingen. Für sie hat er eine bestimmte Rolle
zu spielen, und er will sie nicht enttäuschen oder erschre-
cken mit seinen ungewohnten Überlegungen; sie haben
ein gutes Recht, auf seine Vorhersagbarkeit zu zählen.
Doch jetzt fordern noch andere innere Bedürfnisse seine
Aufmerksamkeit. Durch die Schlaflosigkeit rächt sich, dass
er belastende Gedanken am helllichten Tage sorgfältig
verdrängt.

Das alltägliche Leben honoriert eine praktische und nicht
eine introspektive Einstellung. Für alles andere ist die Zeit
zu knapp, und es würde auch zu viel Angst machen. Wir
lassen uns instinktiv von einem Selbsterhaltungstrieb lei-
ten: Wir treiben uns an, wehren uns, wenn wir geschla-
gen werden, schieben anderen die Schuld zu, unterdrü-
cken wirre Gedanken und halten fest an einer strahlenden
Vision von unseren Zielen. Wir haben kaum eine andere
Wahl, als gnadenlos auf unserer eigenen Seite zu stehen.
Nur in jenen seltenen Momenten, wenn die Sterne
nicht mehr funkeln und bis zum Morgengrauen nichts
mehr von uns verlangt wird, können wir den festen Griff
um unser Ego lockern und eine ehrlichere und unbefange-
nere Perspektive zulassen.

Jetzt sieht er die vertrauten Fakten mit ganz neuem Blick: er ist ein Feigling, ein Träumer, ein untreuer Ehemann und ein maßlos besitzergreifender und anhänglicher Vater. Sein Leben wird mit Schnüren zusammengehalten. Er befindet sich auf halber Strecke seiner beruflichen Laufbahn, aber darüber hinaus, und gemessen an den Hoffnungen, die man früher in ihn setzte, hat er fast nichts erreicht.

Um 3 Uhr morgens kann er seine Fehler erstaunlich unsentimental auflisten: seine Eigensinnigkeit, die zu einem Misstrauen gegenüber Vorgesetzten führt; seine Empfindlichkeit, wodurch er sich leicht angegriffen fühlt und dann aus Angst vor Zurückweisung lieber Vorsicht walten lässt. Er hatte nicht genug Selbstbewusstsein, um Durchhaltevermögen zu zeigen. In seinem Alter sind andere vorangekommen und haben ein eigenes Architekturbüro gegründet, statt zu warten, angefragt zu werden, und dann die Welt dafür zu beschuldigen, dass sie nicht genug drängt. Es gibt genau ein Gebäude – eine Datenspeicherungsanlage in Hertfordshire –, das seinen Namen trägt. Wenn sich nicht schnell etwas ändert, ist sein Leben vorbei, ehe seine besten Talente ausgeschöpft sind, bisher nur als gelegentliche Geistesblitze bemerkt, wenn er unter der Dusche steht oder allein auf der Autobahn unterwegs ist.

An diesem Punkt steht er ohne jedes Selbstmitleid, jener oberflächlichen Annahme, dass das, was ihm geschehen ist, selten oder unverdient sei. Er hat das Vertrauen in seine eigene Unschuld und Einzigartigkeit verloren. Was er hier erlebt, ist keine Midlife Crisis; vielmehr entwächst er endlich, zwanzig Jahre zu spät, der Adoleszenz.

Er ist ein Mann mit einer übertriebenen Sehnsucht nach romantischer Liebe, obgleich er wenig Ahnung von Freundlichkeit oder gar Kommunikation hat. Er traut sich nicht, offen nach Glück zu streben und es dann nicht zu erreichen, und so sucht er Schutz in einer Haltung von vorauseilender Enttäuschung und Zynismus.

So sieht es also aus, wenn man ein Versager ist. Das Markanteste ist wohl die Stille: Das Telefon klingelt nicht, er wird nicht eingeladen, es passiert nichts Neues. Die längste Zeit seines Erwachsenenlebens meinte er, Versagen wäre eine spektakuläre Katastrophe, nur um schließlich zu erkennen, dass es ihn ganz unbemerkt überkommen hat, durch seine feige Untätigkeit.

Aber erstaunlicherweise ist das ganz in Ordnung so. Man gewöhnt sich an alles, selbst an Demütigung. Das scheinbar Unerträgliche kommt einem am Ende gar nicht mehr so schlimm vor.

Er hat schon so viel von der Fülle des Lebens gekostet, ohne dass es ihm besonders viel genutzt hätte oder dass etwas Gutes dabei herausgekommen wäre. Er ist schon zu lange auf dieser Welt; er musste nie den Boden pflügen oder hungrig zu Bett gehen, und doch hat er seine Privilegien letztlich nicht genutzt, wie ein verwöhntes Kind.

Hochfliegende Träume hat er gehabt: Er wollte ein Louis Kahn oder Le Corbusier, ein Mies van der Rohe oder Geoffrey Bawa werden. Er wollte eine neue Architektur begründen: lokalspezifisch, elegant, harmonisch, hightech, progressiv.

Stattdessen ist er der fast ruinierte stellvertretende Direktor eines zweitklassigen Stadtplanungsunternehmens,

der selber nur ein einziges Gebäude – eigentlich eher
einen Schuppen – zu verzeichnen hat.

Von Natur aus haben wir beharrliche Erfolgsträume. Es
muss ein evolutionärer Vorteil in diesem vorprogram-
mierten Streben liegen; diese Ruhelosigkeit hat uns Städte,
Bibliotheken, Raumschiffe beschert.
Doch für individuelle Ausgeglichenheit bleibt bei sol-
chen Impulsen wenig Raum. Vielmehr ist der Preis für ein
paar geniale Werke im Laufe unserer Geschichte, dass ein
beträchtlicher Teil der Menschheit jeden Tag krank ist vor
Angst und Arbeitswut und dass müßige, ruhige Zufrie-
denheit kaum jemandem vergönnt ist.

Rabih meinte früher, dass immer nur die makellose Version der Dinge etwas wert sei. Er war ein Perfektionist.
Wenn das Auto einen Kratzer hatte, machte ihm das
Fahren keinen Spaß; wenn das Zimmer unordentlich war,
konnte er sich nicht ausruhen; wenn seine Geliebte Teile
von ihm nicht verstehen konnte, war die ganze Beziehung
eine Farce. Inzwischen ist ihm »gut genug« auch selber
gut genug.
Ihm fällt auf, dass er sich zunehmend für gewisse Geschichten über Männer im mittleren Alter interessiert. In
Glasgow hat sich ein Mann vor den Zug geworfen, weil
er enorme Schulden gemacht hatte und von seiner Frau
bei einer Affäre ertappt wurde. Ein anderer hat sein Auto
nach einem Online-Skandal in der Nähe von Aberdeen ins
Meer gefahren. Rabih merkt, dass am Ende gar nicht viel
dazu gehört; nur etwas Missgeschick, und schon ist man

im Bereich der Katastrophe. Nach ein paar Umdrehungen des Glücksrads und unter hinreichendem äußeren Druck wäre auch er fähig zu allem. Was ihm erlaubt, sich für gesund zu halten, ist ein gewisses fragiles biochemisches Gleichgewicht, aber er weiß, dass er ein guter Kandidat für eine Tragödie wäre, wenn das Leben ihn je wirklich auf die Probe stellen würde.

In jenen Momenten, wenn er weder ganz wach ist noch richtig schläft, sondern durch die Zwischenbereiche des Bewusstseins zirkuliert, um zwei oder drei Uhr morgens, spürt er, wie viele Bilder und unzusammenhängende Erinnerungen er im Kopf hat, die alle auf seine Aufmerksamkeit warten, wenn das sonstige Rauschen abebbt: Spuren von einer Reise nach Bangkok vor acht Jahren, die surrealen Ansichten von Dörfern in Indien nach einer Nacht, die er an ein Flugzeugfenster gequetscht saß; der kühle gefliese Badezimmerboden in dem Haus, wo seine Familie in Athen wohnte; der erste Schnee, den er in den Ferien in der Ost-Schweiz erlebte; der dräuend graue Himmel, den er bei einem Spaziergang in Norfolk über den Feldern sah; ein langer Flur in der Universität, der zu einem Schwimmbad führte; die Nacht, die er mit Esther im Krankenhaus verbrachte, als man sie am Finger operierte … Die Logik mancher Dinge mag verloren gehen, aber Bilder verblassen nicht.

In seinen schlaflosen Nächten denkt er manchmal an seine Mutter und vermisst sie. Es ist ihm geradezu peinlich, wie sehr er sich wünscht, dass er noch einmal acht wäre, mit leichtem Fieber unter eine Decke gerollt, und sie würde ihm dann etwas zu essen bringen und ihm vorlesen. Er sehnt sich danach, dass sie ihm Mut für die Zukunft macht, ihm seine Sünden verzeiht und ihm die Haare sorgfältig zu einem Scheitel auf der linken Seite kämmt. Immerhin ist er so reif zu wissen, dass an diesen regressiven Zuständen etwas Wichtiges ist und sie deshalb ausnahmsweise nicht unmittelbar zensiert werden sollten. Er merkt, dass er es, allem äußeren Anschein zum Trotz, nicht sehr weit gebracht hat.

Er merkt, dass die Angst ihn immer begleiten wird. Auch wenn es ihm so vorkommen mag, dass jede neue Angstattacke von irgendeiner bestimmten Sache ausgelöst wird – von der Party, bei der er zu wenig Leute kennt, von der umständlichen Reise in ein unbekanntes Land, von einer vertrackten Situation am Arbeitsplatz –, aber aus einer größerer Distanz betrachtet ist das eigentliche Problem größer und grundsätzlicher und bringt ihn zunehmend zu Fall.

Früher hatte er noch die Vorstellung, dass seine Sorgen zur Ruhe kämen, wenn er nur anderswo leben und ein paar berufliche Ziele erreichen würde, und wenn er eine Familie hätte. Aber nichts davon hat je etwas geändert: Er ist im Kern ein zutiefst angsterfüllter Mensch: ein verängstigtes, schlecht angepasstes Wesen.

In der Küche steht ein ihm sehr liebes Foto von Kirsten, William, Esther und ihm, auf dem sie sich in einem Park mit Herbstblättern bewerfen, die der Wind zu einem Laubhaufen zusammengefegt hat. Freude und Überschwang sind ihnen ins Gesicht geschrieben, das Vergnügen, ein Chaos anzurichten, ohne Folgen befürchten zu müssen. Aber er erinnert sich auch, wie innerlich aufgewühlt er an jenem Tag war; am Arbeitsplatz war etwas mit einer Ingenieurfirma passiert, er wollte unbedingt nach Hause und ein paar Anrufe mit einem englischen Kunden tätigen, seine Kreditkarte war weit überzogen. Erst wenn die Dinge bereits vergangen sind, kann Rabih sie richtig genießen.

Er ist sich darüber klar, dass es nicht gut wäre, an der Seite seiner starken, kompetenten Frau einen Nervenzusammenbruch zu haben. Es gab Zeiten, da verspürte er deswegen Verbitterung. »Schlaflosigkeit ist nicht toll; aber jetzt komm ins Bett« – mehr hatte Kirsten nicht zu sagen, wenn sie aufwachte und das Licht im Arbeitszimmer sah. In so mancher leidvollen Zeit musste er mit seiner gutaussehenden, intelligenten Frau die Erfahrung machen, dass Ermutigung nicht ihre Sache ist.

Aber nun ist er allmählich in der Lage, die Gründe dafür zu verstehen. Sie ist nicht gemein, vielmehr spielt ihre Erfahrung mit Männern hinein und ihre Abwehr dagegen, im Stich gelassen zu werden. Es ist lediglich ihre Art, Herausforderungen zu begegnen. Die Dinge zu durchschauen hilft; dadurch erlangt er die Fähigkeit, anders als mit Rache oder Wut zu reagieren.

Wenige Menschen auf dieser Welt sind einfach nur böse; die Übeltäter leiden selber. Die angemessene Reaktion ist daher niemals Zynismus oder Aggression, sondern, zumindest wenn man die Kraft dazu hat, immer Liebe.

Kirstens Mutter ist seit zwei Wochen im Krankenhaus. Es begann harmlos, irgendetwas mit den Nieren; dann war die Prognose plötzlich viel bedenklicher. Die sonst so starke Kirsten weiß nicht ein noch aus.

Am Sonntag haben sie die Mutter besucht. Sie war äußerst schwach und sprach leise und nur, wenn sie um etwas bitten wollte: ein Glas Wasser, eine Lampe sollte geneigt werden, so dass das Licht sie nicht so blendete. An einer Stelle nahm sie Rabihs Hand in ihre und schenkte ihm ein Lächeln: »Pass auf sie auf, ja«, sagte sie, und dann mit ihrer alten Geistesschärfe: »Wenn sie es zulässt.« Eine Art Vergebung.

Er weiß, dass er vor Mrs McLellands Augen nie Gnade finden konnte. Anfangs ärgerte er sich darüber. Heute, seit er selber Vater ist, kann er dies nachvollziehen. Er freut sich auch nicht gerade auf den Tag, an dem er Esthers Ehemann kennenlernt. Wie können Eltern je aufrichtig ihre Zustimmung geben? Wie kann man von ihnen nach achtzehn oder mehr Jahren, in denen sie auf jedes Bedürfnis des Kindes eingegangen sind, erwarten, dass sie begeistert auf eine neue und konkurrierende Quelle der Liebe reagieren? Wie soll jemand den erforderlichen emotionalen Purzelbaum schlagen und nicht im Herzen den Verdacht hegen (und dies durch allerlei mehr oder weniger bissige Bemerkungen verraten), dass das Kind versehentlich in die Klauen von jemandem geraten ist, der einer solch komplexen und einzigartigen Aufgabe niemals gewachsen ist?

Nach dem Besuch im Raigmore Krankenhaus verliert Kirsten völlig die Fassung und ist in Tränen aufgelöst. Sie schickt die Kinder zu ihren Freunden zum Spielen; sie ist jetzt einfach nicht in der Lage, ihre Aufgabe als Mutter zu erfüllen (und somit bemüht, andere niemals mit ihrem eigenen offensichtlichen Leid zu verängstigen), sie muss jetzt selber Kind sein. Sie findet es entsetzlich, ihre Mutter blass und eingefallen in den blauen Krankenhauslaken zu sehen. Wie konnte das passieren? Auf einer gewissen Ebene ist sie noch ganz mit ihren Eindrücken aus ihrem fünften oder sechsten Lebensjahr verbunden, als ihre Mutter kraftvoll, kompetent und für alles zuständig war. Kirsten war die Kleine, die durch die Luft gewirbelt wurde und der man sagte, was als Nächstes geschehen sollte. Nach dieser Autorität sehnte sie sich in den Jahren, nachdem der Vater sie verlassen hatte. Die beiden McLelland-Frauen hielten zusammen; sie waren ein Team, auf eine gute Art im Widerstand. Jetzt bedrängt Kirsten einen bedenklich jungen Arzt auf dem Krankenhausflur, wie viele Monate ihrer Mutter noch bleiben. Die Welt steht Kopf.

In der Kindheit glauben wir noch, die Eltern hätten Zugang zu übermenschlichem Wissen oder Erfahrung. Eine Zeitlang wirken sie unvorstellbar kompetent. Unsere übertriebene Bewunderung ist anrührend, aber auch zutiefst problematisch, denn dies prädestiniert sie dazu, letztlich die Schuld zu tragen, wenn wir allmählich entdecken, dass sie Fehler haben, manchmal lieblos sind, bis sich dann um die vierzig oder in den letzten Stunden im Krankenhaus ein Gefühl von Vergebung einstellt. Ihre ungewohnt gebrechliche und erschreckende physische Verfassung beweist nun ganz überzeugend, was psychologisch schon immer deutlich war: dass sie unsichere, verletzliche Wesen sind, die eher durch Ängstlichkeit, Furcht,

unbeholfene Liebe und unbewusste Zwänge als durch
gottähnliche Weisheit und moralische Klarheit angetrie-
ben waren – und daher nicht auf ewig zur Verantwortung
gezogen werden können für ihre Defizite oder unsere vie-
len Enttäuschungen.

In solchen Stimmungen, wenn Rabih sich endlich einmal
von seinem Ego lösen kann, fällt es ihm nicht nur gegenüber ein oder zwei Menschen leichter, zu vergeben.
Manchmal geht dies so weit, dass er wirklich alle Menschen in seine Sympathie einschließt.

Er sieht das Gute an ungewöhnlichen Stellen. Er ist gerührt von dem Wohlwollen einer Verwaltungsleiterin,
einer Witwe Mitte fünfzig, deren Sohn seit kurzem in
Leeds an der Universität studiert. Sie fühlt sich heiter und
voller Energie, diese außergewöhnliche Leistung erhellt
für sie jede Stunde ihres Arbeitstages. Sie ist bemüht, alle
Mitarbeiter nach ihrem Wohlergehen zu fragen. Sie denkt
an die Geburtstage und füllt müßige Minuten mit stets er-
mutigenden und einfühlsamen Worten. Als junger Mann
hätte er von einem solch unspektakulären Beweis von Güte
keine Notiz genommen, aber inzwischen hat das Leben
ihn hinreichend Demut gelehrt, so dass er sich zu den kleinen Dingen hinunterbeugen und sie als segensreich aufheben kann. Er ist ohne große Bemühung und ohne Stolz
etwas liebevoller geworden.

Er ist auch eher bereit, großzügig zu sein, weil er spürt,
wie sehr er die Nachsicht von anderen braucht. Wenn andere rachsüchtig sind, versucht er, die Wogen zu glätten
und jedes Stückchen Wahrheit ans Licht zu bringen, so

dass Gemeinheit und schlechtes Benehmen weniger moralisierend bewertet werden. Mit Zynismus macht man es sich zu leicht, und er führt zu nichts.

Ihm wird zum ersten Mal im Leben klar, wie schön Blumen sind. Er erinnert sich, wie er sie als Teenager geradezu gehasst hat. Es schien ihm absurd, sich an etwas so Kleinem und so Vergänglichem zu freuen, wo es doch großartigere, bleibendere Dinge geben musste, die den eigenen Ambitionen entsprechen. Er selber wünschte sich Ruhm und Durchsetzungsvermögen. Sich von einer Blume abhalten zu lassen, war ein gefährliches Zeichen von Resignation. Jetzt versteht er allmählich, worum es geht. Die Liebe zu Blumen ist eine Folge von Bescheidenheit und eine Art, sich mit Enttäuschungen abzufinden. Erst einmal müssen ein paar Dinge unabänderlich danebengegangen sein, ehe wir den Stiel einer Rose oder die Blätter einer Primel bewundern können. Doch merken wir erst einmal, wie gefährdet die spektakulären Träume sind, können wir uns dankbar diesen winzigen Inseln gelassener Perfektion und Wonne zuwenden.

Gemessen an gewissen Erfolgsidealen ist sein Leben eine schwere Enttäuschung. Aber er weiß inzwischen auch, dass es am Ende keine große Kunst ist, sich nur auf das Versagen zu konzentrieren. Es liegt vielmehr Heldenmut darin, eine verzeihende, hoffnungsvolle Sicht gegenüber dem eigenen Leben einzunehmen und zu wissen, wie man sich selbst ein Freund ist, weil man aus Verantwortung für andere durchhalten muss.

Manchmal nimmt er mitten in der Nacht ein heißes Bad und betrachtet seinen Körper im hellen Licht genau. Älter werden ist eine Art, müde auszusehen, nur dass in diesem Fall reichlich Schlaf nichts hilft. Jedes Jahr wird es etwas schlimmer. Das schlechte Foto von heute wird im nächsten Jahr ein gutes sein. Der Trick der Natur ist, alles so langsam geschehen zu lassen, dass wir uns nicht so fürchten, wie es eigentlich angemessen wäre. Eines Tages wird er Altersflecken auf den Händen haben, wie die älteren Onkel seiner Kindheit. Wie es anderen ergangen ist, wird es auch ihm ergehen. Niemand kommt ungeschoren davon.

Er ist eine Ansammlung von Gewebe und Zellen, die fein und kompliziert miteinander verbunden sind und nur für einen kurzen Augenblick am Leben. Ein heftiger Zusammenprall oder ein Sturz genügt, und schon ist alles vorbei. Seine ganzen ernsthaften Pläne sind abhängig von einem stetigen Blutfluss durch ein empfindliches Gefäßsystem zu seinem Gehirn. Wenn nur irgendetwas darin den geringsten Schaden nimmt, ist der dürftige Sinn, den er seinem Leben inzwischen gibt, im Handumdrehen ausgelöscht. Er ist nur eine zufällige Konstellation von Atomen, die für ein paar Momente der kosmischen Ewigkeit der Entropie widerstehen konnten. Er fragt sich, welches Organ zuerst versagen wird.

Er ist nur ein Gast, der sich selbst für die Welt hält. Er war davon ausgegangen, dass er doch etwas Stabiles wäre, wie die Stadt Edinburgh oder ein Baum oder ein Buch, während er eher wie ein Schatten oder ein Geräusch ist.

Der Tod wird vermutlich nicht so schlimm sein: Seine Einzelteile werden wieder verteilt und zurückgegeben. Das Leben währte schon lang, und es wird, an dem Punkt, den er gerade intuitiv erfasst, Zeit sein loszulassen, um anderen Platz zu machen.

Eines Abends, als er durch die dunklen Straßen nach Hause geht, fällt ihm ein Blumengeschäft auf. Er muss viele, viele Male daran vorbeigegangen sein, ohne dass es ihm je aufgefallen ist. Das Schaufenster ist hell erleuchtet und zeigt eine große Fülle unterschiedlicher Blüten. Er betritt den Laden, und eine ältere Frau lächelt ihn herzlich an. Sein Blick fällt auf die ersten einheimischen Blumen eines zaghaften Frühlings: Schneeglöckchen. Er beobachtet, wie die Hände der Frau den kleinen Strauß in feines weißes Papier wickeln.

»Für einen lieben Menschen, vermute ich?« Sie lächelt ihn an.

»Meine Frau«, antwortet er.

»Die Glückliche«, sagt sie, während sie ihm den Strauß und sein Wechselgeld überreicht. Er hofft, dass sich zu Hause zeigt, dass die Floristin recht hatte.

Bereit für die Ehe

Sie sind dreizehn Jahre verheiratet und erst jetzt, reichlich spät also, fühlt sich Rabih bereit für die Ehe. So paradox, wie dies scheinen mag, ist es nicht. Nachdem die Ehe ihre wichtigen Lektionen erst denen erteilt, die in ihrem Kurs eingeschrieben sind, ist es ganz normal, dass die Menschen erst nach und nicht vor der eigentlichen Zeremonie dafür bereit sind – vielleicht ein oder zwei Jahrzehnte später.

Rabih merkt, dass es nur ein Trick der Sprache ist, dass er noch immer behaupten kann, nur einmal verheiratet gewesen zu sein. Was so rühmlich nach einer einzigen Beziehung aussieht, hat tatsächlich so viele Entwicklungen, Trennungen, Neuverhandlungen, Phasen der Distanz und emotionalen Rückkehr durchlaufen, dass er in Wahrheit mindestens ein Dutzend Scheidungen von derselben Frau durchgemacht – und diese dann auch jeweils wieder geheiratet hat.

Er ist auf einer langen Fahrt nach Manchester zu einem Kundengespräch unterwegs. Beim Fahren kann er am besten nachdenken, ganz früh morgens im Auto, wenn die Straßen fast leer sind und er nur mit sich selber reden kann.

Früher war man für den Ehestand bereit, wenn man gewisse finanzielle und soziale Meilensteine erreicht hatte: Wenn man ein Haus hatte, das man sein Eigen nennen durfte, eine Aussteuer mit Wäsche, eine Reihe von Auszeichnungen auf dem Kaminsims oder ein paar Kühe und einen Landbesitz.

Unter dem Einfluss der romantischen Ideologie schienen solche praktischen Dinge des Lebens viel zu kommerziell und berechnend, und der Schwerpunkt verlagerte sich auf emotionale Eigenschaften. Man hielt nun wahre Gefühle für wichtig; dazu gehörte der Eindruck, man sei einem Seelenverwandten begegnet, ein Vertrauen, vollkommen verstanden zu werden, eine Gewissheit, nie wieder mit jemand anderem schlafen zu wollen.

Die romantischen Vorstellungen sind, das weiß er inzwischen, ein Rezept zum Unglücklichsein. Seine neue Bereitschaft zur Ehe basiert auf ganz anderen Kriterien. Er ist bereit für die Ehe, weil er sich – mit höchster Priorität – von seinem Perfektionismus verabschiedet hat.

Einen Geliebten »perfekt« zu nennen kann nur ein Zeichen dafür sein, dass wir ihn überhaupt nicht verstehen. Wir können erst dann behaupten, einen anderen Menschen besser zu kennen, wenn er uns zutiefst enttäuscht hat.

Doch die Probleme liegen nicht bei den Ehepartnern. Gleich wen wir kennenlernen, niemand ist perfekt: der Fremde im Zug, die alte Schulfreundin, der neue Freund online … Jeder von ihnen würde uns garantiert genauso enttäuschen. Die Lebenserfahrungen beeinflussen uns in unserer eigentlichen Wesensart. Niemand kommt unversehrt davon. Wir sind alle (notwendigerweise) keineswegs perfekt aufgewachsen: Wir streiten statt zu erklären, wir nörgeln statt zu lehren, wir machen uns Sorgen statt diese zu analysieren, wir lügen und schieben anderen die Schuld zu, wo sie nicht hingehört.

Die Chancen, dass ein perfekter Mensch bei dem gefährlichen Spießrutenlaufen auftaucht, sind gleich null. Wir müssen einen Fremden gar nicht sehr gut kennen, um bereits viel über ihn zu wissen. Auf welche Weise jemand einen zum Wahnsinn treibt, ist nicht unmittelbar klar (es kann sogar ein paar Jahre dauern), aber von der Tatsache, dass dies auf diese oder jene Art geschieht, sollte man von Anfang an ausgehen.

Sich für die Ehe mit einem bestimmten Menschen zu entscheiden, ist eher eine Frage, welche Art Leiden wir aushalten wollen, statt zu erwarten, mit dieser Wahl die Gesetzmäßigkeiten der emotionalen Existenz zu umgehen. Wir werden alle per definitionem am Ende mit dem Standardcharakter unserer Albträume zusammen sein, mit »dem Falschen«.

Doch dies muss keine Katastrophe sein. Ein aufgeklärter romantischer Pessimismus geht einfach davon aus, dass ein Mensch nicht alles für einen anderen sein kann. Wir sollten Wege suchen, uns möglichst sanft und freundlich mit dem merkwürdigen Leben an der Seite einer gefallenen Kreatur zu arrangieren. Es kann immer nur eine »hinreichend gute« Ehe geben.

Damit diese Erkenntnis sich setzen kann, ist es hilf-

reich, ein paar Liebesbeziehungen erlebt zu haben, ehe man sich bindet, nicht so sehr, um »den Richtigen« oder »die Richtige« zu finden, sondern um ausgiebig Gelegenheit zu haben, aus erster Hand und in vielen unterschiedlichen Kontexten die Wahrheit zu entdecken, dass es so jemanden nicht gibt; und dass jeder aus der Nähe besehen eben nicht richtig ist.

Rabih fühlt sich bereit für die Ehe, weil er die Hoffnung aufgegeben hat, vollkommen verstanden zu werden.

Die Liebe beginnt mit der Erfahrung, sich in bisher ungeahnter Weise verstanden und unterstützt zu fühlen. Der andere versteht den einsamen Teil von uns; wir brauchen nicht zu erklären, warum wir einen bestimmten Witz so lustig finden; wir können dieselben Leute nicht leiden; wir wollen beide eine bestimmte sexuelle Stellung ausprobieren.

Doch auf Dauer geht es so nicht weiter. Wenn wir an die vernünftigen Grenzen der Verständnisbereitschaft unseres Partners stoßen, sollten wir ihn nicht beschuldigen, dass er uns vernachlässigt. Es ist keine tragische Unfähigkeit. Er kann uns nicht in jeder Hinsicht verstehen – und wir umgekehrt auch ihn nicht. Das ist ganz normal. Niemand versteht einen anderen vollkommen oder kann sich total in ihn einfühlen.

Rabih fühlt sich bereit für die Ehe, weil er merkt, dass er verrückt ist.

*Es geht gegen jede Intuition, uns selbst für verrückt zu
halten. Wir kommen uns so normal und meistens auch so
gütig vor. Alle anderen sind daneben ... Und doch beginnt
die Reife mit der Fähigkeit, unseren eigenen Wahnsinn zu
spüren und dann auch zeitnah und ohne Abwehr zuzugeben. Wenn es uns nicht regelmäßig zutiefst peinlich ist,
wer wir sind, hat die Reise zur Selbsterkenntnis noch
nicht begonnen.*

Rabih ist bereit für die Ehe, weil ihm klargeworden ist,
dass nicht Kirsten das Problem ist.

*Im Käfig der Ehe wirken sie natürlich »schwierig«; wenn
sie die Fassung verlieren wegen so banaler Dinge wie:
Organisation, Schwiegereltern, Aufräumregeln, Einla-
dungen, Haushaltseinkäufe ... Aber nicht der andere
trägt jeweils die Schuld, vielmehr liegt es an unseren Erwartungen. Die Institution der Ehe ist grundsätzlich ein
Ding der Unmöglichkeit, nicht die betreffenden Beteiligten.*

Rabih ist bereit für die Ehe, weil er wesentlich lieben und
nicht primär geliebt werden will.

*Wir sprechen von »Liebe«, als wäre es eine einfache un-
differenzierte Sache, aber sie umfasst zwei ganz unterschiedliche Aspekte: geliebt zu werden und zu lieben. Wir
sollten heiraten, wenn wir zu Letzterem bereit und uns
unserer unnatürlichen und gefährlichen Fixierung auf
Ersteres bewusst sind.*

Anfangs wissen wir nur etwas darüber, wie es ist, »geliebt zu werden«. Dies scheint – fälschlicherweise – die Norm geworden zu sein. Für das Kind fühlt es sich so an, als wären die Eltern stets zur Seite, um zu trösten, zu führen, zu unterhalten, das Essen zu bereiten und aufzuräumen, und müssten dabei immer warmherzig und gut gelaunt bleiben.

Diese Vorstellung von Liebe nehmen wir mit ins Erwachsenenalter. Bereits erwachsen hoffen wir auf eine Erneuerung dadurch, dass wir noch einmal erleben dürfen, wie es sich anfühlt, umsorgt und verwöhnt zu werden. In einer geheimen inneren Phantasie stellen wir uns einen Liebsten vor, der unsere Bedürfnisse erahnen und unser Herz lesen kann, der selbstlos dafür sorgt, dass alles wieder gut wird. Es klingt romantisch; aber eigentlich ist es eine Vorlage für das Unglück.

Rabih ist bereit für die Ehe, weil ihm klar ist, dass Sexualität und Liebe nicht leicht gleichzeitig zu haben sind.

Die romantische Vorstellung geht davon aus, dass sich Liebe und Sexualität in Einklang bringen lassen. Wir sind angemessen bereit für die Ehe, wenn wir die Kraft haben, ein Leben mit Frustrationen zu akzeptieren.

Wir müssen zugeben, dass Ehebruch nicht eine passende Antwort sein kann, denn jeder Betroffene wird sich dadurch bis ins Innerste verletzt fühlen. Ein einziges sinnloses Abenteuer bringt tatsächlich immer alles zu Fall. Kein Betrogener kann sich vorstellen, was dem Partner während des »Betrugs« vielleicht tatsächlich durch den

Kopf gegangen sein mag, während er für ein paar Stun-
den in den Armen eines Fremden lag. Sooft wir auch die
Verteidigung hören, im Herzen sind wir uns einer Sache
sicher: dass der andere teuflisch darauf aus war, uns zu
demütigen, und dass auch das letzte Gramm Liebe verflo-
gen ist, genau wie jegliche Vertrauenswürdigkeit. Irgend-
eine andere Schlussfolgerung herbeizaubern zu wollen,
ist wie gegen den Strom zu schwimmen.

Er ist bereit für die Ehe, weil er (an guten Tagen) glücklich
ist, lernen zu dürfen, und entspannt mit dem Lehren umgehen kann.

Wir sind bereit für die Ehe, wenn wir akzeptieren, dass
unser Partner in mancher Hinsicht entschieden weiser,
vernünftiger und reifer ist als wir selber. Wir sollten vom
anderen lernen wollen. Wir sollten es ertragen, wenn
man uns etwas beibringt. Und zum gegebenen Zeitpunkt
sollten wir den vorbildlichsten Pädagogen folgen und un-
sere Anregungen ohne Geschrei vorbringen und ohne zu
erwarten, dass der andere es eigentlich wissen müsste.
Nur wer schon perfekt wäre, könnte die Vorstellung vom
miteinander Lernen als lieblos ablehnen.

Rabih und Kirsten sind bereit für die Ehe, weil ihnen sehr
deutlich bewusst ist, dass sie nicht zusammenpassen.

Die romantische Vorstellung von Liebe legt Wert darauf,
wie wichtig es ist, den »richtigen« Partner zu finden, was
so viel bedeutet wie einen Menschen, der unsere Interes-

sen und Werte teilt. Doch langfristig gesehen gibt es einen solchen Menschen nicht. Wir sind zu vielseitig und zu einzigartig. Zwei Menschen können unmöglich auf Dauer übereinstimmen. Der ideal zu uns passende Partner teilt nicht zufällig und wie durch ein Wunder unseren Geschmack in jeder Weise, sondern er vermag mit unterschiedlichen Präferenzen intelligent und wohlwollend umzugehen.

Der »richtige« Partner zeichnet sich grundsätzlich nicht etwa durch perfekte Übereinstimmung aus, sondern vielmehr durch die Fähigkeit, Unterschiede zu tolerieren. Zusammenzupassen ist eine Leistung der Liebe und sollte nicht deren Voraussetzung sein.

Rabih ist bereit für die Ehe, weil er die meisten Liebesgeschichten nicht mehr hören kann; und weil er merkt, dass die Darstellungen der Liebe in Filmen und Romanen so selten dem entsprechen, was ihm aus seiner Lebenserfahrung bekannt ist.

Gemessen an den meisten Liebesgeschichten sind fast alle unsere eigenen tatsächlichen Beziehungen dysfunktional und unbefriedigend. Kein Wunder, dass Trennung und Scheidung so oft unausweichlich erscheinen. Aber wir sollten vorsichtig sein, unsere Beziehungen an Erwartungen zu messen, die uns von einem oftmals irreführenden ästhetischen Medium aufgedrängt werden. Der Fehler liegt bei der Kunst, nicht im Leben. Statt uns zu trennen, sollten wir uns lieber relevantere Geschichten erzählen – Geschichten, die weniger beim Anfang der Be-

ziehung verweilen, die uns kein vollkommenes gegensei-
tiges Verständnis versprechen, die unsere Sorgen als ganz
normal darstellen und uns einen leidvollen und doch op-
timistischen Weg durch die Phasen der Liebe weisen.

Die Zukunft

Es ist Kirstens Geburtstag, und Rabih hat für diesen Anlass einen Aufenthalt in einem maßlos luxuriösen, teuren
Hotel in den Highlands gebucht. Sie bringen die Kinder
zu einer ihrer Cousinen in Fort William und fahren von
dort zu dem Schloss aus dem neunzehnten Jahrhundert.
Festungsmauern, fünf Sterne, Zimmerservice, ein Billard-
Zimmer, ein Schwimmbad, ein französisches Restaurant
sowie ein Geist gehören zum Angebot.

Die Kinder haben sehr deutlich gemacht, wie unglücklich sie sind. Esther hat ihren Vater beschuldigt, der Mutter den Geburtstag zu verderben. »Ich weiß genau, dass
ihr euch ohne uns schnell langweilen werdet und dass
Mami uns vermissen wird«, nörgelt sie. »Ich finde, ihr
solltet nicht so lang weg sein« (am darauffolgenden Nachmittag werden sie sich wiedersehen). William tröstet seine
Schwester damit, dass ihre Eltern immer fernsehen können und ihnen vielleicht sogar ein Raum mit Computer-
spielen zur Verfügung steht.

Ihr Zimmer liegt in einem Erkerturm ganz oben. In der
Mitte befindet sich eine große Badewanne, und man hat
Blick auf die hintereinander gestaffelten Berggipfel, be-

sonders dominant Ben Nevis, auf dessen Spitze im Juni noch leichter Schneepuder liegt.

Nachdem der junge Hotelboy ihr Gepäck abgestellt hat, fühlen sie sich nicht so recht wohl miteinander. Seit Jahren, seit vielen Jahren waren sie nicht mehr allein in einem Hotelzimmer, ohne die Kinder und ohne ein besonderes Programm für die nächsten vierundzwanzig Stunden.

Es kommt ihnen vor, als hätten sie eine Affäre, so anders gehen sie in dieser Umgebung miteinander um. Unter dem Eindruck der Würde und Ruhe des geräumigen Zimmers mit den hohen Decken sind sie förmlicher und respektvoller zueinander. Kirsten fragt Rabih ungewohnt zuvorkommend, was er gerne aus der Teekarte vom Zimmerservice bestellen möchte – und er lässt für sie das Badewasser ein.

Der Trick ist vielleicht nicht, ein neues Leben zu beginnen, sondern das alte weniger überdrüssig und gewohnheitsmäßig anzugehen.

Er liegt im Bett und beobachtet, wie sie ein Bad nimmt: sie hat die Haare hochgesteckt und liest eine Zeitschrift. Es tut ihm leid, wie schwer sie sich das Leben gegenseitig gemacht haben, und er fühlt sich schuldig. Er schaut in ein paar Broschüren, die er auf dem Schreibtisch gefunden hat. Im September wird Schießen angeboten, und im Februar kann man Lachs fischen. Als sie fertig ist, setzt sie sich in der Badewanne auf und legt ihre Arme überkreuz auf ihre Brüste. Er ist gerührt, ja fast erregt von ihrer Reserviertheit.

Zum Abendessen gehen sie hinunter. Das Restaurant

ist mit Kerzen erleuchtet, Stühle mit hohen Lehnen und Geweihe an den Wänden tun das Ihre. Der Oberkellner beschreibt das sechsgängige Menu mit absurd hochtrabenden Worten, was ihnen zu ihrem eigenen Erstaunen doch sehr gefällt. Sie haben inzwischen hinreichende Erfahrungen mit dem Alltagstrott, um nicht abgeneigt zu sein, in einer etwas theatralischen Gastlichkeit zu schwelgen.

Zuerst unterhalten sie sich über die Kinder, deren Freunde und die Arbeit, und dann, nach dem dritten Gang – Rehkeule auf einem Bett von Selleriemousse – wenden sie sich weniger gewohnten Themen zu, über ihren unterdrückten Traum, wieder ein Instrument zu spielen, und seinen Wunsch, mit ihr nach Beirut zu fahren. Schließlich beginnt Kirsten, auch über ihren Vater zu sprechen. Sie beschreibt, dass sie sich in einer neuen Umgebung immer fragt, ob er zufällig in der Nähe wohnt. Sie würde gerne Kontakt zu ihm aufnehmen. Sie bemüht sich, die Tränen zu unterdrücken, und dann erwähnt sie, dass sie nicht mehr den Rest ihres Lebens auf ihn wütend sein möchte. Vielleicht hätte sie an seiner Stelle dasselbe getan. Oder etwas Ähnliches. Sie hätte gerne, dass er seine Enkelkinder kennenlernt und (fügt sie mit einem Lächeln hinzu) ihren grässlichen, komischen Ehemann aus dem Mittleren Osten.

Rabih hat einen waghalsig teuren französischen Wein bestellt, der fast so viel kostet wie das Zimmer, und der zeigt nun seine Wirkung. Er möchte noch eine zweite Flasche bestellen, zum Teufel. Er spürt die psychologische und moralische Funktion von Wein, Gefühls- und Kom-

munikationskanäle zu öffnen, die sonst verschlossen sind –
nicht etwa nur eine Flucht vor Schwierigkeiten zu bieten,
sondern Zugang zu Emotionen zu ermöglichen, die im
Alltagsleben keinen Platz haben. Sich zu betrinken schien
lange Zeit nicht so wichtig.

Er merkt, dass es noch so viel gibt, was er über seine
Frau nicht weiß. Sie kommt ihm fast wie eine Fremde vor.
Er stellt sich vor, dass es ihr erstes Date ist und dass sie
damit einverstanden war, mitzukommen und mit ihm in
einem schottischen Schloss zu schlafen. Sie hat ihre Kinder und ihren grässlichen Ehemann allein gelassen. Sie
berührt ihn unter dem Tisch, und dabei schaut sie ihn mit
ihren klugen, skeptischen Augen an und verschüttet etwas von ihrem Wein auf der Tischdecke.

Im Geiste dankt er den Kellnern in ihrer schwarzen
Uniform und dem regional aufgezogenen Lamm, das für
sie gestorben ist, und der Schokoladentorte mit ihren drei
Schichten Fondant und den Petit Fours und dem Kamil-
lentee, dass sie gemeinsam für ein Ambiente sorgen, welches das tiefgründige Geheimnis und den Charme seiner
Frau angemessen zur Geltung bringen.

Natürlich fällt es ihr nicht leicht, Komplimente anzunehmen, aber das weiß Rabih inzwischen, er weiß, was es
mit der Unabhängigkeit und Zurückhaltung, die ihn früher so aufgebracht haben, auf sich hat, aber in Zukunft
wird ihm das nicht mehr passieren, und trotzdem fährt er
fort und sagt ihr, wie gut sie aussieht, was für kluge Augen
sie hat, wie stolz er auf sie ist und wie leid ihm alles tut.
Und statt seine Worte mit einer ihrer normalen stoischen
Bemerkungen zurückzuweisen, lächelt sie – ein warmes,

offenes, ruhiges Lächeln – und sagt danke und drückt seine Hand und ist vielleicht gerade kurz davor, alles wieder zu zerstören, als der Kellner kommt und fragt, ob er der Dame noch mit etwas dienen kann. Sie antwortet, leicht lallend, »Nur noch etwas mehr Freundlichkeit«, und dann fängt sie sich wieder.

Der Wein ist auch ihr zu Kopf gestiegen und macht sie übermütig; und zwar so weit, dass sie einmal Schwäche zulassen kann. Es ist, als bräche ein Damm. Sie hat ihm genug Widerstand geboten, sie will sich ihm hingeben, wie sie es schon einmal getan hat. Sie weiß, sie wird überleben, gleich was passiert. Sie ist längst kein Mädchen mehr. Sie ist eine Frau, die ihre eigene Mutter in der schweren Erde des Friedhofs von Tomnahurich zu Grabe getragen hat und die zwei Kinder auf die Welt gebracht hat. Sie hat einen Jungen, und daher weiß sie, wie Männer sind, ehe sie in der Lage sind, Frauen zu verletzen. Sie weiß, dass die Gemeinheit von Männern meist nur hilflose Wut ist. Aus ihrer neu eroberten Position der Stärke fühlt sie sich großzügig und nachsichtig gegenüber den Männern, die in ihrer Schwäche so verletzend sein können.

»Tut mir leid, Mr Sfouf, dass ich nicht immer so gewesen bin, wie du es dir gewünscht hast.«

Er streichelt ihren Arm und antwortet: »Aber du bist so viel mehr gewesen.«

Sie verspüren geradezu euphorische Loyalität gegenüber dem, was sie gemeinsam aufgebaut haben: ihre streitbare, zerbrechliche, von Lachen erfüllte, törichte, schöne Ehe, die sie lieben, weil sie so unwiederbringlich und schmerzlich ihr eigen ist. Sie sind stolz, es so weit gebracht zu haben, dabeigeblieben zu sein, sich immer wieder bemüht zu haben, die gegenseitigen Verrücktheiten zu verstehen, ein Friedensabkommen nach dem anderen geschlossen zu haben. Es hätte so viele Gründe gegeben, heute nicht mehr zusammen zu sein. Sich zu trennen, wäre die natürlichste, fast unausweichliche Lösung gewesen. Hingegen ist das Zusammenbleiben letztlich eine verrückte und exotische Leistung – und sie fühlen sich loyal gegenüber dieser schlachterprobten, vernarbten Version von Liebe.

In ihrem Zimmer liebkost er im Bett die Narben auf ihrem Bauch, die die Kinder hinterlassen haben, als sie mit ihrem Uregoismus an ihr gezerrt, sie verletzt und erschöpft haben. Sie bemerkt eine neue Zärtlichkeit an ihm. Draußen prasselt der Regen; der Wind pfeift um die Befestigungen. Später halten sie sich am Fenster in den Armen und trinken im Lampenlicht unten im Garten ein Mineralwasser aus der Region.

Das Hotel hat eine metaphysische Bedeutung für sie angenommen, doch was daraus folgt, beschränkt sich nicht ausschließlich auf diese exotischen Gefilde; Rabih und Kirsten werden die Lektionen in Wertschätzung und Versöhnung in die kühleren, schlichteren Räume ihres Alltagslebens mitnehmen.

Am nächsten Nachmittag bringt Kirstens Cousine die Kinder zurück. Esther und William laufen ihren Eltern im Billard-Zimmer neben der Rezeption entgegen. Esther trägt Dobbie unterm Arm. Beide Eltern haben Kopfschmerzen, als hätten sie gerade einen anstrengenden Flug hinter sich.

Die Kinder beklagen sich lang und breit, dass sie wie Waisen verlassen waren und in einem Schlafzimmer schlafen mussten, wo es nach Hund roch. Sie fordern ausdrücklich eine Versicherung, dass nie wieder eine solche Reise unternommen wird.

Dann machen sich alle vier zu einem Spaziergang auf. Sie folgen einem Flusslauf und steigen dann die Ausläufer von Ben Nevis hinauf. Nach einer halben Stunde kommen sie aus dem Wald, und vor ihnen öffnet sich eine weite Landschaft, die sich kilometerweit in die Sommersonne erstreckt. Weit unten sieht man Schafe und spielzeugartige Bauernhäuser.

Sie richten sich in einem Heuhaufen ein Lager. Esther zieht ihre Stiefel aus und geht an einem Bach entlang. In einigen Jahren wird sie eine Frau sein, und die Geschichte beginnt von vorne. William lenkt eine Ameisenspur in ihr Nest zurück. Es ist der bisher wärmste Tag des Jahres. Rabih legt sich auf den Boden, alle viere von sich gestreckt, und verfolgt den Weg einer kleinen harmlosen Wolke über dem Blau.

Weil er diesen Augenblick festhalten möchte, ruft er alle für ein Foto zusammen, legt dann die Kamera auf einen Felsvorsprung und beeilt sich, um ins Bild zu kommen. Er weiß, dass es perfektes Glück nur in winzigen Portionen gibt, vielleicht weniger als fünf Minuten auf einmal. Daher muss man es mit beiden Händen greifen und wertschätzen.

Auseinandersetzungen und Konflikte wird es bald wieder genug geben: Eines der Kinder wird unglücklich sein, Kirsten wird eine ihrer gedankenlosen Bemerkungen in

Reaktion auf etwas Unbedachtes von ihm machen, er wird sich an die Schwierigkeiten am Arbeitsplatz erinnern, er wird sich verängstigt, gelangweilt, abgeschlagen und müde fühlen.

Niemand kann vorhersagen, was das Schicksal dieses Fotos am Ende sein wird, das weiß er: wie es in der Zukunft interpretiert werden, wonach der Betrachter in ihren Augen suchen wird. Wird es das letzte Foto von ihnen allen zusammen sein, kurz vor dem Unfall auf der Heimfahrt aufgenommen, oder einen Monat bevor er von Kirstens Affäre erfährt und sie auszieht, oder ein Jahr, ehe Esthers Symptome sich zeigen? Oder wird es nur Jahrzehnte in einem verstaubten Rahmen auf einem Bord im Wohnzimmer stehen und darauf warten, nebenbei von William in die Hand genommen zu werden, wenn er nach Hause kommt, um seinen Eltern seine Verlobte vorzustellen, die er bei einer Konferenz in Boston kennengelernt hat?

Rabihs Bewusstsein von so viel Ungewissheit bringt ihn dazu, das Licht umso mehr zu lieben. Wenn auch nur für einen Augenblick, jetzt hat alles einen Sinn. Er weiß, wie sehr er Kirsten liebt, dass er genügend Selbstvertrauen und mit seinen Kindern Mitgefühl und Geduld hat. Aber das alles ist sehr zerbrechlich. Er weiß ganz genau, dass er kein Recht hat, sich glücklich zu nennen; er ist nur ein gewöhnlicher Mensch, der eine kurze Phase der Zufriedenheit erlebt.

Sehr wenig gelingt perfekt, das weiß er nun. Er spürt, wie viel Mut es kostet, ein so mittelmäßiges Leben wie sein eigenes zu leben. Um all dies zu bewahren, um seinen

Status als fast gesunder Mensch zu erhalten, die Fähigkeit, seine Familie finanziell zu unterhalten, das Überleben seiner Ehe und das Gedeihen der Kinder – diese Projekte bieten nicht weniger Möglichkeiten, sich heldenhaft zu erweisen, als eine epische Geschichte. Es ist unwahrscheinlich, dass er je einberufen wird, seiner Nation zu dienen oder einen Feind zu bekämpfen, aber dennoch braucht es innerhalb seiner umschriebenen Aufgabenfelder Mut. Sich nicht durch Angst kleinkriegen zu lassen, andere nicht aus Frustration zu verletzen, der Welt nicht zu gram zu sein, dass sie so achtlos Verletzungen austeilt, nicht völlig den Verstand zu verlieren und die Schwierigkeiten eines Ehelebens irgendwie mehr oder weniger angemessen durchzustehen – dies ist der wahre Mut, dies ist ein Heldentum ganz eigener Art. Und für einen kurzen Augenblick auf den Hügeln eines schottischen Berges in der Spätnachmittagssonne – und danach noch manches Mal – meint Rabih zu spüren, dass er mit Kirsten an seiner Seite stark genug ist für alle künftigen Herausforderungen des Lebens.

Alain de Botton
Trost der Philosophie
Eine Gebrauchsanweisung
Aus dem Englischen von Silvia Morawetz

Band 15639

Unbeliebt? Geldsorgen? Frust? Gefühle der Unzulänglichkeit? Liebeskummer? Kleinmütig? Ihnen kann geholfen
werden ...

Alain de Botton, Autor des Bestsellers »Wie Proust Ihr Leben
verändern kann«, ist in seinem amüsanten und geistreichen
Buch der Frage nachgegangen, welche Tröstungen bei den
Lebensproblemen moderner, vorwiegend jugendlicher
Zeitgenossen die Philosophie bereithält, genauer: welche
Hilfsangebote Sokrates, Epikur, Seneca, Montaigne, Scho-
penhauer und Nietzsche machen könnten, wenn man denn
deren Leben und Werk zu Rate zöge.

»Nicht Buchwissen, Lebensklugheit ist
Alain de Bottons Ideal.«
Die Woche

Fischer Taschenbuch Verlag

fi 15639 / 1

Alain de Botton
Versuch über die Liebe
Roman
Aus dem Englischen von Helmut Frielinghaus
Band 13839

Der Held und Ich-Erzähler dieses ach so bekannten und
immer wieder neuen Abenteuers der Liebe ist Mitte zwanzig und verliebt sich auf den ersten Blick unsterblich in
Chloe, eine junge und attraktive Graphikdesignerin, die auf
dem Flug von Paris nach London neben ihm saß. Was so
zufällig, so normal und gewöhnlich und doch vom Schicksal vorherbestimmt in der Luft beginnt, ist der Anfang einer
Liebesgeschichte mit allen Aufregungen und Verwirrungen, die zwei Menschen, die einander entdecken, erleben
können. Der Leser beobachtet amüsiert, wie die analytische
Rationalität des Erzählers dem romantischen Überschwang
der Ereignisse von Anfang an entgegenläuft. Der Roman ist
eine ausgelassene, selbstironische Übung in Sachen Sprache
und Liebe – geistreich, heiter, und leider endet sie so wie die
allermeisten Liebesgeschichten.

Fischer Taschenbuch Verlag

fi 13839 / 1